LUZIFER
VERLAG

This Translation is published by arrangement with SEVERED PRESS.
www.severedpress.com
Title: THE ROOSEVELT CONSPIRACY

LUZIFER VERLAG

Deutsche Erstausgabe
Originaltitel: THE FORGOTTEN FORTUNE

Umschlag: Michael Schubert | Luzifer-Verlag
Übersetzung: Martin Wagner
Lektorat: Manfred Enderle
Printed in Germany

Dieses Buch wurde nach Dudenempfehlung (Stand 2022) lektoriert.

ISBN: 978-3-95835-701-3

Bibliografische Information der Deutschen Nationalbibliothek:
Die Deutsche Nationalbibliothek verzeichnet diese Publikation in der Deutschen Nationalbibliografie; detaillierte bibliografische Daten sind im Internet über http://dnb.d-nb.de abrufbar.

Für »Caca«

Meine Familie wäre ohne dich verloren.

PROLOG

CROOK COUNTY, WYOMING
1904

Der Druck, den man als Präsident der Vereinigten Staaten von Amerika zu ertragen hatte, ließ Theodore Roosevelt seine Lust auf die Wahl überdenken. Eigentlich würde dies sein erster Präsidentschaftswahlkampf sein. Er wurde 1900 zunächst als Vizepräsident von William McKinley nominiert. Der Präsident fiel jedoch ein Jahr nach seiner Wiederwahl einem Attentat zum Opfer und das Weiße Haus wurde an Roosevelt übergeben – einfach so. Obwohl er mit 46 körperlich fit war, fühlte sich Roosevelt erschöpft. Das würde man ihm jedoch nie ansehen. Die Leute – die Wähler – erwarteten von ihm einen gewissen Grad an Gusto. Und er gab es ihnen auch von Herzen. Innerlich rang er aber. Er war so gestresst, dass er sich dazu entschieden hatte, sich in aller Geheimhaltung in die Wälder zurückzuziehen – was nur eine Handvoll Kabinettsmitglieder wussten. Falls Roosevelt sich jemals von der sehr öffentlichen und skeptischen politischen Landschaft zurückziehen würde, er wusste schon, was er machen wollen würde. Er würde zu seiner ersten Liebe zurückkehren: dem Reisen durch die Welt und dem Lernen ihrer Geschichte. Vor seinem Eintritt in die politische Laufbahn war Roosevelt in die Vergangenheit eingetaucht gewesen. Er hat sogar intensiv darüber geschrieben.

Der Präsident war ein erfolgreicher Autor in seinem früheren Leben gewesen. Er plante, über seine Erlebnisse hier in der Wildnis von Wyoming zu schreiben. Sein Fokus läge auf der hautnahen Erforschung von dem Ort, den die hier ansässigen Indianer als Bear Lodge, Bärenhütte, bezeichneten. Die an einen Baumstumpf erinnernde Steinformation war eher unter der Bezeichnung Devils Tower, Teufelsturm, bekannt. Sie wurde 1975, während einer Expedition, die durch Colonel Richard Irving Dodge geleitet wurde, wegen eines Übersetzungsfehlers fälschlicherweise so benannt.

»Das ist alles andere als teuflisch«, sagte Roosevelt, zu dem Gipfel hoch über sich hinaufschauend.

»Es ist ein erstaunlicher Anblick.«

»Nein, dieser Ort gehört nicht dem Teufel.«

Roosevelt blickte zu seinem Begleiter hinüber. Der Einheimische gehörte den Lakota-Indianern an und kannte die Wälder wie seine Westentasche. Makhahs Englisch war bemerkenswert, wenn man bedachte, dass er die Sprache erst vor einigen Jahren erlernt hatte.

Ein klein wenig davon ist Makhah auch von Roosevelt selbst beigebracht worden. Kleine, Englisch sprechende

Gemeinden sind im letzten Jahrzehnt wegen der Ausbreitung nach Westen überall in Wyoming aus dem Boden geschossen. Anstatt gegen die ankommenden Familien zu kämpfen, hat Makhah deren Anwesenheit geradezu bereitwillig angenommen.

Er war ein vertrauenswürdiger Führer und, was Roosevelt über Jahre hinweg festgestellt hatte, ein noch besserer Freund. Es war eine Beziehung, die er in den letzten sechs Jahren sehr genossen hatte. Er respektierte den Lakota mehr als viele andere. Genau wie Roosevelt liebte Makhah, dessen Name übersetzt »Erde« bedeutete, das Land. Naturschutz war etwas, für das der Präsident brannte. Seine Kampagne wird darauf ausgerichtet werden. Außerdem wollte er die Menschen beschützen. Tief in seinem Herzen glaubte Roosevelt, dass jeder, der mit seinen Füßen den Boden von Mutter Erde berührte, etwas Besonderes und wert ist, verteidigt zu werden – und nicht nur weiße Amerikaner. Er hatte vor, das in seinem nächsten Buch darzustellen.

Mit dem Notizblock in der Hand durchstreifte er das Gelände am Fuße von Bear Lodge mit Makhah immer in seiner Nähe. Beschreibungen dessen hinkritzelnd, was er sah, während er herumwanderte, war gefährlich und ein bisschen dumm, musste er zugeben. Zweimal stolperte er und fiel – und zweimal amüsierte sich Makhah auf seine Kosten. Aber sein Freund war beide Male da, um ihm aufzuhelfen. Für Makhah war der Präsident der Vereinigten Staaten einfach nur »Teddy«.

»Du musst aufpassen, wo du hintrittst«, warnte Makhah.

Roosevelt klopfte sich den Staub ab und lachte. »Etwas spät dafür, trotzdem danke für die Warnung.«

Als es Nacht wurde, errichteten die beiden Männer ein Lager am Fuß einer zehn Meter hohen Felswand. Der Präsident übernahm selbst die Aufgabe, das Abendbrot für sich und seinen Freund zuzubereiten. Vorbei war es mit den Formalitäten, die damit einhergingen, der mächtigste Mann Amerikas zu sein.

Hier war Roosevelt nur irgendein Mann. Und er liebte es!

»Ich weiß nicht, wie es weitergehen soll, Makhah.«

»Was meinst du?«

Roosevelt seufzte. »Ich meine, ich weiß nicht, wie das nächste Kapitel meiner Reise hier auf der Erde weitergehen soll.«

Makhah lächelte und legte seine Hände auf seinen Brustkorb. »Ja, die Erde.«

Der Präsident rollte mit den Augen. Zuerst wusste er nicht, ob Makhah in verstanden hatte. Über das Feuer hinweg sah er aber Makhahs Augen. Sie waren auf ihn fixiert – eindringlich. Makhah wusste genau, was Roosevelt meinte. Der Lakota wusste alles über Roosevelt, sogar seine Pläne, das einzuführen, was er als »Nationalpark« bezeichnete.

Makhah liebte die Idee, Gesetze zu verabschieden, um die Natur zu schützen. Er hatte bereits damit begonnen, Überzeugungsarbeit für Bear Lodge und das Land darum zu leisten, damit es das erste geschützte Gebiet wird.

Roosevelt hatte bereits zu verstehen gegeben, dass er es als Rat annehmen würde, bisher hatte er aber keine

Ahnung, was dieses Gebiet, außer dem tollen Blick, noch zu bieten hatte.

Das erste Nationaldenkmal musste etwas Großartiges sein. Die Entscheidung war das Herz seiner Kampagne und sein Sieg würde davon abhängen, falls er tatsächlich als Präsident kandidieren würde.

Makhah erhob sich. »Komm. Ich zeige dir etwas.«

Roosevelt stand auf und umkreiste das kleine Feuer. Gemeinsam gingen sie an den Felsvorsprung und warteten.

Hier, weiter weg von den wärmenden Flammen, war es viel dunkler.

Roosevelt sah hinab, konnte aber nicht über seine Knie hinaus etwas erkennen. Der Mond war die einzige Lichtquelle. Er sah auf zu ihm. »Gut«, sagte Makhah. »Jetzt schließ deine Augen und sprich zum Wind. Bitte die Götter, dich sehen zu lassen.«

Roosevelt richtete seine Aufmerksamkeit wieder auf seinen Freund. »Sie bitten, was zu sehen?«

Makhah grinste, schwieg aber.

Auf seinen Begleiter vertrauend, spielte Roosevelt mit und schloss seine Augen.

Er betete zu *seinem* Gott – dass Er ihm Stärke geben und den Weg zeigen würde.

Der Präsident fühlte, wie Makhah einen Sack über seinen Kopf stülpte. Was auch immer offenbart werden sollte, ihm war es offenbar nicht erlaubt, den Weg dahin zu sehen.

Roosevelt wusste um die Abergläubigkeit der Indianer, wenn es um ihren Glauben ging.

Er wurde fortgeführt und lief eine Stunde vorangeführt.

»Stopp«, flüstere Makhah.

»Was ist?«

»Bär.«

Roosevelt versuchte, sich den Sack vom Kopf zu reißen, wurde aber aufgehalten.

»Nein, tu das nicht.«

»Aber …«, versuchte er zu argumentieren.

»Es ist ein Test der Götter«, erklärte Makhah unaufgeregt. »Der Wind – er warnt uns davor, dem Bären auf seinem heiligen Boden zu schaden.«

Roosevelt hörte das Tier grollen und stöhnen. Es kam näher.

»Makhah?«

Der Indianer ergriff seine Schulter. »Ja, jetzt können wir losrennen.«

Trotz seiner eingeschränkten Sicht rannte Roosevelt wie ein olympischer Sprinter.

Er wurde von seinem Freund mitgezogen, überrascht, dass er überhaupt nicht hinfiel.

Seine anderen Sinne liefen auf Hochtouren und wiesen ihm den Weg. Rutschend kamen sie zum Halt und Roosevelt musste sich entscheiden.

»Springen oder kämpfen.«

»Springen?«, fragte Roosevelt. Er hatte keine Ahnung, wohin oder wovon hinab er springen sollte.

Keiner der Männer hatte ein Gewehr bei sich. Roosevelt hatte seins am Lagerfeuer zurückgelassen. Würden sie bleiben, wären sie von dem, was wahrscheinlich ein Grizzlybär war, in Fetzen gerissen worden.

»Ist das immer noch ein Test?«, fragte er nach dem Sack greifend.

»Ja.«

Gegen jede Vernunft senkte Roosevelt seine Hand.

»Okay. Wir springen.«

Zusammen sprang das Paar.

Sie fielen länger, als Roosevelt es erwartet hatte. Für einen Moment dachte er, sie würden ewig weiter fallen. Dann tauchte der Boden unter ihnen auf und flachte langsam in eine Art Rutsche ab. Die zwei Männer klammerten sich aneinander und purzelten zum Halt.

Schwer atmend erhob sich Roosevelt und zog sich nicht allzu zufrieden mit Makhah den Sack vom Kopf.

Er war kurz davor, den Mann dafür zu tadeln, dass er gerade beinahe den Präsidenten der Vereinigten Staaten getötet hatte, unterließ es aber.

Roosevelt hätte Makhahs Anweisungen schlicht *nicht* folgen müssen.

Seine abenteuerlustige Seite hatte die Kontrolle übernommen und das hatte ihm fast das Leben gekostet. Außerdem konnte er den Lakota nicht sehen. Nicht einmal hören.

»Makhah?«

Ein Licht wurde hinter ihm entzündet. Roosevelt drehte sich um und zog sein Messer. Es war die einzige Waffe, die er bei sich hatte. Aber es gab keinen Grund für seine Angst. Makhah hatte nur eine Fackel angezündet.

»Was tust du …?«

»Es ist sehr dunkel. Komm.« Makhah drehte sich um und lief los.

Das Paar erreichte einige Stufen. Roosevelt wusste nicht, was er davon halten sollte.

Er war irgendwo unter der Erde und stieg eine uralte Treppe hinauf.

Im schwachen Licht der Fackel konnte Roosevelt kaum die Stufen ausmachen und er war überrascht, wie abgenutzt diese waren. Dieser Ort war alt – alt genug, damit diese Steine abgenutzt werden konnten.

Makhah sagte, dass er ihn in die Unterwelt leiten würde. Roosevelt war ein intelligenter Mensch. Er glaubte nicht daran, dass Himmel und Hölle tatsächliche Orte waren.

Dieser Ort war es aber.

Die Stufen endeten in etwas, das er als riesige Höhle erkannte.

Auch ohne es zu sehen, konnte er die Ausmaße fühlen. Höhlen waren für dieses Gebiet keine Seltenheit. Es hätte ihn nicht im Mindesten überrascht, wenn diese Höhle als lakotische Unterwelt interpretiert worden war.

»Wir sind da«, verkündete Makhah.

»Wo?«, fragte Roosevelt und blickte sich um. Er konnte nicht viel außerhalb des Lichts von Makhahs Fackel erkennen.

Makhah blickte ihm über seine Schulter an und lächelte. »Hier.«

Er warf die Fackel in eine Grube.

Das große, perfekt geschnittene, runde Loch entzündete sich in einem Feuerball. Innerhalb des tobenden Feuerscheins war Roosevelt von dem, was er sah, absolut erstaunt. »Unglaublich …« Er drehte sich einmal um sich selbst herum, sein Verstand arbeitete abermals auf Hochtouren. Er konnte es nicht begreifen. Im tanzenden Feuerlicht notierte sich Roosevelt alles, was er sah – und ebenfalls alles, was er dachte. Und wie er es immer tat, unterschrieb er jede einzelne Seite. Es war eine seiner Sicherheitsmaßnahmen. Damit würde es keine Missverständnisse geben, wem das Notizbuch gehört hatte.

»Wie?«

»Wir wissen es nicht«, erklärte Makhah, »aber das ist der Grund, wieso du dieses Land beschützen musst. Du musst es mir versprechen.«

Roosevelt nickte. Er wusste, was er zu tun hatte. Er klappte sein Notizbuch zu. Der Inhalt war für ihn unbezahlbar. Es beinhaltete alles, was er für das Schreiben seines neuen Buches benötigte. Aber Makhahs Wunsch war weit wichtiger.

Schweren Herzens warf der Präsident die Notizen in das Inferno. Niemand durfte erfahren, was er gefunden hatte.

Er erwiderte Makhahs Blick. »Ich verspreche es dir. Ich werde dieses Land beschützen.«

CASCADE, WYOMING
HEUTE

Ein Klopfen an der Tür riss Nina aus ihren Gedanken. Sie war bereits seit einer Woche dabei, das Haus ihres Großvaters auszuräumen. Es war deutlich zu erkennen, dass er nicht wieder nach Hause kommen würde. Sein körperlicher Zustand hatte sich bis hin zu einem Punkt so verschlechtert, dass er in allen Lebensbereichen Hilfe benötigte.

Als seine Bevollmächtigte hatte Nina entschieden, das Haus zu verkaufen, um die Kosten für die Rechnungen der Behandlungen zu bezahlen, die sich auf dem Küchentisch stapelten.

Sie öffnete die Tür und lächelte den jungen Mann an, der auf der anderen Seite der knarrenden Schwelle stand. Chatan »Hawk« Durham war eine der nettesten Personen, die sie jemals getroffen hatte.

Er hatte sich noch nie über ihre Liebe zum Nachtleben beschwert, noch hatte er versucht, sie zu ändern. Noch jetzt, nachdem sie ihn mehrfach im Stich gelassen hatte – und ihn sogar betrogen hatte, kam Hawk zu Hilfe, wenn sonst keiner kam.

Er war der Einzige ihrer Kollegen und Freunde, der Hilfe angeboten hatte. Letztere gab es sowieso viel zu wenige. Es schadete auch nicht, dass sie wieder miteinander schliefen. Sie vermutete, dass ihre aktuelle Beziehung deutlich ernster geworden war, als sie es eigentlich gewollt hatte. Dieses Mal waren sie jetzt schon seit sechs Monaten ohne Unterbrechung zusammen.

Nina mochte ihn sehr, aber sie brauchte sehr lange, um jemanden komplett zu vertrauen, nach dem, was ihr Vater ihr angetan hatte, als sie noch ein Teenager gewesen war.

»Hey«, sagte Hawk bestürzt klingend. »Wie geht es dir?«

Sie zuckte mit den Schultern und blinzelte mehrfach. »Gut, wieso? Er ist nicht tot.«

Er rollte mit den Augen und trat ein. Nina warf sich in seine Arme und sie küssten sich. Spielerisch zog sie an seinem Pferdeschwanz und er biss in ihre Lippe. Hawk und Nina waren ein interessantes Pärchen.

Er war ein einheimischer Lakota. Ninas Ahnen waren eine der ersten Familien, die sich vor über hundert Jahren im nördlichen Wyoming niedergelassen hatten. Ihr Großvater war der erste Bürgermeister von Cascade gewesen.

»Wow«, sagte Hawk und blickte sich mit den Händen in die Hüften gestützt um. »Du hast ja schon jede Menge gemacht.«

Nina hob eine geschlossene Faust. »Und was soll das bedeuten?«

Er grinste und streichelte ihren komplett tätowierten linken Oberarm. »Es bedeutet, dass du manchmal sehr faul sein kannst.«

Halbherzig schlug sie in seine Richtung. Hawk ließ sie seine Wange leicht berühren. Für den Bruchteil einer

Sekunde dachte sie, dass sie ihn verletzt hätte. Hawk konnte sein Lächeln aber nicht zurückhalten. Das ließ Nina in eine Fluchtirade ausbrechen.

Sie beruhigte sich wieder und streckte ihren unteren Rücken. »Hilf mir mal mit dem Teppich.«

Hawk betrachtete ihren nackten Bauch. Neben diesem und ihrem tief ausgeschnittenen Dekolleté wurde es immer schwieriger, sich auf die Sache zu konzentrieren, die eigentlich gerade wichtig war. Das Paar betrat das urige Wohnzimmer und entfernte den schweren Couchtisch. Als Nächstes rollten sie den ausrangierten zotteligen Teppich zusammen.

Hawk stolperte über ein verformtes Dielenbrett und beide fielen hart zu Boden. Nina landete auf ihm mit einem Aufstöhnen und einem Jammern.

»Autsch.«

Sie schob einige seiner Haarsträhnen aus seinem Gesicht. »Alles gut?«

»Ja.« Er nickte, verzog aber sein Gesicht. »Bin auf meinen Schlüsseln gelandet.«

Sie setzten sich auf und bemerkten, dass das Dielenbrett sich gelöst hatte. Hawk griff danach und war überrascht, dass es sich komplett gelöst hatte. »Ups.«

»Verdammt, Hawk! Komm schon! Ich kann es mir nicht leisten, den Boden zu reparieren.«

Sie knieten neben dem Brett und versuchten, es wieder in die richtige Position zu bringen.

»Warte mal«, sagte Hawk und deutete auf etwas unter den Dielen.

»Was ist das?«

Die Gesichter zusammengesteckt lehnten er und sie über dem Loch im Boden. Eine flache Metallkiste blickte ihnen entgegen. Sie war verschlossen. Das Schloss war jedoch klein und würde ohne viel Aufwand geknackt werden können.

Hawk griff nach der Box und legte sie auf den Boden zwischen ihnen.

»Warte mal …« Nina griff mit ihren Händen in die Taschen ihrer engen Jeans und holte einen Schlüsselring hervor.

»Ich habe mich schon die ganze Zeit gefragt, wofür der ist.« Sie hob einen einzelnen kleinen Messingring an. Neben dem Hausschlüssel war dies der einzig übriggebliebene Schlüssel am Ring.

Sie hatten das Auto ihres Großvaters vor zwei Sommern verkauft.

Beide lächelten, als der Schlüssel ins Schloss passte.

Nina drehte den Schlüssel.

Es öffnete sich und Hawk entfernte es von der Kiste. Wie ein Kind an seinem Geburtstag öffnete er den Deckel voller Erwartung.

Sowohl er als auch Nina waren von dem überrascht, was sie sahen. »Ein Umschlag?« Nina runzelte die Stirn. »Ich hatte auf Bargeld gehofft.«

»Kann es ja immer noch sein«, sagte Hawk.

Hawk griff nach dem vergilbten Umschlag und blickte zu Nina. Er konnte erkennen, dass sie kein bisschen an der Entdeckung interessiert war. Er war es jedoch.

Er liebte Dinge wie diese. Das alles war seinem Onkel Tatanka zu verdanken. Er hatte geholfen, ihn von jungen Jahren an zu erziehen, und hatte ihn gelehrt, Geschichte und die Natur zu respektieren.

Zusammen waren sie oft tagelang campen und wanderten dazwischen stundenlang umher.

Er zog ein kleines Messer aus der Gesäßtasche, öffnete den Umschlag vorsichtig und zog ein gefaltetes, leicht verkohltes Stück Papier hervor.

Dieser Fund hatte in der Vergangenheit ein Feuer überlebt. Da er es nicht besser wusste, entfaltete er vorsichtig das Papier und versuchte es zu lesen. Unglücklicherweise waren die meisten Wörter entweder verschmiert oder fehlten komplett. Der Feuerschaden war nicht nur auf den Rand beschränkt. Es gab im gesamten Dokument Löcher.

»Es ist ein Brief«, sagte er, »oder eine Notiz.«

»Kannst du irgendetwas lesen?«

»Nicht viel«, antwortete er. »Hier«, er zeigte auf eine Zeile, »Ich denke, dort steht, *der Reichtum einer Nation.*«

»Reichtum?«, fragte Nina, etwas näherrückend. »Du meinst, wie Geld?«

Hawk zuckte mit den Schultern. »Keine Ahnung. Vielleicht?«

»Was steht da sonst noch?«

Er kniff die Augen zusammen und hielt das Papier in verschiedene Richtungen. Er behielt die Finger am Rand, um es nicht noch weiter zu beschädigen.

»Hier steht auch: Die Sieben … sie ruhen, ähm, im Schoß des Bären.«

»Die sieben ruhen im Schoß des Bären?«, wiederholte Nina. »Bist du dir sicher?«

»Das ist, was hier steht«, sagte Hawk und kratzte sich am Kopf.

Die Sieben?, dachte er. *Könnte es die Sieben Schwestern bedeuten?* Hawk wusste vieles über die Geschichte seines Volkes, aber sein Onkel war ein wahrer Experte. Er würde sofort wissen, was es bedeutet.

Er drehte sich um und hielt das Blatt ins Licht, die einzige noch lesbare Zeile vorlesend. »Enthülle ich es?«

»Wer ist *Ich*?«

»Keine Ahn…« Hawks Stimme verstummte.

Er erkannte eine schwache Unterschrift am Fuß der Notiz. »Oh.«

»Sein Name war Oh?«

Er antwortete nicht. Stattdessen zeigte er stumm auf den Namen. Nina war scheinbar nicht in der Lage, den Namen zu lesen, da ihre Reaktion anders war als seine. Hawk war sprachlos – schockiert darüber, wer diesen Brief verfasst hatte.

»Theodore Roosevelt.«

BLACK BUFFALO RESORT AND CASINO
CASCADE, WYOMING

Nach dem Ende ihrer Schicht fand sich Nina an ihrem Lieblingsplatz wieder – der Bar. Auch Shannon und Monica waren dort. Die drei Mädels trafen sich dort regelmäßig für ein paar Drinks, ganz egal, wie früh sie am nächsten Tag zur Arbeit mussten.

Manchmal hatte Nina gerade genug Zeit zu duschen und sich umzuziehen, bevor sie wieder zur Arbeit musste. Sie konnte nicht mehr sagen, wie viele Tage sie ohne zu schlafen gearbeitet hatte. Die Zahl war zu groß, um sich zu erinnern.

»Warte eine Sekunde«, sagte Shannon mit Hicks, »du und Hawk … ihr habt eine Schatzkarte gefunden?«

Monica kicherte und nahm einen weiteren Schluck vom Long Island Iced Tea. »Nein, du Trunkenbold, die haben einen Brief gefunden, stimmt's?«

Nina nickte und kämpfte krampfhaft gegen das halbe Dutzend Shots, die sie hinuntergestürzt hatte. »Japp …« Sie hickste und kicherte. »Wir haben eine Notiz gefunden, die von Teddy Ruxpin – ich meine Roosevelt geschrieben wurde.«

Alle drei Mädels lachten über Ninas Versprecher. Der Einzige, der nicht lachte, war der Barkeeper. Er schaute stattdessen auf die Kamera über seinem Kopf. Er wusste, wer zuhörte. Er war schon lange genug bei Black Buffalo beschäftigt, um zu wissen, dass die zwei Männer, die für den Laden verantwortlich waren, immer auf eine Gelegenheit warteten, mehr Geld zu machen. Der Barkeeper wusste eine Sache absolut sicher. Nina Farley würde bald ein privates Treffen mit einem Namen haben, der als Bigfoot bekannt war. Außerdem tat ihm das Mädchen leid. Bigfoot hatte einen besonderen Umgang mit Menschen. Nämlich einen gewalttätigen.

1

YELLOWSTONE NATIONAL PARK
WYOMING

Die Sonne war gerade dabei, aufzugehen. Ihr niedriger Stand tauchte Jack und Bull in eine tiefe, gelassene Düsternis. Die Luft unter dem Laubdach hielt den trüben Sonnenaufgang länger fest als andere Teile des Parks. Den zwei Rangern machte das nichts aus. Sie zogen die aktuelle Frische der Luft dem schwülen Bruder am späten Nachmittag vor. Es hatte eine Meldung über eine Party in der Nacht gegeben, etwas, das man nach Sonnenuntergang im Yellowstone missbilligte. Der Verzehr von Alkohol im Park war nicht verboten, solange es nicht außer Kontrolle geriet. Dieses Mal ist es *heftigst* außer Kontrolle geraten. Eines der Collegekinder von der Party – eine 19-jährige Studentin im zweiten Jahr – wurde ins Krankenhaus eingeliefert. Kurz danach mussten die Ärzte ihren Magen auspumpen. Später am Tag gab sie zu, bei einer Saufparty mitgemacht zu haben. Sally Siling, aus der Leitstelle, hat die Aussage des Mädchens wiedergegeben, – auch den Teil über das »Wegknallen« auf der Party. »Ich wette, das hat es, Sal.« Jack lachte auf ihre Kosten leise in sich hinein. »Ich wette, das hat es …« Tatanka »Bull« Durham führte sie, wie er es immer tat. Der Lakota war der beste Spurenleser, den Jack jemals gesehen hatte. Selbst während seiner Zeit beim Militär hatte er niemanden beobachtet, der so im Einklang mit seiner Umgebung war. Es war, als würde Bull genau wissen, was Mutter Natur gerade dachte. Einmal waren sie auf einem Nachmittagsausflug. Es war trocken und doch hatte Bull merkwürdigerweise seine Regenjacke eingepackt. »Es fühlt sich an wie Regen«, hatte Bull erklärt. Der Himmel war an dem Morgen so klar gewesen, dass Jack keinen Sinn darin gesehen hatte, seine mitzunehmen. Fünfzehn Minuten nach dem Aufbruch war Jack durchnässt gewesen, fror und fluchte wie ein Rohrspatz.

Bull schnupperte. Als er sprach, war seine Stimme sanft wie immer. »Diese Richtung.« Er erhob seine Stimme nur selten. Sie suchten nach dem Ort der Party – ein Unterfangen, das dadurch erschwert worden war, dass vor ein paar Stunden ein Unwetter hereingebrochen war. Alles war durchgeweicht, inklusive Jacks Schuhe und Socken.

Das hospitalisierte Mädchen konnte sich nicht erinnern, wo die Party stattgefunden hatte.

Sie konnte sich glücklich schätzen, dass ihr nichts Schlimmeres passiert war. Hier draußen, im Wald, ohne jemanden mit Ahnung, hätte es schnell brenzlig werden können, insbesondere bei der Menge an Alkohol in ihrem Blut.

Das Duo wanderte nun schon dreißig Minuten. Die Entfernung sprach immerhin dafür, dass einige der Feiernden gut ausgerüstet gewesen waren und sich in der Umgebung auskannten. Jack vermutete, dass, wer auch immer die Party organisiert hatte, aus der Gegend stammte. Hoffentlich würde die alkoholvergiftete Studentin jemanden verpetzen. Sie wäre immerhin beinahe gestorben. Aber das war nicht länger eine Angelegenheit der National Parks Services (NPS). Die Ermittlungen lagen nun in den Händen der lokalen Strafverfolgungsbehörden. Der Pfad verengte sich weiter vorn und drückte gegen Bulls und Jacks Schultern. Er war aber immer noch passierbar und auch kürzlich benutzt worden. Sogar Jack konnte so viel sagen. Der Pfad war mit abgebrochenen Ästen übersät und ein Stück weiter vorn schimmerte es metallisch. Jack folgte Bull auf eine kleine Lichtung. Sie war völlig verwüstet. Das metallene Objekt, welches er gesehen hatte, bevor er die Lichtung betreten hatte, war eine zerbeulte Bierdose.

»Ground Zero«, sagte Jack und tippte mit dem Fuß dagegen. Auf der Lichtung lagen dutzende Bierdosen – und zusätzlich vier leere Flaschen Wodka sowie ein zurückgelassenes Sixpack Alkopops. *Bäh*, dachte Jack und verzog das Gesicht, als er die Alkopops erblickte, *diese Typen haben einen wirklich schlechten Geschmack.* Überall lag Essen herum. Es schien so, als hätte es niemand für nötig befunden, einen Müllbeutel mitzubringen oder zumindest den Müll in eine verschließbare Kühlbox zu packen.

»Dreckige Bastarde.«

»Was?«, fragte Bull, während er die Asche einer Feuerstelle inspizierte.

Jack winkte ab und trat auf einen zweiten Pfad. Er kniete sich runter und inspizierte einige Fußabdrücke. Auch dieser Pfad war kürzlich benutzt worden. Jetzt, da die NPS sich über den Zustand des Parks ein Bild gemacht hatte, konnte sie die Schäden aufnehmen und den Behörden melden. Leider musste die sorgfältige Reinigung noch auf sich warten lassen. Jack und Bull waren nicht deshalb hier. Jack holte das Satellitentelefon raus und wählte Sallys Nummer in der Zentrale.

»Mist.«

Er hatte kein Signal. Er schaute zu Bull. »Wir sind in einem Funkloch.«

Bull nickte, holte sein Handy raus und machte ein paar Fotos von der Szenerie. Da nichts mehr zu tun war, sammelten die beiden Männer so viel Müll auf, wie sie konnten, und stopften ihn in das Feuerloch. Mit ihren Füßen schoben sie Erde über das Loch. Hoffentlich würde es die Überreste so lange bedecken, bis sie zurückkämen. Nachdem sie alles durchgegeben hätten, würden Sie zu Bulls Truck zurückwandern und ihre Ausrüstung holen – vor allen Dingen Schaufeln und schwarze Müllsäcke. Anschließend würden sie wieder zur Partyzentrale zurückkehren und mit der Arbeit anfangen.

Heute sind wir nicht mehr als Müllmänner.

Jack folgte seinem Partner von der Lichtung zurück zwischen die Bäume. Dieser Pfad war breiter als der erste und die zwei Männer konnten nebeneinander herlaufen. Er wusste, dass der Pfad sie in Richtung eines Abhangs führen würde, glücklicherweise würde der Pfad nicht zu nah an diesen herangehen. Es gab einen beruhigenden Abstand von 15 Metern zwischen Abhang und Baumgrenze. Als sie ankamen, wurden sie von dem, was sie sahen, überrascht. Der Pfad, der normalerweise parallel zum Abhang verlief, war fort.

»Es gab gestern Nacht definitiv einen Sturm«, sagte Bill, mit einem Blick zu Jack.

»Was hat es verraten?«

Ein Erdrutsch hatte den gesamten Bereich vor ihnen entfernt. Anstatt des 15 Meter entfernten Abhangs befand sich hier nun ein Felsvorsprung, der viel flacher abfallend nach unten verlief – und er befand sich nur knapp einen Meter vor ihren Füßen.

»Wir sollten zurückgehen«, sagte Bull und drehte sich weg.

Jack hatte eine andere Idee.

»Warte mal.« Bull stoppte und schaute zurück. Jack lehnte sich über den zerstörten Pfad. »Ich denke, wir können es schaffen, wenn wir uns an den Bäumen festhalten.« Bull verschränkte seine Arme vor sich. Es sah so aus, als bräuchte es ein wenig Überzeugungsarbeit. Der Mann war felsenfest bei all seinen Entscheidungen. Würde er den anderen Weg zurückgehen wollen, würde er es auch tun.

Jack zwinkerte. »Vertrau mir.«

Bull schnaubte, blieb aber.

Jack betrachtete den Felsvorsprung und machte einen Schritt. Es ging nur langsam voran, aber er machte weiter. Er wählte seine Schritte vorsichtig und nutzte die Bäume zu seiner Rechten als Stütze. Jack überschätzte seine Fähigkeiten deutlich und wurde dummerweise schneller. Als er das tat, griff er nach dem Stamm einer dünnen, jungen Pinie und war geschockt, als diese nachgab.

Scheiße!

Jack fiel und schlitterte mit dem Kopf voran zusammen mit dem Baum hinab. Beide beschleunigten den neuen Felsvorsprung hinab und steuerten auf den Abhang zu. Der Baum riss ihn nach links und ließ ihn herumwirbeln. Mit den Füßen voran hinabschlitternd suchte Jack nach Halt, konnte aber keinen finden. Er war zu schwer und er bewegte sich zu schnell. Alles, was die Umgebung ihm anbot, war mehr Schlamm. Als seine Füße und sein Hintern den Boden verließen, griff etwas mit der Stärke eines Schraubstocks nach seinem herumwirbelnden Handgelenk. Jack wurde gegen den Abhang geschleudert und schlug hart mit seinem Körper dagegen. Er schaute hinauf und sah Bull auf seinem Buch liegen. Der kräftigere Mann strengte sich an, um Jacks 100-Kilo-Körper über dem 25 Meter tiefen Abgrund, der in einem schnell fließenden eiskalten Fluss endete, zu halten.

»Beeil dich«, sagte Bull und biss die Zähne zusammen. »Klettere.«

Den Fuß gegen den Felsen drückend, begann Jack, nach oben zu klettern. Als er mit dem Kopf über den Abhang schaute, stoppte er. Über der neu geschaffenen Anhöhe sah er das Letzte, was er zu sehen hoffte.

»Warum hörst du auf?«, fragte Bull. »Ich …«

»Pscht«, unterbrach in Jack. »Berglöwe.«

Je nachdem, aus welcher Region des Landes man kam, war der *Puma concolor* unter verschiedenen Namen bekannt. Für Jack waren es Berglöwen. Aber sie waren auch als Pumas, Silberlöwen und Kuguar bekannt und konnten dasselbe Gewicht wie Jack erreichen. Dieser hier war nicht so groß. Es war aber trotzdem ein Prachtexemplar.

Vielleicht 20 Kilo weniger als ich – so um den Dreh.

Bulls Augen weiteten sich. Sie waren in echten Schwierigkeiten. Für die Katze sahen sie aus wie zwei ums Überleben kämpfende Stücke Fleisch. Normalerweise würde ein Berglöwe nur angreifen, wenn sie in seinem Territorium wären oder wenn er Junge um sich hätte.

Oder davon abhängig, wann er zum letzten Mal etwas gefressen hatte.

Die Katze trat vor, der Kopf tief und der Schwanz zuckend.

Jack griff mit seiner freien Hand nach seiner Pfefferspraypistole in seinem Holster. Die nicht-tödliche Waffe war ihre bevorzugte Verteidigungsart. Das Letzte, was Jack oder Bull wollten, war, den Jäger zu töten. Sie waren in seinem Wohnzimmer und deshalb waren sie hier fehl am Platze.

Bull schüttelt seinen Kopf.

Jacks Bewegungen ließen den Körper seines Partners einige Zentimeter nach vorn rutschen. Bald würden beide Männer abstürzen.

Die Katze machte einen Schritt auf sie zu und spannte ihre Hinterbeine an.

»Ich muss«, sagte Jack und tastete endlich nach dem Waffengriff.

Bulls Aufmerksamkeit wechselte in dem Moment in Richtung des schäumenden Flusses unten, als die Katze lossprang. Gerade als Jack seine Hand um die Pfefferspraypistole legte, tat Bull das Undenkbare.

Er ließ los.

Die zwei Ranger fielen wie Bomben und schrien auf, als sie verdreht in den eiskalten Bergstrom krachten. Gleich nach dem Aufschlag wurden sie unter Wasser gedrückt. Beide waren gute Schwimmer. Schnell stießen sie sich an die Wasseroberfläche und erschraken, als der Berglöwe neben ihnen im Wasser landete.

»Ich kann es nicht glauben!«, schrie Jack, Wasser verschluckend. »Du hast die Katze mir vorgezogen!«

Bevor Bull sich für seine Handlungen verteidigen konnte, nahm die Strömung an Geschwindigkeit zu und das Trio trieb durch die Stromschnellen. Im Einklang miteinander schrien sie – inklusive Katze – und wurden einen kräftigen Wasserfall heruntergespült.

Das Wasser direkt unter dem Wasserfall war breiter und ruhiger, gerade einmal 30 Meter später nahm die Geschwindigkeit aber wieder zu. Jack und Bull schwammen in eine Richtung. Der Berglöwe in die andere. Auf allen vieren, wie die Katze, kletterten die zwei Ranger ans trockene Land und wälzten sich schwer atmend auf ihre Rücken.

Jack wendete seinen Blick nach links und sah das Tier, wie es sich das Wasser vom goldbraunen Fell schüttelte. Nach einem letzten Blick drehte es sich um und rannte in die Wildnis. Jack hob den Blick gen Himmel und lachte, glücklich darüber am Leben zu sein. Er war klatschnass und er fror. Die Alternative wäre aber der Tod gewesen.

»Wie ich Katzen hasse.«

»Kann schon sein«, sagte Bull, »denk aber …«

»Ich weiß, ich weiß«, unterbrach ihn Jack und klopfte seinem Freund ohne hinzuschauen auf die Schulter. »Wir bewahren. Wir zerstören nicht.«

Ein bekanntes kehliges Brüllen schreckte Jack und Bull auf. Sie sprangen auf die Füße und sahen sich Kopf an Kopf mit einem Grizzlybären. Es war ein großer männlicher und er war nicht allzu glücklich, sie zu sehen. Beim letzten Mal, als Jack einem Grizzlybären gegenübergestanden hatte, endete das damit, dass die beiden mit Pfefferspray abgespritzt wurden.

»Bleib ruhig«, flüsterte Bull.

Der Bär erhob sich auf seine Hinterbeine und trat näher. Jetzt war er über drei Meter groß.

Nein!, dachte Jack.

Er brach jede Regel im Buch und rannte zum Fluss. Er tauchte wie Micheal Phelps und trat wie verrückt. Bull war knapp hinter ihm. Jacks plötzliche Bewegungen hatten die Aufmerksamkeit des Tieres geweckt. Es griff nach dem einzigen anderen Ding in seinem Weg, den 115-Kilo-Mann Bull.

Der Fluss trug die beiden flussabwärts zu einem Prallhangkanal. Hochaufragende rutschige Felswände stiegen zu beiden Seiten des Nebenflusses auf und flachten in ungefähr sechs Metern unerreichbar ab. Von hier gab es kein Entkommen. Das Duo wurde in eine weitere Gruppe von Strömschnellen getrieben. Abwartend, was sie erwarten würde, drehte sich Bull und richtete seine Aufmerksamkeit auf seinen Partner. Sein ohnehin schon mürrischer Gesichtsausdruck verdüsterte sich noch mehr.

Jack konnte nur mit den Schultern zucken. »Ich vermute, dass das der Grund war, wieso die Katze die andere Flussseite gewählt hatte.«

Sie hielten sich an den T-Shirts des jeweils anderen fest und schrien, während sie wie Puppen hin und her geworfen wurden. Dann fielen die beiden Ranger einen zweiten Wasserfall hinab.

2

CODY, WYOMING
ZWEI TAGE SPÄTER

Benannt nach William »Buffalo Bill« Cody, einem berühmten Schauspieler und Bürgerkriegsveteranen, war Cody, Wyoming, ein wundervoller Ort zum Leben, wenn man das langsame Leben denn genoss. Knapp unter zehntausend Menschen nennen die Stadt ihr Zuhause. Erwähnenswert ist, dass Cody knappe 20 Meilen östlich vom Yellowstone National Park liegt, was den Tourismus zum wichtigsten Wirtschaftszweig machte. Durch die Nähe zum Naturschutzgebiet haben mehrere Mitarbeiter der NPS sich diesen Ort als Wohnort ausgesucht, auch der ehemalige Delta-Force-Soldat, Jack Reilly.

Nachdem er vor ein paar Jahren ausgeschieden war, wurde Jack beim NPS durch den Freund eines Freundes eingestellt. Das vorbildliche militärische Führungszeugnis und der Wille, umzuziehen, machten seine Einstellung zu einem Kinderspiel. Die meisten Menschen wollten weg von Orten wie Cody, nicht so Jack. Wie viele Kampfveteranen suchte er nach Ruhe und Frieden, insbesondere jemand mit Jacks Hintergrund. Er hatte quasi sein ganzes Erwachsenenleben inmitten eines globalen Konflikts gelebt. Der Umzugsgedanke war etwas, wofür Jack einige Zeit gebraucht hatte, um sich daran zu gewöhnen. Cody war mehr als eine Meile über dem Meeresspiegel, was es schwer machte, bei Atem zu bleiben, wenn man nicht daran gewöhnt war. Das Wetter war meistens trocken. Die Winter brachten trotz der niedrigen Temperaturen nicht viel Schnee. Es war perfekt für Jack. Die Kälte war nicht unerträglich eisig und die Sommermonate waren nicht allzu warm.

Aber selbst in einem Ort so gemütlich wie Cody folgte Jack die Gefahr.

Und es war keine physische Art der Gefahr. Das meiste, das er bekämpfte, war viel schlimmer als das.

Es war alles in seinem Kopf.

Jacks Träume drehten sich alle um den Tod. In seiner verzweifelten Suche nach Hilfe hatte er in der Vergangenheit schon eine Handvoll Therapeuten aufgesucht. Alle hatten ihn mit derselben Krankheit diagnostiziert, posttraumatische Belastungsstörung – PTBS.

Eine Handvoll der Ärzte hatten ihm Medikamente verschrieben, um ihn in seinem Kampf zu unterstützen. Er setzte die Beruhigungsmittel alle nach kurzer Zeit ab. Er hatte zu viele Menschen in seiner Situation erlebt, die abhängig wurden. Vor allem eine Erinnerung verursachte bei ihm die schlimmsten Schmerzen.

»Nein!«

Der irakische Junge, zu verängstigt, um zu seinem mörderischen Vater zurückzukehren, hob seine Hand und den Daumen an der Hand. Der zylindrische Auslöser war deutlich zu erkennen. Er ließ den roten Knopf los.

Jack erwachte schlagartig und sprang auf seine Füße. Er atmete schnell und war schweißgebadet. Jeder Zentimeter seines knapp 1,90 Meter großen Körpers war damit bedeckt. Glücklicherweise wusste er, was er tun musste, um aus seinem eigenen Kopf zu entkommen. Jack griff nach den Vorhängen und warf sie auf. Dabei riss er die Gardinenstange beinahe ab. Er hatte das bereits einmal getan. Der Start des neuen Tages bedeutete, dass er mindestens einen ganzen Tag von der Wiederholung entfernt war.

»Alles ist gut, Jack. Alles ist gut. Atme, Alter. Atme …«

Sein Puls sank nach einiger Zeit. Er hatte begriffen, dass er in seinem Schlafzimmer in keiner echten Gefahr war. Die mentalen Episoden waren so real, da ihm das alles zu einem Zeitpunkt wirklich passiert war. Die Mission in Mossul, Irak, die mit dem Jungen als Selbstmordattentäter, war seine letzte Mission mit Delta gewesen.

»Er ist fort«, flüsterte Jack mit Tränen im Gesicht. »Das Kind ist fort und er kommt nicht wieder.« Er schlug gegen die Wand neben dem Fenster und verursachte eine Delle. Wütend biss er die Zähne zusammen. »Wann geht das endlich in deinen verdammten Schädel rein?« Dann geschah das Beste, was passieren konnte.

Sein Handy klingelte.

Es ließ *Indian Outlaw* von Tim McGraw erklingen. Das Lied machte deutlich, dass sein Partner ihn anrief. Tatanka Durham war ein reinblütiger Lakota-Indianer und stolz darauf.

Jack war etwas kantiger an den Ecken und er besaß, was einige als kindischen Humor bezeichneten. Er liebte es, seinen stoischen Freund aufs Korn zu nehmen – deshalb auch der Klingelton. Den Fokus auf das Telefon lenkend, verdrängte er das Bild des gequälten Kindes und ging ran.

»Hey, Bull«, sagte Jack und verwendete dabei Tatankas ungewollten Spitznamen. In Wirklichkeit wurde der Name des Mannes in *Büffel* übersetzt, Jack mochte Bull aber lieber. Er verwendete ihn nur in Gesprächen mit seinem Partner und nicht, wenn er ihn anderen formell vorstellte. Jack respektierte Bull mehr als irgendjemand sonst und er wusste, welche Grenzen er überschreiten durfte und welche nicht.

»Jack, es ist etwas passiert«, sagte Bull. Er klang anders als sonst, besorgt. Es war eine von einigen Emotionen, von denen er angenommen hatte, Bull könnte sie nicht ausdrücken.

»Oh, wirklich?«

»Ja, es gibt ein Problem mit meinem Neffen.«

Jack verdrehte die Augen. Er wusste alles über Chatan »Hawk« Durham. Für ein Kind, das niemals Probleme verursachte, kam Hawk doch in jeder Menge davon. Und es war immer Bull, den er um Rettung bat, obwohl er fünf Stunden entfernt wohnte.

Andererseits waren sie die einzige Familie, die sie hatten. Hawks Vater, Bulls Bruder, war jung gestorben und seine Freundin, Hawks Mutter, hat die Stadt verlassen und den kleinen Chatan auf Bulls Türschwelle zurückgelassen.

Die zwei waren eine Zeit lang unzertrennlich, aber Hawk wurde immer wieder in Teenagerunsinn reingezogen. Bull war nicht unbedingt der herzlichste Mensch, den Jack je getroffen hatte. Er war ehrlich und hart arbeitend, aber er war kein Vatermaterial. Jack auch nicht, wenn man ehrlich war. Die Durhammänner entwickelten sich letztendlich auseinander. Hawk zog nach Cascade und bekam eine Stelle im Casino. Jetzt meldete er sich nur bei Bull, wenn der Zwanzigjährige etwas brauchte. Ganz anders als Bull, hasste Chatan seinen Namen und zog seinen Spitznamen vor. Hawk war wie sein Onkel, er war kein Unruhestifter. Jack bezweifelte, dass der Junge jemals einen Strafzettel fürs Falschparken bekommen hatte, ganz zu schweigen davon, je im Gefängnis gewesen zu sein. Er arbeitete aktuell als Kassierer für ein bekanntes Arschloch, Bartholomew Creed.

Creed besaß das Black Buffalo Resort und Casino in Cascade, Wyoming. Der ehemalige Bauunternehmer war ein reicher, grausamer Geizhals. Er zahlte seinen Leuten mit voller Zufriedenheit so gut wie gar nichts, nur weil er es konnte. Die meisten von ihnen arbeiteten im Black Buffalo und konnten nicht kündigen, selbst wenn sie es wollten. Einen besser bezahlten Job zu finden – oder überhaupt einen, bei der aktuellen Lage – war fast unmöglich.

Creed war auch Lakota, er verhielt sich aber nicht wie Bull. Ihm ging es nur ums Geld und er war verantwortlich für einige sehr zwielichtige Geschäfte in Dakota. Gerüchten nach soll er Dutzende von Leuten um ihr Land gebracht haben, indem er ihnen Geld versprochen hatte, das nie kam. Der Typ arbeitete auf abscheuliche Weise hinterhältig.

Das ist wahrscheinlich auch der Grund für seinen Erfolg, dachte Jack und hörte weiter zu. »Nina ist im Krankenhaus, und Chatan denkt, er wäre als Nächster dran. Ich habe Angst um sein …«

Nina, Hawks Ex?

»Ganz ruhig, Bull. Warte mal eine Sekunde. Atme durch und fang von vorn an«, sagte er und setzte sich auf sein Bett. Er trocknete sein Gesicht mit einem zufällig ausgewählten Stoffstück. Er hörte die leisen Bewegungen seines Armbands, als er seine Hand bewegte. Bull hatte ihm ein Paar dieser Zierperlenarmbänder der Indianer kurz nach dem ersten Treffen überreicht. Sie waren ein Geschenk zu Ehren von Jacks Dienst in den bewaffneten Streitkräften. Bulls verstorbener Vater war ebenfalls ein Veteran gewesen. Jack nahm sie niemals ab, es sei denn, sie mussten repariert werden. »Chatan und ich haben länger nicht miteinander gesprochen«, sagte Bull, »aber er erwähnte etwas, das dein Interesse wecken könnte.«

Jack hielt mitten im Abwischen inne. »Warte mal, ich dachte, er und Nina hätten Probleme?«

»Du hast gesagt, dass ich von vorn anfangen soll.«

»Touché. Erzähl weiter.«

Bull grummelte am anderen Ende der Leitung. »Ja, also, Chatans Freundin ....«

»Freundin? Sie sind wieder zusammen?«, fragte Jack, Bull unterbrechend.

»Sieht so aus. Sie sind ein interessantes Paar.«

Das war eine Untertreibung. Jack hatte einige Geschichten gehört, die beinahe für graue Haare gesorgt hätten. Es war eine Beziehung, die man am ehesten wie Jekyll und Hyde bezeichnen konnte. Hawk war ein Heiliger, Nina war die Sünderin. Sie machte Partys und schlief mit anderen. Aber sie kehrte immer zu Bulls Neffen zurück, um eine dringend benötigte Dosis Normalität zu bekommen. Nina Farley arbeitete auch für Bartholomew Creed, aber sie war seine Privatsekretärin und keine Kassiererin. Ihre nächtlichen Gewohnheiten hätten unterschiedlicher nicht sein können. Er ging nach Hause, um Leute online zu bekämpfen. Sie würde ausstempeln, die Bar abschließen und sich von Hawk abholen lassen. Das tätowierte, stark gepiercte Mädchen mit rabenschwarzen Haaren hatte Jack beim ersten Treffen bereits deutlich gezeigt, wer und wie sie war.

Hawk trank nicht, wegen seines Vaters Trunkenheit. Als sein Vater seinen Truck um einen Laternenpfahl gewickelt hatte, war der Promillewert doppelt so hoch wie erlaubt gewesen. Hawk hatte versprochen, nie so zu werden wie sein »alter Herr«.

»Chatan half Nina vor ein paar Tagen dabei, das Haus ihres Großvaters auszuräumen, da er vor einiger Zeit in ein Pflegeheim gekommen ist. Sie haben das Haus für den Verkauf vorbereitet.«

Jack hatte gerade erst mit etwas Ähnlichem zu tun gehabt, aber darüber wollte er jetzt nicht nachdenken.

»Was hat das …?«

»Ich komme dazu, Jack.«

Jack stellte den Anruf auf Lautsprecher um und warf das Telefon auf sein Bett. Er zog sich an, während er zuhörte. Duschen konnte warten. Sein halber Hektar brauchte seine Aufmerksamkeit. Wenn er damit fertig wäre, würde er mehr schwitzen als jetzt.

»Nachdem sie den Teppich im Wohnzimmer aufgerollt hatten, haben sie ein loses Dielenbrett gefunden.« Jack blickte zum Telefon und wartete ab. »Sie haben versucht, es zu reparieren, aber haben es nur komplett gelöst.«

Ups, dachte Jack.

»Das war, als sie es gefunden haben.«

Mhm, vielleicht nicht »Ups«.

»Haben was gefunden?«

»Einen Brief, Jack – und nicht irgendeinen Brief.« Bulls Stimme klang nun noch ernster, als ob das noch möglich gewesen wäre. »Der handelt von einem *Reichtum einer Nation*.«

Jacks Ohren richteten sich auf. »Schatz?«

»Möglicherweise«, antwortete Bull. »Aber er erwähnt auch die Sieben.«

»Die Sieben?«

»Die Sieben Schwestern«, erklärte Bull.

Jacks linke Augenbraue hob sich. »Wirklich?«

Die Legende besagt, dass einst sieben Schwestern im Wald spielten. Sie kamen zu dicht an eine Bärenhöhle heran und scheuchten die Kreatur darin auf. Das Tier verfolgte die Mädchen bis zur Erschöpfung. Voller Angst drängten sie sich zusammen und beteten zu den Göttern, sie zu retten. Ihre Gebete wurden auf wundersame Weise erhört. Der Boden um sie herum erhob sich und wuchs hoch in den Himmel. Es heißt, dass die Schwestern zu einem Sternhaufen wurden, den Plejaden, und die Erde unter ihnen der Devils Tower. Die Geschichte besagt außerdem, dass die riesigen vertikalen Rillen, die in die Seite der berühmten Felsformation geritzt sind, von dem Bären stammen, der versucht hatte, hinter seinen entkommenen Opfern herzuklettern.

Das war ja alles gut und schön, aber …

»Noch einmal, Bull, du verwirrst mich«, sagte Bull, der versuchte, alles miteinander zu verbinden, aber scheiterte.

»So ging es mir auch, bevor Chatan mir gesagt hatte, wer den Brief geschrieben hatte.«

Jack nahm das Telefon wieder auf und beendete den Lautsprechermodus.

Den Hörer ans Ohr nehmend, hörte er aufmerksam zu und stellte die einzige Frage, die ihm noch einfiel.

»Okay, dann sag mir, wer hat Hawks Brief geschrieben?«

Bull räusperte sich. »Theodore Roosevelt.«

»Wow. Das ist außergewöhnlich!«, sagte Jack mit weit aufgerissenen Augen. »Aber ich bin immer noch verwirrt.«

»Ich auch, Jack.« Bull seufzte. »Ich auch.«

3

BLACK BUFFALO RESORT AND CASINO
CASCADE, WYOMING

Selbst mit seinen 62 Jahren war Bartholomew Creed noch stark und kräftig gebaut. Er hatte in den letzten Jahrzehnten einige Leute erfolgreich so eingeschüchtert, dass sie in schreckliche Geschäftsabschlüsse eingewilligt hatten, Geschäftsabschlüsse, die für ihn niemals negative Auswirkungen gehabt hatten.

Einige nannten in einen Betrüger. Andere sagten, er sei ein Creed nannte es Sachverstand.

Vor fünfzehn Jahren hatte er sein Bauunternehmen verkauft und war gen Westen nach Wyoming gezogen. Für ihn und seine Geschäftspraktiken gab es in South Dakota nichts mehr zu holen. Er war für die ländlichen Großen Ebenen das, was einem Mafiaboss am nächsten kam. Sein nächstes Vorhaben war das eines profitablen Casinobesitzers. Sportwetten im Internet waren im Moment eine große Sache und Creed hatte sich genau zur richtigen Zeit diesem Leben zugewandt. Das

Casino selbst war nur ein Bonus für ihn. Der wahre Profit wurde online durch Leute erwirtschaftet, die er noch nie getroffen hatte. Es war leicht verdientes Geld. Er hatte mehrere zehn Millionen in kurzer Zeit gemacht. Unglücklicherweise hatte der nationale Konjunkturrückgang einen Teil seiner Profite aufgefressen. Vor zwei Sommern hatte er sich entschieden, das Hauptgeschoss des Casinos zu erneuern. Diese Entscheidung hatte ihn mehr gekostet, als er erwartet hatte. So viel, dass er sich an eine Gruppe aus Kalifornien wegen eines zusätzlichen Kredits gewandt hatte. Die Rückzahlung der ursprünglichen Investition – zuzüglich Zinsen – war nun bald fällig. Und dieses Geld hatte Creed nicht.

Während er auf sein wunderschönes, renoviertes Casino hinabblickte, seufzte er. Niemand konnte ihn durch die zwölf Einwegspiegel, die die westliche Wand seines großen rechteckigen Büros ausmachten, sehen. Beim Aufbau seines Büros drehte sich alles, wie bei allen seinen Geschäften, um Kontrolle. Tatsächlich stand jeder, der sein Reich betrat, unter ständiger Beobachtung, bis er seinen Schreibtisch erreichte. Bis zu dem Zeitpunkt würde Creed bereits wissen, wie sehr eine Person kämpfen würde. *Wenn überhaupt.*

Seine Sprechanlage summte. »Entschuldigung, Sir, aber Mr. Zietz ist hier, um sie zu sehen.«

Merkwürdig, er erkannte die Stimme der Frau gar nicht.

Creed sprach, ohne die Augen von der »Grube« abzuwenden. Seine Stimme war tief und schwer. »Soll eintreten.«

Ein bärtiger Mann von der Größe eines Sasquatch öffnete die Tür. Tom Zietz' Äußeres hatte ihm den Spitznamen »Bigfoot« eingebracht, als er noch ein Officer bei der Polizei in Montana gewesen war. Vor Jahren hatte Creed eine Geschichte, die über die Grausamkeit des Mannes berichtete, gelesen. Dieses Temperament hatte mehrfach dafür gesorgt, dass er suspendiert worden war. Beeindruckt von den Taktiken des kräftigen Mannes hatte er ihm die Stelle als Chef der Sicherheit und das anderthalbfache Gehalt seines Polizistengehaltes versprochen, um ihn dazu zu bringen, die Polizei zu verlassen. Für die letzten elf Jahre hatte Bigfoot sich um alles, sowohl um das Gute als auch um das Schlechte, gekümmert, wenn es die Situation verlangt hatte.

»Ja, Mr. Zietz?«, fragte Creed und sah eine Frau mit einer großen Oberweite unten vorbeilaufen. Dieser Anblick brachte ihn zum Lächeln.

Creed wandte sich ab und wartete darauf, dass Nina die Tür schloss, bevor sie fortfahren würden. Seine normale Sekretärin war nicht da. Er konnte sich nicht daran erinnern, ob sie sich krankgemeldet hatte. Zietz deutet mit dem Kopf zurück Richtung Tür. »Sie ist der Grund, wieso ich hier bin.«

»Wer? Das neue Mädchen?«

Die Rothaarige war hübsch, auf den ersten Blick bot sie Creed aber ansonsten nichts. Er mochte seine Frauen feurig. Diese hier sah bodenständig aus. Das war etwas, das er ändern müsste, würde sie länger hierbleiben.

»Ja und nein.«

Zietz trat vor. »Ich hatte ein Treffen mit Ms. Farley. Es lief … nicht gut.«

Creeds Augen bohrten ein Loch in Zietz' Gesicht. Nina war sein Lieblingsmädchen, eine, mit der er hin und wieder *private Treffen* hatte. Sie hielt die Klappe und würde alles für ihn tun. Alles, was er dafür tun musste, war, das abzuschreiben, was sie trank. Und das war Wechselgeld für jemanden so reich wie Creed. Aber die Rechnungen waren in letzter Zeit über seinen Geschmack hinaus gestiegen. Er war kurz davor, Nina fallen zu lassen.

Vielleicht war das alles Glück im Unglück.

Er hielt seine aufsteigende Wut unter Kontrolle und wanderte um seinen verzierten Schreibtisch herum. Er setzte sich und deutete Zietz an, es ihm gleichzutun. Der große Mann setzte sich und erklärte, was passiert war. Creed wusste, dass Zietz so etwas nicht ohne guten Grund tun würde. Also gab er ihm einen Vertrauensvorschuss.

»Erzählen sie es mir.«

Zietz wiederholte, was er in den letzten beiden Tagen herausgefunden hatte.

»Ich habe entschieden, Ms. Farley persönlich zu befragen. Ich vermutete, dass das, was sich in ihrem Besitz befindet, für uns einiges an Wert hätte, wenn wir die *Situation* bedenken, in der wir uns aktuell befinden.«

Nett ausgedrückt.

»Und Sie glauben ihrer Behauptung?« Creed lehnt sich vor und verschränkte die Finger ineinander. »Sie glauben, dass sie einen Brief von Präsident Roosevelt hat, der den Weg zu einem Schatz in unserem Hinterhof beschreibt?«

Er nickte. »Das tue ich.«

»Kann irgendwas davon zu uns zurückführen?«

»Nein, sie ist bewusstlos und es könnte sein, dass ich ihren Kiefer gebrochen habe.«

Unbeeindruckt von der Gewalt des Mannes lehnte sich Creed zurück und entspannte sich.

»Und wo ist der Brief nun?«

Zietz' abgehärtetes Gesicht erweichte. »Ich bin unsicher. Sie wollte es nicht sagen. Aber ich habe eine Vermutung. Es gibt nur eine Person, der sie traut.«

Wieder stehend, schritt Creed zum spiegelnden Fenster und blickte hinab zu seinen geliebten Schafen.

Er bekam jedes Mal einen Kick. Er besaß all diese Menschen auf eine gewisse Art und Weise. Seien es ihre Schulden oder ihre unterschiedlichen Laster, die er bediente, er war der Mann, der für alles verantwortlich war – ein professioneller Möglichmacher. Und dort, sich durch die Massen an Kunden durchschlängelten, war jemand, den er gut kannte.

»Chatham Durham.« Er blickte über die Schulter und sah Zietz nicken. Er sprach leise zu sich selbst, aber richtete die Aussage an den jungen Mann unten. »Sie hat dich beschützt, oder?«

Falls es klappt, könnte ich die Investoren ein kleines bisschen länger vertrösten.

Creed atmete lange aus und wandte sich um. »Lassen Sie es wie einen Unfall aussehen. Die zwei stehen sich nahe. Lasst uns sehen, wie nah sie sich wirklich sind.« Er wandte sich wieder dem Fenster zu. »Finden Sie heraus, was er weiß. Warten Sie bis morgen. Warten wir ab, ob noch irgendetwas passiert, bis er zur Schicht eingeteilt ist.« Er lächelte. »Ich werde persönlich eine Krankmeldung in letzter Sekunde unterschreiben.« Zietz stand auf und wandte sich zum Gehen. »Mr. Zietz?« Der große Mann wartete und sah über seine breite Schulter zurück. Ihre Augen trafen sich. »Wir brauchen diesen Brief.«

Der riesige Mann drehte sich ohne weitere Worte um. Falls er sich um diese »Chatan Durham Situation« so kümmern würde, wie um alles andere, würde es eine brutale Zurschaustellung der Fähigkeiten des Mannes geben. Creed wartete, bis Zietz gegangen war und hob den Telefonhörer ab. Sein Anwalt war über alles, was er tat, im Bilde und er tat voller Freude alles, was er von ihm verlangte, solange er bezahlt wurde. Außerdem hatte er etwas gegen den Typen in der Hand und er konnte deshalb kein falsches Spiel mit ihm treiben, nicht, seit er den Anwalt auf einem Film hatte, wo er seinen »Spaß« mit einer Handvoll minderjähriger Schülerinnen hatte.

»Mr. Taylor.«

»Ja, Mr. Creed«, antwortete der Anwalt. »Wie kann ich Ihnen heute helfen?«

Der Casinobesitzer lächelte. »Lassen Sie die Investoren wissen, dass es eine neue Entwicklung gibt, die sie interessieren könnte.«

Und vielleicht – nur vielleicht – werden sie mich dann in Ruhe lassen.

»Oh?«, antwortete Taylor, interessiert. »Um was geht es?«

CODY, WYOMING

Am nächsten Morgen schien die Sonne sehr früh aufzugehen. Jack grummelte wegen eines Lichtstrahls, der durch das Verdunklungsrollo strahlte. Er war dankbar darüber, dass seine Albträume nicht so lähmend gewesen waren wie sonst. Diesmal blieb er tatsächlich im Bett. Trotzdem bedeutete es nicht, dass er gut geschlafen hatte.

Sein Handy vibrierte über seinem Nachttisch. Das führte zu einem zweiten Grummeln bei ihm. Der Einzige, der ihm um diese Uhrzeit eine Nachricht schicken würde, ist Bull. Sie hatten geplant, früh am Morgen aufzubrechen und rüber nach Cascade zu fahren, um sich mit Hawk zu treffen. Es war eine unglaublich langweilige, fünfstündige Fahrt durch den Staat. Trotzdem genoss Jack die Reise. Es waren angenehme Stunden. Glücklicherweise mochte Bull dieselbe Art von Musik, die auch Jack mochte. Unglücklicherweise war sein Pick-up aus den frühen 2000er-Jahren und hatte weder Bluetooth noch eine Audiobuchse. Bull wechselte also noch CDs, während sie fuhren, etwas, das Jack seit einem Jahrzehnt nicht mehr gemacht hatte. Er gähnte mit weit offenem Mund. Bull besaß auch nicht allzu viele Alben.

Er las den Text auf seinem iPhone. »*Bin gleich da.*«

Jack rollte sich aus dem Bett und stolperte zum Kleiderschrank. Wie jeden Tag nahm er sich eine abgetragene Jeans und ein schwarzes Volbeat-T-Shirt. Das war seine Lieblingsband – eine, die Bull mehrfach gehört hatte, aber nicht so sehr genoss. Die dänische Truppe verknüpfte viele Genres miteinander, die üblichen Songs ließen aber Hard-Rock-Töne mit einem bisschen Metal erklingen.

Er schnappte sich eine schwarze Lederjacke von einem Stuhl in der Ecke des Zimmers und zog sie über. Es würde am frühen Morgen noch recht frisch sein. Auch am Nachmittag würde er sie tragen können, ohne ins Schwitzen zu kommen.

Er seufzte. *Solange wir nicht in irgendeine Scheiße reingezogen werden.* Jack hatte keinen Bock mehr darauf, in irgendeinen Mist hineingezogen zu werden.

Zurück am Nachttisch verstaute er sein Handy, den Geldbeutel und seine Schlüssel. Anschließend öffnete er die Schublade des Nachttisches und legte seinen Daumen auf ein hochmodernes Tastenfeld. Nach zwei Sekunden Inaktivität reagierte die schwarze Kiste mit einem sanften, kaum hörbaren Klicken. Der Verschluss öffnete sich. Der Waffentresor enthielt genau das, was der Name versprach.

Jacks bevorzugte Waffe war eine schwarze FNS-9C mit einer taktischen TLR-7A Flex Lampe. In den meisten Feuerwaffenkreisen war diese Waffe recht unbekannt. Er hatte vor einigen Jahren mal mit einer auf einer

Schießbahn geschossen und war von ihrer Griffigkeit und der Haltbarkeit beeindruckt gewesen. Die Waffe ließ sich wunderbar benutzen. Er war vorher ein Glock-Typ gewesen, wie die meisten Leute heutzutage.

Aber seit er sich die Pistole zugelegt hatte, war er ein wahrer Gläubiger geworden. Die Waffe und das angepasste Kydexholster passten perfekt in die Vorderseite seiner Jeans. Auch wenn es in Wyoming legal war, Waffen offen zu tragen, entschied sich Jack dazu, die Waffe und ein Extramagazin zu verbergen. Es war einfach seine persönliche Entscheidung und nichts anderes. Außerdem befestigte er ein ummanteltes taktisches Messer mit kurzer Klinge hinten an seiner Hose. Das Messer, wie die Pistole, war nicht zu sehen.

Seine vordere Hosentasche vibrierte. Jack zog das Handy heraus. Er las, »*Bin da.*«

»Wunderbar«, sagte er und entließ ein weiteres Gähnen.

Schnell schlüpfte er in seine Socken und Schuhe und ging zur Tür.

An den Wänden im Flur hingen Bilder mit Leuten, die er schon seit Jahren nicht mehr gesehen hatte. Einige davon waren bereits gestorben. Fast alle waren ehemalige Special-Forces-Mitglieder gewesen. Andere waren bei den Strafverfolgungsbehörden oder bei der Feuerwehr. Dann gab es da noch eine Handvoll Bilder von ihm und seinen Großeltern von vor ein paar Jahren. Jack nahm sich nur selten die Zeit, diese anzuschauen.

Der Verlust seiner Großmutter war immer noch zu frisch.

Jack verließ sein Zuhause und verschloss die Tür. Er dreht sich um und ließ seinen unteren Rücken knacken und entspannte sich, als die Wirbel wieder einrasteten. Leichter atmend schritt er die Verandatreppe hinab und spazierte den kurzen Weg zur Einfahrt hinunter. Er sah die Straße runter, bevor er in Bulls Pick-up einstieg.

Der Chevy Silverado war in einem exzellenten Zustand – trotz der hohen Kilometerzahl. Bull kümmerte sich um das Auto, als wäre es ein Teil von ihm. Es war eines seiner wenigen Interessen, die nichts mit der Arbeit zu tun hatten.

Jack ließ sich auf den Beifahrersitz fallen, schloss die Augen und atmete tief ein. Das Aroma im Pick-up war belebend. Lächelnd akzeptierte er eine Thermosflasche und füllte eine Tasse mit Kaffee. Bull dachte an alles.

»*Gracias*«, sagte er und nahm einen Schluck.

»Ich bin kein Spanier«, antwortete Bull und stellte die Schaltung auf Fahren. Sie fuhren los Richtung Osten.

»Oh, richtig. Nun, *merci*.«

Der Lakota grummelte sich etwas in den nicht vorhandenen Bart und schmiss die Stereoanlage an. Bulls Lieblingsalbum startete: Bob Seger & the Silver Bullet Bands *Greatest Hits*.

Der erste Song des Albums war *Roll Me Away*.

»Sauber«, sagte Jack mit einem Blick Richtung Bull. »Das passt.«

»Was ist?«

Jack nickte Richtung Armaturenbrett und nahm einen weiteren Schluck Kaffee. »Das Lied.« Er grinste. »Du bist dabei, auf eine Art und Weise, uns wegzurollen.«

Bull schwieg und blickte auf die Straße, nicht jedoch, ohne das Lied zu wechseln.

Still lachend, widmete sich Jack wieder seinem Kaffee und der Bedeutung des Liedes.

Die Melodie war angemessener als die meisten. Er erzählte von Reisen und Abenteuern – von Sonnenauf- und Sonnenuntergängen.

Es war eine perfekte Hymne für Jack und Bulls Beziehung. Auch wenn sie zusammenarbeiteten, erlebten sie doch auch regelmäßig Abenteuer. Das war das, was er am meisten an dem Beruf des Park Rangers liebte. Er liebte das Abenteuer, das es mit sich brachte. Unglücklicherweise, wenn es eine Kombination von Abenteuer und Jack Reilly gab, gab es auch eine große Chance auf Ärger.

4

CASCADE, WYOMING

Eine mysteriöse Wolke trieb über Cascade und zentrierte sich über Hawk Durhams malerischem Zuhause. Seine Hände zitterten, aber nicht wegen der stürmischen Vorahnung. Wie überall in dem Staat, gingen und kamen Anzeichen von Stürmen, ohne große Aufregung zu verbreiten. Hawk war nicht wegen eines bedeutenden Wetterphänomens aufgeregt. Er war wegen eines Anrufs, den er tätigen wollte, nervös.

Ich kann es nicht glauben, dass Nina im Krankenhaus ist.

Er hatte vor etwas mehr als einem Tag eine Nachricht von einer von Ninas Freundinnen bekommen. Sie war kurz und sagte, dass sie von irgendjemandem in ihrer Wohnung angegriffen worden war. Das bedeutete, dass Nina mit jemandem zusammen dort gewesen war und es vor ihm geheim gehalten hatte.

Er fluchte bei dem Gedanken, dass sie ihn schon wieder betrogen hatte.

Hmmm … Hawk mochte das Timing des Ganzen überhaupt nicht. *Das war die Nacht, in der wir das Haus ihres Großvaters ausgeräumt hatten.*

Er glaubte nicht an Zufälle. Der Fund von Roosevelts Brief hatte irgendetwas damit zu tun, dass sie angegriffen wurde – er wusste es einfach!

Ich brauche Antworten. Er atmete tief ein. *Ich muss Nina sehen und der Sache auf den Grund gehen.*

Sein Daumen schwebte über der dritten Wahl seiner Schnellwahlnummernliste. BB, das Black Buffalo. Die erste und zweite Nummer gehörten Nina und seinem Onkel. Er nahm sich vor, Nina in einer Stunde zur Mittagessenszeit zu besuchen, aber er musste sich auf der Arbeit krankmelden, um dorthin zu können. Auf keinen Fall konnte er mittags dorthin gehen, wie es vorgesehen war. Er wollte Creed oder Zietz nicht begegnen. Er hatte zu viel Angst, dass es ihm erging wie Nina.

Tatanka war auf dem Weg in die Stadt mit seinem Freund Jack. Hawk hatte Gerüchte über die Vergangenheit des anderen Mannes von seinem Onkel gehört. Sein Onkel hatte jedoch, jedes Mal, wenn er mehr erfahren wollte, etwas anderes gefunden, über das er reden wollte. Das Vermeiden von Antworten sagte Hawk, dass Jack einiges an harten Dingen erlebt haben musste.

Er drückte das Anrufsymbol und hob das Telefon an sein Ohr. Die junge Frau, die abheben hätte sollen, wäre Nina gewesen. Sie war es aber nicht. Es war eine Vertretung, irgendjemand, den er bisher nicht getroffen hatte.

Die Stimme des anderen Mädchens erschreckte ihn und ließ seine Stimme zittern, als er sprach.

»H… hi, ich bin Chatan Durham.« Er fügte einen Huster ein. »Ich fühle mich nicht so gut heute. Ich bleibe zuhause und hoffe, dass ich alles abschütteln kann.«

»Das tut mir leid, Mr. Durham.«

»Ja, mir auch«, antwortete er und biss sich dabei nervös auf die Unterlippe. »Ich versuche, noch etwas Schlaf zu bekommen. Vielleicht könnte ich, wenn Sie verstehen, etwas später reinkommen, wenn ich mich besser fühle.«

»Sehr gut, Mr. Durham. Ich gebe die unglücklichen Neuigkeiten an Mr. Creed weiter. Gute Besserung.«

»Ja, danke.«

Er legte schnell auf und warf sein Handy weg, als wäre es mit der Pest infiziert. Er starrte das verseuchte Gerät einige Sekunden lang an, bevor er es wieder aufhob.

Verdammt, dachte er zu sich selbst.

Schnell textete er Shannon.

»*Was passierte vor zwei Tagen?*«

Es dauerte einen Moment, bis sie ihm antwortete. Schließlich tat sie es aber. »*Nichts Merkwürdiges.*«

Er biss die Zähne zusammen. »*Ich würde ja behaupten, dass Nina, nach einer Partynacht mit euch, ins Krankenhaus eingeliefert wurde, zählt als* merkwürdig.«

»*Sorry, das habe ich nicht gemeint. Ich meinte, dass nichts Merkwürdiges passiert ist, als wir zusammen waren.*«

»*Alles gut*«, tippte Hawk beruhigend. »*Kannst du mir erzählen, was passiert ist, bevor Nina die Arbeit verlassen hat?*«

»*Natürlich, klar*«, schrieb sie zurück. »*Wir haben uns nur unterhalten, weißt du?*«

»*Worüber?*«, fragte Hawk. Er musste es wissen.

»*Ich weiß es nicht mehr.*«

»*Bitte, Shannon. Versuch, dich zu erinnern.*«

»*Okay, gut. Lass mich nachdenken.*«

Es folgten dreißig Sekunden Stille. Dann traf sie ihn wie mit einem Schuss.

»*Oh! Irgendwas mit einem Brief, den ihr gefunden habt.*«

»Scheiße«, sagte Hawk stehend. »Scheiße, scheiße, scheiße.«

Wenn die Leute vom Black Buffalo über den Brief Bescheid wussten, könnte es einer von dort sein, der Nina letzte Nacht angegriffen hatte. Hawk wusste nur von einem Mann, der so etwas tun würde: Zietz.

Und wenn Zietz mit drinsteckte, dann auch Creed. Hawk hatte sich in arge Probleme hineinmanövriert und alles drehte sich um …

»Schatz«, sagte Hawk und öffnete das Stück Papier.

Seine Augen wanderten direkt zur Unterschrift am Ende.

Theodore Roosevelt.

»Unglaublich«, murmelte er, während er die einzigen lesbaren Worte zum achten Mal durchlas. Es war nur ein Trio von kurzen Sätzen. Diese sprachen aber Bände.

Hawk las sie laut vor.

»Der Reichtum einer Nation.«

Seine Augen überflogen den nächsten Text.

Die Sieben ruhen im Bauch des Bären.

Das Letzte, was Roosevelt geschrieben hatte, beunruhigte Hawk. Es war etwas, das er von dem bekannten Entdecker nicht erwartet hatte.

»Offenbare ich es?« Er kniff die Augen zusammen. »Warum erzählst du es nicht jemandem, Teddy?«

Ein Klopfen an der Tür ließ Hawk beinahe seine Blase entleeren. Rasch stand er vom Bett auf und stürmte ins Wohnzimmer. Er besaß ein kleines Haus, das etwas mehr war, als andere Personen seines Alters besaßen.

Hawks Stelle beim Casino brachte ihm genug Geld ein und seine finanzielle Sorgsamkeit erlaubte es ihm, ein Haus zu besitzen, anstatt ein Einraumloch in der Wand wie Nina mieten zu müssen. Mit dem Brief in der Hand sah er durch den Türspion seiner Eingangstür und fürchtete sich bei dem, was er sah, sofort. Drei Männer in identischen schwarzen Anzügen standen auf der anderen Seite. Glücklicherweise war keiner von ihnen Zietz. Wäre Zietz da gewesen, er hätte nicht geklopft. Zietz hätte die Tür eingetreten mit seinem scheißgroßen Bigfootfuß. Seine Nummer zwei war jedoch hier. Der stark vernarbte Gavin Hodges war zwar nicht so niederträchtig wie Zietz, er kam aber eben gleich an zweiter Stelle.

Er hob den Brief an. *Ich muss ihn verstecken.*

Er stürmte in die Küche und stopfte Roosevelts Brief in das erste Ding, das er finden konnte, das funktionieren könnte. Dann richtete er sich auf und lief zurück zur Tür. Er räusperte sich und fragte: »Wer ist da?« Er fügte einen Huster hinzu, um die Farce des »Krankseins« aufrechtzuerhalten.

»Ich bin es, Gavin. Mach auf, Hawk.«

»M… mir geht es nicht gut«, antwortete Hawk. »Ich hab auch schon angerufen. Ich möchte nicht, dass jemand krank wird.«

Erst dann realisierte Hawk, dass er erst vor ein paar Minuten im Casino angerufen hatte. Das bedeutete, dass Gavin und seine Leute bereits auf dem Weg zu ihm gewesen waren, bevor er die Kurzwahltaste betätigt hatte.

Das bestätigte seine Vermutung.

Verdammt! Sie wissen wirklich Bescheid.

»Um was geht es?«, fragte Hawk und tat sein Bestes, um Zeit zu schinden.

Er sah wieder durch den Türspion und sah Gavin, der sich Richtung Tür lehnte. »Mr. Creed hat eine Nachricht für dich.«

»Oh, wirklich? Und wie lautet die?«

»So …«

Gavin drehte sich um und sagte etwas außer Hörweite. Einer seiner Männer zog eine Pistole mit Schalldämpfer und schoss auf den Türriegel. Wie gelähmt, konnte Hawk nicht mehr rechtzeitig reagieren. Er sah, wie Gavin seinen Fuß in die Tür stieß. Diese schwang hart auf, traf Hawk im Gesicht und schickte ihn zu Boden. Seine Lippe blutig, lag Hawk auf dem Wohnzimmerboden, die Hände zur Aufgabe erhoben. Gavin trat ein und lächelte, als er ihn sah. Die zwei anderen Männer traten nach ihm ein und schlossen die Tür. Sie begannen sofort damit, Hawks Haus auseinanderzunehmen.

Gavin machte nicht mit. Er bückte sich über Hawks verkümmerte Gestalt.

»So, worüber sollten wir uns unterhalten?«

AUSSERHALB VON CASCADE, WYOMING

Jack und Bulls fünfstündige Fahrt war beinahe vorüber. Fast die gesamte letzte Hälfte der Strecke hatten sie darüber diskutiert, was Roosevelt gefunden haben könnte. Sie hatten sich auch über die anderen Dinge, die sich um den Devils Tower und die Sieben Schwestern drehten, unterhalten und hatten Kuhweiden gezählt. Nachdem sie sich zweimal verzählt hatten, gaben sie das Spiel endgültig auf.

»Warum glaubst du, hat Roosevelt den Devils Tower als erstes Nationales Monument gewählt?«, fragte Jack.

Bull zuckte mit den Schultern. »Bear Lodge hat ihn immer fasziniert. Außerdem wurde erzählt, dass er mit den lokalen Stämmen befreundet gewesen sein soll. Roosevelt war ein Mann der Erde. Er liebte die Natur und wollte sie beschützen.«

Jack nickte. »Das tat er.«

Mit dem Devils Tower hatte Roosevelt achtzehn U.S. Nationalmonumente ernannt. Er hat außerdem den United States Forest Service (USFS), die Forstverwaltung der Vereinigten Staaten, 51 Vogelreservate und 150 Staatsforste gegründet. Er war nicht nur der Präsident der Vereinigten Staaten gewesen, sondern auf seine Weise auch der Präsident des Naturschutzes.

»Er war ein außergewöhnlicher Mann«, sagte Jack, verloren in seinen Gedanken. Er starrte aus dem Beifahrerfenster. Er hatte nichts Bestimmtes angesehen. »Trotzdem erklärte es das leider nicht.«

»Was meinst du?«, fragte Bull, zwischen Jack und der Straße hin- und herblickend.

»Es müsste doch Dutzende anderer Orte gegeben haben, die er anstelle des Devils Towers hätte auswählen können.«

»Der *Reichtum einer Nation*?«, fragte Bull.

»Bingo«, antwortete Jack und grinste breit.

»Du glaubst, er hat irgendeinen Schatz dort versteckt?«

Jack zuckte mit den Schultern. »Ich weiß es nicht. Aber der Brief deutet doch sehr darauf hin, dass er es getan haben könnte.«

»Das«, sagte Bull stirnrunzelnd, »wäre bedauernswert«.

Jack stimmte zu. »Das würde sein Vermächtnis beschmutzen.«

»Könnte sich Roosevelt etwa gegen sein eigenes Land verschworen haben, um sich selbst zu bereichern?«, fragte Bull.

Jack sah ihn an, dann wandte er seine Aufmerksamkeit wieder dem Fenster zu. »Ganz ehrlich, ich hab keine verdammte Ahnung.«

Er atmete tief ein und stellte sich dann Roosevelt vor, wie er in Gold, Edelsteinen und Geld badete. *Verdammt, ich hoffe nicht.* Er war aus vielen Gründen Jacks Lieblingspräsident. Das würde auf alle Fälle seine Meinung über den Mann ändern.

CASCADE, WYOMING

Bull lenkte nach links auf den Azure Drive, eine Straße, die Jack irgendwie bekannt vorkam. Er war bereits zweimal in Cascade gewesen, war aber nur einmal bei Hawk gewesen. Wenn man ganz ehrlich sein wollte, war er noch nie »bei ihm« gewesen. Er ist noch nie drin gewesen. Sie hatten Hawk ein paar Mal abgesetzt, wenn sie in der Stadt waren. Hawks Auto war in der Werkstatt gewesen und Bull hatte sich gern als Chauffeur angeboten, nur um etwas mehr Zeit mit ihm verbringen zu können.

Hawks Zuhause war das fünfte Haus auf der rechten Seite. Ein breiter SUV mit getönten Scheiben parkte auf der Straße vor dem Haus.

»Hmm«, sagte Bull und seine Augen verengten sich. »Das ist nicht das Auto meines Neffen.«

»Nina?«, fragte Jack. *Nein, das konnte nicht stimmen*, dachte er. *Sie müsste noch im Krankenhaus sein.*

Bull bestätigte, was er dachte. Er schüttelte seinen Kopf knapp zur Verneinung.

Für beide Männer war mehr als deutlich, dass hier etwas nicht stimmte. Bull zog rüber, wurde aber angewiesen, weiterzufahren. »Nicht hier«, forderte Jack. Er deutete weiter nach vorn. »Parke ein paar Häuser weiter.«

Bull nickte und tat, was ihm gesagt worden war. Als sie angehalten hatten, schnallten sie sich ab und stiegen aus.

»Bist du bewaffnet?«, fragte Jack.

Bull öffnete seine Jacke. Unter der linken Achsel war seine Pistole versteckt.

»Gut, dann los.« Er blickte seinen Freund an. »Bist du bereit dafür?« Bull nickte. Sie liefen geduckt auf den Vorgarten des Nachbarn zu. »Tu mir bitte einen Gefallen.«

»Welchen?«

Jack sah sich um und zog seine Waffe unter seinem T-Shirt hervor. »Schieß mir nicht in den Rücken.« Rasch überblickte er das Geländer der Veranda. Sein Kommentar amüsierte Bull nicht. »Dann musst du mir auch einen Gefallen tun.«

Jack stoppte auf halbem Weg über dem Geländer und blickte zu Bull hinab. »Führe mich nicht in Versuchung.«

Beide Männer erstarrten, als eine Person nach Hilfe rief. Jack warf sein anderes Bein über das Geländer und eilte zur Tür. Bull verwarf den ersten Plan und rannte auf die Eingangstreppe zu. Er nahm zwei Stufen gleichzeitig und sah, wie Jack die Tür auftrat.

Diese schwang ohne Widerstand auf. Der Türriegel war bereits beeinträchtigt und fehlte komplett. Sie traten ein, die Waffen erhoben, und sicherten den vorderen Bereich des Hauses. Hawk saß in der Mitte seiner Küche. Sein Gesicht war angeschwollen und seine Hände an den Stuhl gefesselt. Hinter ihm stand ein hässlicher Mann in Jacks Alter. Er hielt eine große Pistole an Hawks Schläfe.

»Schau an«, sagte der Fremde mit einem breiten Lächeln, »wir haben Gäste.«

5

»Waffe runter, Faultier.«

Die Beleidigung brachte Hawk zum Kichern. Das brachte ihm einen Zug an seinem Pferdeschwanz ein. Das Faultier, der Typ mit der Waffe, drückte die Mündung seiner Waffe fester gegen Hawks Schädel.

»Verdammt, Gavin, hör auf damit!«. Hawk schrie. »Ich sagte dir doch, dass ich nicht weiß, wo der Brief ist.« Er blickte zu Jack, als er das sagte. Hawk hielt den Augenkontakt, bis Jack komplett verstanden hatte. Jack verbarg sein Lächeln.

Hawk log.

»Halt deinen winzigen Schnabel, *Fink*«, spottete Gavin. Er sah von Hawk auf und erwiderte Jacks Blick starr. »Und du … du solltest auf deine Worte achten.«

»Mal ehrlich, Junge«, Jack trat vor und hob den Blick auf die Stirn des Mannes, »du siehst genauso aus wie der Bösewicht aus den *Goonies*.«

Jack versuchte bewusst, den Mann wütend zu machen. Wut ließ Leute dumme Sachen machen und er hoffte, dass der Typ so handeln würde. Er erwartete, dass sich die Waffe auf ihn richten würde. Und wenn sie es tat, wäre Gavin bereits tot. Sie tat es aber nicht.

Jack und Bull wurden von hinten angegriffen. Sie wurden vorwärts gestoßen und verloren dabei ihre Waffen. Aber auch ohne Feuerkraft waren sie nicht wehrlos.

Jacks Momentum ließ ihn direkt auf den Küchentisch zustolpern. Glücklicherweise hatte er noch genügend Kontrolle über seinen Körper, um sich unter der Hartholztischplatte wegzuducken, nicht jedoch bevor er ein Bein mit seiner Schulter abgebrochen hatte. Das runde Möbelstück und mit ihm die Spaghetti stürzten um. Der Boden und die Füße der beiden Neuankömmlinge waren voller roter Soße und Fleischbällchen.

Glücklicherweise waren die beiden Ranger außerhalb des Spritzbereichs. Jack kam auf die Füße. Er war außergewöhnlich talentiert in Nahkampftechniken. Und nur weil Bull nicht so ausgebildet war wie Jack, bedeutete das nicht, dass seine Methoden weniger effektiv waren. Jack las in seinen Gegnern wie in einem Buch und nutzte deren Schwächen gegen sie. Gerade jetzt beobachtete er einen der beiden Männer, wie er sich mit gesenkten Händen langsam vorwärts bewegte und berechnete, was er als Nächstes tun würde. Sobald Jack auf den Füßen war, würde er eine Serie von schnellen Haken in Richtung Augen und Nase starten. Bull analysierte nichts. Er nutzte rohe Gewalt und seinen unerschütterlichen Willen zu seinem Vorteil.

Der Lakota knurrte wie ein wildes Tier und kam auf die Füße. Gavin hob die Pistole Richtung Bull, kam aber nie zum Schuss. Hawk hüpfte hoch genug in die Luft, um den zylindrischen Fuß des rechten hinteren Stuhlbeins mitten auf Gavins Fuß runterkommen zu lassen. Der Anführer der Gruppe humpelte vorwärts und bekam Jacks Ellbogen direkt ins Gesicht. Gavin fiel nach hinten um und schlug mit dem Kopf gegen die Kante der Küchenarbeitsplatte. Das »Faultier« fiel um wie ein Sack Kartoffeln. Hawk seinerseits krachte mit dem Stuhl auf den Fliesenboden. Er wäre für den Rest der Auseinandersetzung nutzlos. Da seine linke Seite seine bevorzugte war, griff er nach dem Erstbesten, was er fand. Das abgebrochene Tischbein würde sich gut als Knüppel eignen. Er blickte über den umgefallenen Tisch und hielt den Mann davon ab, seine Waffe von unter der Jacke hervorzuziehen.

Nein, kein Knüppel, dachte er und warf das Bein.

Jacks provisorischer Speer traf genau und spießte den Verbrecher am Hals auf. Auf die Füße kommend, übersprang er den umgeworfenen Tisch, rammte den nach Luft schnappenden Verbrecher wie ein Bulldozer und drückte ihn auf und über die Arbeitsplatte der Küche. Sie landeten im Wohnzimmer und rollten voneinander weg. Jack konnte nicht sehen, wie es Bull erging, er hörte aber Sachen zerbrechen und Hawk fluchen.

»Verdammt, Bull«, schrie Hawk, »das ist kein Porzellanladen.«

Auf die Füße kommend, griff Jack nach hinten und zog seine letzte verbliebene Waffe. Das kleine, taktische Messer war unglaublich scharf und konnte einen

Mann töten, wenn man es richtig benutzte. Jack wollte niemandes Leben beenden, würde es aber tun, wenn er gezwungen würde.

Goonie Nummer zwei hob seine Fäuste an und begann Jack mit wilden Schwingern einzudecken. Er wich dem Versuch aus und schlitzte das Handgelenk des Mannes auf, was diesen dazu brachte, sich eine erneute Attacke gut zu überlegen. Der Schnitt war nicht lebensgefährlich, würde aber wehtun. Die zwei Männer richteten sich auf und schätzten einander ab.

»Versteckst du dich hinter deiner Klinge?«, fragte der Verbrecher.

Jack zuckte mit der Schulter. »Nein, aber ich werde sie nicht hinlegen und dich fair bekämpfen, wenn es das ist, auf was du hinauswillst.« Er lachte. »Das ist kein Actionstreifen aus den Neunzigern, Steven.«

»Steven?«

Jacks Schulter sackte herab. »Seagal?«

Nummer zwei war wohl in den späten Zwanzigern. Er war nicht viel älter als Hawk, aber immer noch mehr als ein Jahrzehnt jünger als Jack. Sein verständnisloser Blick ärgerte den früheren Soldaten.

Niemand bringt den Kindern noch etwas über die Klassiker bei.

Nach fünf Sekunden der Untätigkeit begann Jack frustriert zu werden. Deshalb erklärte er, was er tun würde.

»Schau mal, ich will dich nicht töten und es ist ziemlich offensichtlich, dass du noch nicht an vielen Kämpfen beteiligt warst. Warum verschwindest du nicht, solange es noch geht?« Der andere Typ rührte sich nicht. »Ganz ehrlich, Junge, ich kann dich unangespitzt in den Boden rammen und breche mir dabei maximal den Fingernagel ab.« Nach einigen Sekunden Untätigkeit trat Jacks Gegner zur Eingangstür. Jack ließ ihn gehen. Er ging sogar so weit und schob sein Messer wieder in die Scheide in seinem Rücken. Jack trat zusätzlich einen Schritt zurück und erlaubte Nummer zwei, die Tür zu öffnen.

Das war der Moment, als er seinen sorgfältig geplanten Angriff durchführte.

Jack trat von hinten gegen das Knie des Mannes und schwächte so seinen Stand. Dann tat er es noch mal. Während der Kerl schwankte und in der falschen Richtung zu ihm stand, tat Jack, was professionelle Wrestler tun und vollführte einen Dropkick aus dem Stand in den Rücken des Mannes. Der Einschlag warf seinen Gegner mit dem Kopf voran gegen die Tür. Er rollte zur Seite, als die Tür sich aus dem Rahmen löste und langsam aufging. Ruhig schritt Jack auf die Tür zu und nahm sie in die Hand.

Nun, dachte er, *ist das nicht ein glücklicher Umstand?*

Die Tür stand im richtigen Winkel zum Kopf von Nummer zwei. Jack rammte die Tür genau in dem Moment auf den Kopf seines Angreifers, als aus der Küche ein *Gong* erklang. Sein Gegner war zum Auszählen unten, weshalb er in die Küche eilte und Bull über seinem Mann stehen sah, der komischerweise die große Spaghettischale auf seinem Kopf trug. Rote Soße tropfte von seinem Hals auf sein Shirt und er bewegte sich nicht.

»Alles gut bei dir?«, fragte Jack und nahm seine Waffe wieder auf.

Bull antwortete mit einem Schulterzucken. Er atmete zu schwer, um Worte nutzen zu können.

»Nun, bei mir nicht!«, rief Hawk, der wie eine Schildkröte hilflos auf dem Rücken lag.

»Abwarten, Filbur.«

»Alter, du kannst mir gleich den rotesten Teil meines Indianerarschs küssen!«

Bull warf Jack einen Blick zu, der deutlich machte, dass er den Bezug zu *Rockos modernes Leben* nicht verstand. Er winkte ab und gemeinsam halfen Sie Hawk hoch. Sie richteten ihn auf und schnitten ihn los.

»Wer zur Hölle sind die Kerle?«, fragte Jack.

»Freunde von Creed und seinem Sicherheitschef, einem Psycho. Er ist ein Ex-Polizist mit Namen Tom Zietz.«

»Zietz …« Bull hatte offensichtlich bereits von dem Mann gehört.

Dafür war nun keine Zeit.

»Hey, Junge«, sagte Jack, »wir haben nicht so viel Zeit.« Er bewegte seinen Kopf wie auf einem Drehgelenk. Es war nicht abzuschätzen, wann einer der drei Arschlöcher wieder zu sich käme und für eine zweite Runde bereit wäre.

Bull trat vor. »Wo ist der Brief?«

»Da drüben«, sagte Hawk und deutete hinter die beiden Männer.

»Wo?«, fragte Jack, wendete sich um und betrachtete den Ofen.

»Im Teekessel.«

Jack und Bell drehten sich gleichzeitig um und sagten, »Im Teekessel?«

Hawk wich vor den viel größeren Männern zurück. »Ich, äh, benutze den nie. Ich mag keinen Tee …«

Bull nahm sich den Kessel.

Jack musste es einfach wissen. »Wieso besitzt du dann einen?«

»Es war meiner«, antwortete Bull und hob den Deckel an. Eine tiefergehende Erklärung, wieso Hawk Bulls Teekessel hatte, gab es nicht.

Bulls Augen weiteten sich wegen des Inhalts. Mit geübter Geduld holte er das gefaltete, abgegriffene Stück Papier heraus. Vorsichtig entfaltete er es, blickt davon wieder auf und nickte Jack zu, als er mit Lesen fertig war.

»Wir haben es.«

Jack nahm den Zustand des Raums in sich auf. »Gut, wir müssen los.«

Bull drückte die Schulter seines Neffen. »Wir sollten die Polizei rufen.«

»Nicht von hier«, sagte Jack und öffnete die Tür des Tiefkühlschranks. »Wir dürfen auch unsere Handys nicht benutzen.« Er fand, was er gesucht hatte, und reichte die Tüte gefrorenes Gemüse an Hawk. Er hob sein Kinn in Hawks Richtung. »Sie werden wissen, dass er es war.«

»Er hat recht«, sagte Hawk und legte die Tüte auf die linke Seite seines Gesichts. Eine Schwellung hatte schon eingesetzt. Er entspannte sich und sagte dann voller

Begeisterung: »Ich weiß, wo wir ein Telefon nutzen können.«

Sie eilten aus dem Haus und stopften sich in Bulls Auto. Hawk war nicht allzu glücklich darüber, sein Haus in diesem Zustand zurücklassen zu müssen, er verstand aber, wieso sie es tun mussten. Es musste aussehen, wie ein schiefgegangener Überfall.

Bulls viertüriges Auto hatte genügend Platz für alle. Jack saß vorn mit seinem Partner, Hawk setzte sich in die Mitte der Rückbank.

Es war das erste Mal, dass Jack froh darüber war, dass ein Haus kein Sicherheitssystem besaß. Sobald die Polizei ankommen würde, würde es offensichtlich sein, dass Gavin und seine Leute hier nicht hingehörten. Das gewaltsame Eindringen war mehr als offensichtlich zu erkennen – genau wie die Zerstörung von Eigentum. Es half außerdem, dass sie bewaffnet sind. Keine Kameras bedeuteten auch, dass Jack, Bull und Hawk nicht mit dem Tatort in Verbindung gebracht werden konnten.

Das nächste öffentliche Telefon war ein Tante-Emma-Laden. Hawk kannte den Besitzer und er meinte, dass er nur kurz anhalten müsste. Trotzdem machte das Warten Jack nervös, mit dem Haus voller Verrückter nur einen Block entfernt.

»Komm schon«, murmelte er, die Tür beobachtend. Sein Bein bewegte sich nervös.

Endlich verließ Hawk den Laden. Jack war entsetzt darüber, dass er sich die Zeit genommen hatte, Zeug einzukaufen, während er drin gewesen war. Hier saßen sie, in der Mitte eines undurchsichtigen Konflikts und der Mitte-Zwanziger denkt, dass es in Ordnung sei, einzukaufen.

Jacks Blutdruck stieg in den Himmel.

Er überlegte sich bereits, was er zu ihm sagen würde, vergaß aber, wieso er eigentlich so böse auf ihn war, als Hawk die Tür öffnete. Mit dem jungen Mann kam auch der Geruch von Frühstückswürstchen und Kaffee. Jack wandte sich um, als Hawk gerade in die Tüte griff. In seiner Hand war ein fettiges, übel aussehendes Sandwich – und Jack hätte nicht glücklicher sein können. Er war am Verhungern. Er warf einen Blick auf Hawk, dann zurück zu Bull. »Er ist ein guter Junge.«

Bull verdrehte seine Augen und nahm ein Sandwich und einen Kaffee. Jack folgte seinem besseren Wissen diesmal nicht. Das Trio saß und aß. Es dauerte nicht lange – nur ein paar Minuten. Am Ende war Jack zufrieden und scheiterte bei dem Versuch, das Fett von seinen Fingern zu wischen.

»Feuchttuch?«

Er nahm das Angebot gern an und säuberte seine Hände. Es war Zeit, zum Wesentlichen zu kommen.

»Erzähl mir alles, was du über diesen Zietz-Typen weißt.«

Hawk nickte und lehnte sich vor. »Großer Kerl. Knapp über zwei Meter groß. Dazu kräftig gebaut.«

»Arbeitsgewohnheiten?«

»Nun, seine Arbeitsgewohnheiten sind, dass er gern Leute schlägt.« Hawks Gesichtsausdruck wurde bitter. »Nina inbegriffen.«

»Hat er Familie?«

Hawk zuckte mit den Schultern. »Ich denke schon. Er ist auf alle Fälle verheiratet und hat einen Sohn.«

»Okay, gut.«

»Oh, und irgendwas läuft da mit einer Gruppe von Investoren von außerhalb der Stadt. Irgendwelche supergeheimen Sachen. Ich denke, dass er ihnen Geld schuldet. Creed hat sich deswegen ganz komisch verhalten.«

»Wie genau?«

»Er hat sich noch mehr zurückgezogen als sonst. Fast so, als hätte er Angst, das Casino zu verlassen oder so.«

Interessant …

Hawk öffnete seine Haare und band sich einen neuen Pferdeschwanz. Er schaute angeekelt, als er etwas Spaghettisoße in seinen Haaren entdeckte. »Warum ist das alles wichtig?«

Bull öffnete den Mund. »Kenne deinen Feind, richtig?«

Jack nickte. »Exakt.«

Sie saßen für einen Moment still, während Jack die nächsten Schritte durchdachte.

Er wusste immer noch nicht genug, um eine präzise Hypothese wegen allem aufstellen zu können.

»Lass mich den Brief sehen.«

Bull reichte ihm diesen.

Vorsichtig entfaltete er ihn und er war, ehrlicherweise, ein klein wenig enttäuscht.

»Das ist kein Brief«, sagte er und wandte sich Hawk zu. »Es ist eine Notiz.«

Der jüngere Mann zuckte mit den Schultern. »Wen interessiert schon, was es ist? Ganz abgesehen davon, klingt *Roosevelts Brief* besser als *Roosevelts Notiz.*«

»Wohin?«, fragte Bull und lenkte das Gespräch zurück.

»Wie wäre es mit dem Devils Tower?«, schlug Hawk vor.

Jack knüllte sein Brotpapier zusammen. »Klingt nach einem Plan.«

DEVILS TOWER
CROOK COUNTY, WYOMING

Jack, Bull und Hawk starrten in den großen blauen Himmel von Wyoming.

Der majestätische Devils Tower lag knappe dreißig Kilometer westlich von Cascade. Es war ein beeindruckender Anblick, wenn man leibhaftig davorstand. Jack war überwältigt davon, wie riesig er tatsächlich war. Er war das komplette Gegenteil von Mount Rushmore. Rushmore war in Wirklichkeit viel kleiner.

»Da willst du hochklettern?«, fragte Hawk und schluckte hörbar.

Jack zuckt mit den Schultern. »Kackt ein Bär im Wald?«

Er war bereits angezogen und bereit. Er und Bull waren erfahrene Kletterer. Aufgrund ihres Jobs hatten sie die Ausrüstung immer dabei. Das Einchecken verlief problemlos, nachdem er seinen Ausweis vorgelegt hatte. Park Ranger zu sein, hatte seine Vorteile an Orten wie diesem. Es half auch, wenn die Person, die einen einwies, ebenfalls ein Mitglied der NPS war.

»Yellowstone, was?«, fragte Tia.

»Jupp«, antwortete Jack. Mit dem Daumen wies er auf Bull. »Er auch.«

Sie blickte zu Bull, der ein wenig dahinter mit vor der großen Brust verschränkten, kräftigen Armen stand. Die Rangerin beäugte Hawk. »Was ist mit ihm?«

Jack sah zurück und prustete einen Lacher. »Keine Chance.«

»Wirklich?«, sagte Hawk und stützte seine Arme in seine Seite. »Du weißt schon, dass ich dich hören kann, oder?«

»Gut, Mr. Reilly«, erklärte Tia, »die durchschnittliche Kletterzeit beträgt sechs Stunden vom Anfang bis Ende. Wenn sie nicht bummeln, sollten sie vor dem Abendessen wieder hier sein. Irgendwelche Fragen?«

»Nein«, antwortete Jack. »Ich klettere nur rauf, um die Aussicht zu genießen.«

Tias Augen hätten auch dasselbe über Jack sagen können, so wie sie ihn ansah.

»Gut, dann viel Spaß.«

Jack dreht sich um und ging auf die Durhams zu.

»Sagte sie sechs Stunden?«, fragte Hawk mit offenem Mund.

»Jupp. Warum? Musst du irgendwohin?«

»Wir erkunden die Umgebung, während du weg bist.« Bull umfasste die Hand seines Partners. »Pass auf dich auf da oben.«

Er zwinkerte. »Du kennst mich …«

Bull drückte etwas fester zu. »Du hast recht, ich kenne dich.« Jack klopfte auf die fleischige Schulter des Mannes und ging los.

Jack hatte so etwas in den letzten Jahren nicht mehr bestiegen. Das Wetter war immerhin perfekt dafür. Es gab eine frische Brise und die Wolkendecke war dünn.

Er hatte außerdem eingeplant, den Anfängerweg zu nehmen, die Durrance-Route. Sie waren etwas in Eile und Jack war bereits verdammt fertig.

Jack Durrance und Harrison Butterworth hatten den Devils Tower 1938 bestiegen. Zu dieser Zeit war das erst die zweite freie Begehung in der Moderne. Die Route war eine einfache Route für erfahrene Kletterer. 2017 hatte ein 86-jähriger Mann sie geschafft. Jack konnte schon von hier die weitbekannte schiefe Säule erkennen, die als Basis für die Route diente. Das ist, wo er seinen Aufstieg beginnen würde. Er erwartete nicht, auf dem Gipfel etwas zu finden, es wäre aber dumm gewesen, hier zu sein und nicht wenigstens nachzuschauen.

Außerdem wollte er das Ding unbedingt besteigen.

Roosevelts Brief hatte ausgesagt, dass er etwas Außergewöhnliches gefunden hatte, aber mehr sagte er nicht. Jack zweifelte sehr daran, dass der Präsident den Devils Tower erklommen hatte. Auf der anderen Seite, wenn er seinen Fund verheimlichen wollte, dann hätte er niemandem von dem Aufstieg erzählt. Sollte das der Fall gewesen sein, hätte er es dreißig Jahre vor Jack Durrance geschafft.

»Was verbirgst du, Teddy?«

6

Bull und Hawk taten, was sie angekündigt hatten. Sobald Jack verschwunden war, begannen sie damit, nach was auch immer zu suchen. Sie hatten den Devils Tower bereits einmal umrundet und trotzdem immer noch drei Stunden totzuschlagen, bevor sie sich mit Jack treffen wollten. Die Abwesenheit des Mannes gab ihnen nicht nur genügend Zeit nach einem Eingang in was auch immer zu suchen, es ermöglichte den Durham-Männern auch, sich privat wieder etwas näherzukommen.

»Er wirkt extrem angespannt.«

»Jack?«, fragte Bull und schritt über einen Baumstamm. »Du hast ihn doch schon vorher getroffen. Er ist nur Jack.«

»Was extrem angespannt ist.«

Bull dachte eine Sekunde darüber nach und zuckte mit den Schultern. Für ihn war der Soldat im Ruhestand eine Art Doofie und ganz und gar nicht wie Hawk ihn sah.

Vielleicht lag es daran, dass er Jack wirklich kannte und nicht wie die meisten anderen Leute.

»Nun«, sagte Bull, der sich etwas unwohl fühlte, »wie geht es Nina?«

Bull wandte sich ihm zu und sah ihn an. »Du weißt, was ich meinte.«

Hawk seufzte und lief weiter. »Uns geht es gut. Sie, ähm, hat sich schon ein bisschen verändert.«

»Warum sie, Chatan?«

»Darauf hab ich jetzt keine Lust, Onkel.«

»Du hättest jede haben können und wählst jemanden wie sie? Warum?«

»Weil …« Hawk war wütend und verwirrt. »Weil sie *eben nicht* irgendjemand anderes ist. Sie ist anders. Sie ist einzigartig. Sie ist …«

»Ein Stachel im Hintern.«

Hawk hielt wieder an. »Sagt der Mann, der sein ganzes Leben allein gewesen ist.«

Bull stoppte seine Suche und sah über seine Schulter. »Ich war nicht mein ganzes Leben allein. Ich hatte dich, einst.«

Er dreht sich um. Hawk grummelte. »Ich …, nein. Ich möchte gerade nicht wieder alles hervorholen. Ich bin gegangen und du weißt wieso. Wir haben andere, viel drängendere Probleme.« Er blickte seinen Onkel an. »Okay?«

Bull richtete sich auf. »Du hast recht. Trotzdem vermisse ich, was wir hatten.«

Als Hawk an seinem Onkel vorbeiging, klopfte er ihm auf die Schulter. »Komm schon, *Bull*, bekomm wegen mir keine feuchten Augen.« Er lachte. »Er nennt dich also Bull?«

Der größere Mann lächelte. »Er kann sehr gut mit Menschen umgehen.«

»Woher soll ich das wissen? Ich kenne ihn kaum und du erzählst nie etwas über ihn.« Bisher hatten sie kaum etwas gefunden. Zu ihrer Rechten befand sich eine knapp zehn Meter hohe malerische Felswand. Direkt darunter war ein Dickicht aus eng an eng stehenden Sträuchern. Hunderttausende Menschen hatten die Umgebung vom Devils Tower über all die Jahre bereits erforscht. Bull bezweifelte, dass sie ohne eine gehörige Portion Glück etwas finden würden.

Er lächelte. *Das klang genau wie Jack.*

»Warum das Gesicht?«, fragte Hawk und deutete darauf.

Bull entschied, dass es nicht schaden könnte, seinem Neffen ein wenig über seinen Freund zu erzählen.

»Jack und ich sind in den letzten Jahren bereits in einige interessante Situationen gerutscht, seit er zur NPS gekommen ist.« Sie stoppten und setzten sich auf einen großen, flachen Stein. »Als mir gesagt wurde, dass ich einen neuen Ranger zum Aufpassen bekommen sollte, dachte ich, ich bekäme ein Kind.« Er rieb seinen kahlen Schädel. »Stattdessen bekam ich Jack Reilly.«

»Bitte Onkel, ich möchte mehr darüber wissen, was ihr so tagtäglich macht.«

»Gut. Dann musst du erst ein bisschen mehr über Jack als Menschen erfahren.« Der freudige Gesichtsausdruck wandelte sich in einen verbitterten. »Das Erste, was du wissen musst, ist, dass er sehr leidet.«

»Ist er krank?«

Bull schüttelte den Kopf. »Physisch nicht, nein.« Er tippte sich gegen seine Schläfe. »Er hat dauernd Schmerzen wegen seiner Vergangenheit. Er war für den Großteil seines Lebens als Erwachsener beim Militär und hat mehr Tote gesehen als du und ich es uns vorstellen können.« Bulls Augen schlossen sich. »So viel Hass.« Er blickte auf und sah, wie Hawk ihn anstarrte. »Er sah einen kleinen Jungen, der sich in die Luft jagte, weil er zu verängstigt war, um zu seinem Vater zurückzukehren. Jack wurde bei der Explosion verletzt.«

»Wurde er schwer verletzte?«, fragte Hawk mit sanfter Stimme.

»Nichts, was die Zeit nicht heilen konnte.« Bull erhob sich. »Aber sein Geist wurde nie mehr derselbe. Er weiß es nicht, aber ich habe ihn an seinem Tiefpunkt gesehen. Wir waren schon mehrfach gezwungen, draußen zu übernachten. Ich habe gesehen, was passiert, wenn er schläft.«

Hawk erhob sich ebenfalls. »Was passiert?«

Bull hielt seine Tränen zurück. Jack dabei zusehen zu müssen, wie er beim Schlafen wild um sich schlägt, war eines der erschütterndsten Dinge, die er jemals gesehen hatte. Jack war ein guter Mensch und gute Menschen verdienten es nicht, solche Erfahrungen zu machen.

»Onkel?«

Bull blinzelte sich aus der Erinnerung. Er sah seinen Neffen an. »Jack wird von etwas Bösem gequält, das er nicht bekämpfen kann.«

»Hat er keine Familie?«

»Keine, von der ich wüsste«, antwortete Bull. »Vor Kurzem hat er seine Großmutter beerdigt und seine Eltern starben bei einem Flugzeugabsturz, als er noch ein kleiner Junge war. Traurige Geschichte.«

Bull und Hawk wandten sich ab und waren nicht mehr allein. Knappe 10 Meter entfernt stand ein Mann von unglaublicher Größe. Er war ein Riese und unglücklicherweise jemand, über den Bull schon einige Geschichten gehört hatte.

»Zietz«, sagte er, sich vor seinen Neffen stellend.

»Sie müssen Tatanka Durham sein.« Er grinste. »Wie ich sehen kann, haben Sie sich wieder mit dem Babyvogel vertragen.«

»Er heißt Hawk, Arschloch.« Bull legte eine starke Hand auf die Schulter seines Neffen, die Geste zeigte aber keine Wirkung. »Was ich noch fragen wollte«, setzte Hawk fort und bewegte sich von ihm weg, »wie geht es Gavin und dem Spaghettiduo? Hast du die drei Stücke Scheiße schon im Gefängnis besucht?«

Die Drohungen des jungen Manns, obwohl beeindruckend, wenn man die Umstände beachtete, waren nutzlos und Zietz wusste das. Wäre es jemand wie Bull gewesen, der so etwas gesagt hätte, dann hätte er mit mehr als einem müden Lächeln reagiert. Er trat auf die Durhams zu und löste seine Krawatte, während er das tat. Bull war ein guter Kämpfer, aber nicht gut genug für diesen Gegner. Zietz würde nicht einfach zu Boden gehen, wenn es zu einem offenen Konflikt kommen würde.

Sie brauchten Jack.

Zietz öffnete seinen Mantel. Rasch zog der normalerweise friedfertige Lakota seine Waffe aus seinem verborgenen Schulterholster und zielte mit ruhiger Hand. Zietz zog seine Hand langsam aus dem Inneren seiner Jacke zurück. Er sah nicht aus wie jemand, der Angst davor hatte, angeschossen zu werden. Bull plante zwar nicht, abzudrücken, würde er aber gezwungen werden, würde er es tun.

Zietz' Lächeln wurde breiter.

Der Gesichtsausdruck beunruhigte Bull. Als er jedoch realisierte, warum, war es zu spät.

Vier maskierte Männer mit Sturmgewehren, die sie dicht an die Schulter gepresst hatten, erschienen. Und das waren auch keine normalen Bürger. Die Geschwindigkeit, mit der sie sich bewegten, machte klar, dass es trainierte Leute waren, vermutlich gekaufte Polizisten.

Schmutzige Polizisten, dachte Bull.

Schnell umzingelten sie die Durham. Clevererweise ließ Bull seine Waffen fallen und hob die Hände an. Überraschenderweise zog Hawk beim Aufgeben nicht mit. Er schritt auf den viel größeren Mann zu und schrie ihn an.

»Hast du Nina angegriffen?«

Zietz antwortete nicht.

»Hast du?«

Bigfoot trat vor und lehnte sich weit vor, er stand nun Nase an Nase mit Hawk.

»Habe ich«, gab er zu, »direkt nachdem sie eines ihrer *Treffen* mit Mr. Creed hatte.«

Hawk grollte und schlug Richtung Zietz. Seine Faust traf auf das Kinn des Mannes und prallte ohne großen Schaden oder irgendeine Reaktion ab. Es war fast so, als hätte Zietz es nicht einmal bemerkt. Er richtete sich auf und korrigierte seinen Jackenkragen.

»Vorsichtig, Junge.« Seine Augen verhärteten sich. »Anders als andere, setze ich in die Tat um, was ich verspreche. Mach das noch mal und du verlierst deine Hand.« Die vier Bewaffneten schlossen den Kreis um sie herum. »Wo ist Roosevelts Brief?«

BLACK BUFFALO RESORT AND CASINO
CASCADE, WYOMING

»Sir«, meldete sich das neue Mädchen, Lindsay. »Da ist ein Mr. Taft in der Leitung.«

Bartholomew Creed würde es niemals laut aussprechen, aber er war nervös. Die Vertreter der Investoren aus Kalifornien hatten ihn in dieser Woche mit dutzenden Mails bezüglich seiner ausstehenden Zahlung gehetzt. Jetzt wurden daraus Anrufe. Sie würden ihn nicht von der Leine lassen, bis er ihnen gab, was sie verlangten oder er zumindest physische Beweise lieferte, dass da draußen etwas Wertvolles ist. Creed wusste, wie solche Leute arbeiteten. Alles, was er brauchte, war dieser Brief. Sobald er ihn in seinem Besitz hatte, konnte er sich auf sein Talent verlassen, sich aus der gefährlichen Situation herauszureden.

Und ich kann ihn nicht bekommen!

»Sagen sie ihm, dass ich in einem Meeting bin«, sagte Creed und warf den Hörer hörbar auf die Station. Er war sich sicher, dass er bereits einen zerbrochen hatte.

Ich hätte viel direkter sein müssen. Er hatte schon so viel Schlimmeres mit viel weniger getan. Normalerweise musste er, wann immer er etwas wollte, nur einen Anruf tätigen oder sich mit Zietz zusammensetzen, wie er es vorhin getan hatte.

Bisher hatte ihm das nur Körper eingebracht. Niemand war gestorben, aber einige seiner Leute waren wegen Einbruchs in Chatan Durhams Haus und mutwilliger Zerstörung verhaftet worden.

Und dann noch die Sache mit Nina Farleys Hospitalisierung. Irgendwann würde sie aufwachen und was würde dann passieren?

Creed musste auf Zietz' Einschätzung der Lage vertrauen. Wenn er sagte, dass nichts auf ihn zurückfallen könnte, dann würde es das auch nicht. Zumindest hoffte er das.

Wenn nicht, musste sich Bigfoot eben auch noch darum kümmern.

Außer Zietz hat auch noch Leute im Krankenhaus.

Wie auch immer, es machte Creed traurig, dass die Zeit seines besten Mädchens bald vorbei sein würde.

Er trat von den verspiegelten Scheiben zurück und öffnete die oberste Schublade seines Schreibtischs. Dort drinnen lag eine geladene Smith & Wesson. Creed hatte bisher noch nie jemanden erschossen. Und wenn es soweit war, den Abzug zu drücken, beunruhigte ihn das nicht. Creed wusste, dass er es konnte.

Alles zu seiner Zeit.

Unbewusst strich er über die Tasche seiner Jacke. Dort befand sich ein Flugticket nach Mexiko-Stadt. Falls etwas schiefgehen würde, war es Creeds Plan zu verschwinden, bis er wieder auftauchen könnte. Auch wenn er nicht genug Geld hatte, seine Schulden zu bezahlen, hatte er noch genug Geld. Das einzige Problem bei diesem Plan war, dass die Investoren es sicher nicht mochten, wenn sich jemand aus dem Staub machte. Sie waren sehr zielstrebig und würden sicher nie aufgeben, ihn zu suchen.

Das erste Mal in seinem Leben hatte Creed seinen Gegner ernsthaft unterschätzt. Die Gruppe aus Kalifornien war nicht irgendeine Ansammlung von anmaßenden Westküstlern. Die Typen waren echt. Sie wussten, dass Creed auf Zeit spielte. Das war der Grund, wieso sie diesen »Mr. Taft« auf ihn angesetzt hatten. Creeds versuchte, etwas über diesen Anwalt – falls er denn einer war – herauszufinden. Alles, was er herausbekommen konnte, war, dass er seit knapp zehn Jahren für diese Investorengruppe arbeitete. Und davor … nichts.

Der Mann war ein Rätsel.

7

DEVILS TOWER
CROOK COUNTY, WYOMING

Der Gipfel des Devils Towers war surreal. Jack hatte gerade Amerikas erstes Nationales Monument bestiegen und erlebte so einen Adrenalinrausch, dass er sich fühlte, als könne er ihn gleich noch mal besteigen, wenn es denn nötig wäre. Er schenkte der Handvoll anderer Kletterer keine Aufmerksamkeit und blickte über das weite Land, das die knapp 265 Meter hohe Felsformation umgab. Die späte Nachmittagssonne war hoch genug am Himmel, um sein Gesicht mit Wärme zu baden, während ein kühler Lufthauch seine schwitzende Haut kühlte. Kurzum, Jack fühlte sich großartig. Müde, aber großartig.

Er sah über den Rand. »Ich hätte einen Fallschirm mitbringen sollen.«

1941 hatte George Hopkins eine Wette verloren. Die Wettschuld war eine Fallschirmlandung auf dem flachen Gipfel des Devils Towers. Schnell wurde daraus eine nationale Nachrichtensendung, als er ohne Chance auf den Abstieg feststeckte. Hopkins Plan war es gewesen, mit einem Seil, einem Hammer und einer Achse aus einem Auto als Anker hinabzusteigen. Stattdessen war er für sechs Tage gestrandet, nachdem sein Kletterwerkzeug den Rand des Monuments runtergerutscht war. Er wäre mehrmals beinahe gestorben, als er Regen, den kalten Temperaturen und den Hochwinden ausgesetzt gewesen war. Niemand anderer als Jack Durrance hatte in den darauffolgenden Tagen das Rettungsteam auf die Spitze des Devils Towers geführt.

Ein anderer Kletterer *schrie* seine Freude hinaus. Dieses Geräusch riss Jack aus seinem mentalen Winterschlaf und er ging an die Arbeit. Das Erste, was er tat, war, über einen kleinen Busch zu stolpern. Immerhin konnte er noch verhindern, auf einen kleinen Kaktus zu stürzen. Er sah sich um, ob jemand ihn gesehen hatte, nicht, dass ihm die Gedanken der anderen etwas ausgemacht hätten.

»Au«, grummelte er und vertrieb ein paar Insekten – vermutlich Mücken. Er spuckte aus Abscheu auf den Boden. Eine unbekannte Anzahl war ihm in den Mund geflogen. Er fühlte auch eine oder zwei in seiner Nase. Nachdem er sich von der lästigen Wolke befreit hatte, nahm er sich die Zeit und durchkämmte den fußballfeldgroßen Gipfel. Er tat genau das Gegenteil von dem, was er der Rangerin erzählt hatte. Er hielt seine Augen auf den Boden direkt unter seinen Füßen gerichtet und schenkte der Aussicht, die sich zu dieser Tageszeit bot, keine Aufmerksamkeit – hauptsächlich deswegen, weil bald nicht mehr genug vom Tag übrig war.

Der Abstieg sollte ungefähr eine Stunde dauern. Jack sah auf seine Uhr. Er rechnete damit, dass er gerade einmal noch zwei Stunden Tageslicht haben würde. Das bedeutete, dass er knapp eine Stunde Zeit zur Erkundung hätte. Es gab nicht viel zu sehen, außer der Landschaft um ihn herum.

»Irgendwie dachte ich, ich würde zumindest auf E.T. stoßen.«

»Was?«

Jack drehte sich um und sah eine attraktive Frau mit kurzen blonden Haaren, die ihn betrachtete. Er vermutete, dass sie Anfang fünfzig und ziemlich fit war.

Die blauäugige Bergsteigerin war groß und schlank. Sie war tadellos gebaut für ein Leben, das sie dem Laufen sehr langer Strecken oder, in diesem Fall, dem Klettern widmete.

Wahrscheinlich beides.

»Zum ersten Mal hier oben?«, fragte sie.

Jack konnte den Akzent der Frau nicht ganz einordnen. Georgia vielleicht.

»Was denken Sie?«

Sie grinste. »Nun, erst einmal suchen Sie nach kleinen grünen Männchen.«

»Technisch gesehen ist E.T. braun, nicht grün«, korrigierte Jack. Er streckte seine Hand aus. »Jack Reilly.«

Ihr Griff war fest und ihre Haut war schwielig.

Eine Kletterin, ganz sicher.

»Ich bin Edith, aber alle nennen mich Eddy.«

»Schön, Sie kennenzulernen«, sagte Jack und drückte einmal ihre Hand. Er ließ los und schaute sich um. »Es ist wirklich wunderschön hier oben.«

Ihr Mundwinkel hob sich. »Sagt der Mann, der die Aussicht kaum genossen hat.«

Jack hob die Augenbrauen. »Oh, Sie haben mich also beobachtet. Ich bin nicht sicher, ob ich geschmeichelt oder verängstigt sein sollte?«

Eddy lächelte breit. »Fühlen Sie sich nicht geschmeichelt. Ich beobachte jeden. Die Menschheit ist eine interessante Spezies.«

»Absolut«, stimmte Jack zu. »Also, was bringt Sie hierher?«

»Außer Sport nichts. Ich besteige den Devils Tower beinahe jeden Monat.«

Jack war beeindruckt und deshalb sagte er. »Das ist unglaublich.«

»Warum?«, fragte sie. Ihre Augen verengten sich. »Weil ich eine Frau oder weil ich alt bin?«

Er lachte. Jack mochte Eddy.

»Nein, weil es verdammt schwer ist.« Jack zwinkerte. »Und verkaufen Sie sich nicht unter Wert. Sie sehen besser aus als die meisten.«

Der Kommentar ließ die reife Frau erröten. »Nun, ja, danke dafür.« Sie räusperte sich.

»Also, wonach suchen Sie? Ich kann nicht glauben, dass es irgendwas mit Aliens zu tun haben kann. Dafür scheinen Sie chemisch zu ausgewogen zu sein.«

Sie trat einen Schritt zurück und sie unterhielten sich leise. Jack beschloss, reinen Tisch zu machen.

Zumindest irgendwie. Er verriet nicht alles, was er wusste. Alles, was Jack ihr sagte, war, dass er nach einem versteckten Eingang in die Fundamente des Devils Towers suchte, dabei aber nichts über Theodore Roosevelt verriet.

»Ein Schatz? Hier?«

Er zuckte mit den Schultern. »Ich weiß, es klingt verrückt, aber ich habe Gründe zu glauben,dass es wahr sein könnte.«

»Okay, in Ordnung. Was ich Ihnen sagen kann, ist, dass es hier oben nichts gibt, oder irgendwo anders auf dem Boden, von dem ich wüsste.« Das enttäuschte Jack ein wenig. »Ich habe diesen Ort sauber durchkämmt und habe nicht eine verdammte Sache gefunden, die es wert ist, gefunden zu werden … außer Abenteuer.«

»Sie klingen wie er«, sagte Jack.

»Wie wer?«

»Teddy Roosevelt.« Er stellte sich den Präsidenten in seiner Blütezeit vor. »Er war ein Historiker und Entdecker im Herzen. Er liebte die natürliche Welt. Deshalb erklärte er diesen Ort zum ersten Denkmal unseres Landes. Auch wenn ich es merkwürdig finde.«

»Warum ist das so?«, fragte sie, blieb stehen und sah ihn an.

»Warum dieser Ort?« Es war eine Frage, die er sich und Bull mehrmals gestellt hatte.

Eddy lächelte breit, als würde sie etwas verbergen. »Nun, Jack, das ist eine einfache Frage.«

»Ist sie das?«

Sie nickte. »Dies«, sie deutete mit ihrer Hand über die sie umgebende Landschaft, »ist, warum.«

Jack war wieder einmal beeindruckt von der Schönheit des Landes. Eddy und Roosevelt hatten recht. Dieser Ort war wertvoll.

Eine kleine, pelzige Kreatur huschte zwischen ihnen hindurch. Jack war so gebannt von der Aussicht, dass die Ankunft des Streifenhörnchens ihn erschreckt hatte. Peinlich quietschte er und sprang zurück. Eddy fiel im wahrsten Sinne des Wortes fast vor Lachen um.

Jack schnappte sich ihren Arm, bevor sie es tat.

»Danke«, sagte sie mitten im schallenden Gelächter.

»Wissen Sie«, sagte Jack, »das bringt Glück.«

»Was, das Streifenhörnchen?«

Er nickte.

Eddy legte ihre Hände an ihre schmalen Hüften. »In welcher Kultur bringt es Glück, wenn sich der Weg eines Streifenhörnchens und der eines Menschen kreuzen?«

Jack grinste. »Ich habe keine Ahnung.« Er lachte. Es fühlte sich gut an, zu lachen. »Ich bin mir nicht sicher, warum ich das gesagt habe.«

Eddy schüttelte den Kopf und grinste von Ohr zu Ohr. »Sie sind schon etwas Besonderes …«

Die beiden standen dort für ein paar Minuten und genossen einfach die Gesellschaft des jeweils anderen, sowie die Aussicht.

Bäume umfassten den Gipfel. Das Meer von Grün unter den Wipfeln war auf seine Weise wunderschön.

Manchmal war es kaum vorstellbar, dass es noch so viel Grün auf der Welt gab. Jack hatte jedes Mal das gleiche Gefühl der Ehrfurcht, wenn er einen Fuß in den Yellowstone setzte.

Eddy seufzte und sah auf ihre Uhr. »Nun, Jack, es hat Spaß gemacht, aber wir *alten Leute* essen früh zu Abend.« Sie zwinkerte und machte sich auf den Weg zu einer der anspruchsvolleren Routen.

»Ich hoffe, Sie finden, was Sie suchen!«

Wenn die beiden vom Alter her nicht so weit auseinander gewesen wären, hätte ich ernsthaft darüber nachgedacht, sie auf einen Drink einzuladen. Aber dafür war er nicht hier. Jack winkte zum Abschied und widmete sich noch einmal der Umgebung. Ein Quietschen zog seine Aufmerksamkeit zurück zur zerklüfteten Erde. Er entdeckte das Streifenhörnchen, das in kleine Spalten hinein und wieder herausflitzte. Beim dritten Versuch kam es mit etwas zu Fressen heraus.

Jack wusste nicht, was es war, oder sogar, wie ein Lebewesen, wie ein Streifenhörnchen, hier hochgekommen war. Im Moment war es ihm egal. Er war enttäuscht, dass sein Aufstieg eine Pleite gewesen war.

Eddys Worte wiederholten sich in seinem Kopf.

Ich hoffe, Sie finden, was Sie suchen!

Er seufzte. »Ich auch, Eddy. Ich auch.«

Jacks Abstieg verlief trotz seines körperlichen Zustands reibungslos. Wenn er ehrlich war, hoffte er irgendwie, Eddy am Boden zu sehen. Aber er tat es nicht.

Sie muss ihren Aufstieg woanders beendet haben. Stattdessen ging er zurück zu dem Ort, an dem er Bull und Hawk zuletzt gesehen hat. Keiner von ihnen war allerdings da.

Es überraschte ihn überhaupt nicht. Soweit Jack wusste, könnten sie auf der anderen Seite des Denkmals sein.

Jack überprüfte sein Telefon. Er hatte keine Nachrichten.

»Ich bin fertig«, schrieb er. »Wo bist du?«

Bull überschwemmte normalerweise sein Telefon mit Texten oder Anrufen, das sah ihm also gar nicht ähnlich. Sein Partner war immer gründlich, wenn es um den Fluss von Informationen ging. Bull war unglaublich schnell – nervig fast schon – und Jacks Aufstieg hatte etwas mehr als sechs Stunden gedauert. Die Durhams hätten dort sein sollen. Erschöpft setzte sich Jack hin und lehnte sich an eine Kiefer.

Er würde auf ihre Rückkehr warten. Aber nach fünfzehn Minuten zog er sein Telefon wieder aus seiner Tasche. Diesmal rief er Bull an, anstatt ihm eine SMS zu schreiben.

Nichts.

»Verdammt, Bull.« Er war offiziell nervös. »Wo zum Teufel seid ihr Jungs?«

Jack mochte das kein bisschen. Sein Verbindungssignal war nicht großartig, aber es war solide genug. Sie hätten leicht miteinander in Kontakt treten können.

Und doch war es, wie es war. Jack blies einen langen Atemzug aus, stand auf und beschloss, das Gelände nach dem Rest seiner Truppe zu durchsuchen. Die Bäume um ihn herum waren hoch. Sie versteckten, was von der untergehenden Sonne übrig geblieben war.

Doch dann klingelte sein Telefon. Es war Bulls Klingelton.

Er antwortete schnell darauf. »Verdammt, Bulle, wo zum Teufel bist du?«

»Oh, es tut mir leid«, antwortete eine Stimme und kicherte leise. »Hier ist nicht *Bull.*«

Jack stoppte abrupt in seiner Bewegung. Jemand hatte Bulls Handy.

»Okay, dann«, sagte er und sprach langsam. Er musste seine Nerven beruhigen.

»Wer ist da?«

»Der Name ist Zietz.«

Jacks Augen weiteten sich. »Creeds Kumpan? Der mit den schlecht ausgebildeten Arschlöchern?«

Zietz biss nicht an. »Es tut mir leid, Jack, aber ich werde nicht auf deine Psychospielchen reinfallen. Was ich jedoch tun werde, ist, Babyvogels Finger nacheinander abzuschneiden, wenn du nicht tust, was ich sage.«

Bulls Neffe schrie im Hintergrund. »Es heißt *Hawk*, du Hu…«

Seine Stimme wurde abgeschnitten. Jack konnte hören, wie er wegen etwas würgte, von dem er annahm, dass es ein Knebel war. Jacks Verstand raste und suchte nach einer passenden Antwort.

»Komm zum Schwarzen Büffel«, bot Zietz an. »Wir können das regeln, bevor noch irgendjemand anderer verletzt wird.«

Das Bild von Nina, die in einem Krankenhauszimmer lag, tauchte vor Jacks Augen auf.

Durch seinen verschlossenen Kiefer sagte er: »Es ist ein bisschen spät dafür, Arschloch.«

»Schön aufpassen, Mr. R.«

»Nein, an deiner Stelle würde ich selbst aufpassen! Wir machen das folgendermaßen, okay? Ich komme für meine Freunde und wenn du sie nicht freilässt …«

»Was?« Zietz lachte. »Was wirst du tun?«

Jack war kein Monster wie dieser Typ. Er wusste jedoch, wie man unter die Haut der Menschen kam. Für diesen Fall würde er ein Monster werden. Jack erinnerte sich an einige persönliche Informationen über Zietz. Sie waren Hawk vor dem Tante-Emma-Laden gegeben worden.

Jack senkte seine Stimme und rief seinen Inneren Liam Neeson hervor. »Ich schnappe mir deine Familie. Deine Frau – ich wette, sie ist wunderschön. Vielleicht schnappe ich mir sogar deinen Sohn.« Stille erfüllte den Äther. »Du warst Polizist, richtig? Das bedeutet, dass deine persönlichen Daten irgendwo gespeichert sind. Und falls du es nicht weißt, ich kenne einige Leute in der Strafverfolgung. Alles, was es braucht, ist ein Anruf, um deine Welt auf den Kopf zu stellen.«

Das Meiste, was er gesagt hatte, war ein Bluff. Jack kannte Leute in den Strafverfolgungsbehörden, nur dass keiner von ihnen die Fähigkeit besaß, das zu tun, womit er gerade gedroht hatte. Aber das wusste Zietz nicht. Außerdem war Jack niemand, der sich die Familie einer anderen Person schnappen würde. Er war einfach nur froh, dass Zietz eine hatte, oder er hätte wie ein Idiot geklungen.

»Ich höre zu«, sagte Zietz und meldete sich endlich zu Wort.

Sein Einsatz hat sich gelohnt! Es brauchte alles, was er hatte, um seine Begeisterung zu verbergen.

Jack hatte Zietz dazu gebracht, zu glauben, was er nicht war. Ein seelenloser Killer.

»Ich komme zu dir, aber zuerst möchte ich ein Bild meiner Freunde, das beweist, dass beide noch am Leben sind.«

»Gut. Sonst noch etwas?«

»Bild zuerst.«

Er wartete einige Sekunden. Es kam per Nachricht an. Als er beide sah, machte ihn das krank vor Sorge und wütend. Sowohl Bull als auch Hawk waren an Stühle gefesselt und brutal geschlagen worden. Zum Glück waren sie immer noch bei Bewusstsein. Auf dem Bild war Hawks Figur leicht verschwommen, weil es aussah, als würde er sich bewegen und den neben sich stehenden Mann anschreien. Bull machte immer noch sein Bull-Ding. Sein Gesicht war gleichgültig und sein Mund war geschlossen.

Bastarde.

»Mr. Reilly?«

»Ja, ich bin hier.« Jack wusste, was er wollte. »Ich fordere eine Audienz mit dir und Creed in der Öffentlichkeit.«

»Nein«, antwortete Zietz schnell. »Absolut n…«

»Bis bald.«

BLACK BUFFALO RESORT UND CASINO
CASCADE, WYOMING

Tief in den Eingeweiden des Casinos legte Zietz auf. Schweiß rollte seine Schläfen hinunter. Es war Jahre her, dass ihn jemand das hatte fühlen lassen, was er jetzt fühlte – Angst.

Würde er Meredith und Tommy wirklich etwas antun?

Der jüngere Durham hatte etwas Mühe, um durch seinen Knebel zu sprechen. Er war erfolglos, aber der Versuch erregte Zietz' Aufmerksamkeit. Nachdem Hawk sich noch zweimal wiederholt hatte, hatte Zietz genug. Er drehte sich weg von der beeindruckenden Reihe von Kameramonitoren und stapfte zu den gefesselten Männern.

Er packte Hawk grob an den Haaren und entfernte gewaltsam die verschmutzte Sportsocke aus dessen Mund.

»Was?«, schrie Zietz und lehnte sich zu ihm.

»Bäh, Bro, das Ding ist eklig.«

Er hielt die Socke hoch. »Was willst du?«

Hawk räusperte sich. »Ich sagte: Du wirst einen Arschtritt bekommen.«

»Ist das so?« Zietz schmunzelte.

»Ja«, antwortete Bull. Er hatte bis jetzt den Mund gehalten und hatte daher keinen Knebel erhalten. Seine pure Intensität übertraf Zietz manischen Blick. »Du kennst Jack nicht so wie ich.« Bull warf einen Blick auf seinen Neffen und lächelte. »Er wird kommen.« Hawk nickte und entspannte sich. Bull richtete seine Aufmerksamkeit auf Zietz zurück. Der Ranger strahlte Zuversicht aus. »Und er wird dir, wie mein Neffe sagte, in den Arsch treten.«

8

DEVILS TOWER
CROOK COUNTY, WYOMING

Jack rannte den Hügel am Fuße des Devils Towers hinunter und ging zum Parkplatz. Er hatte bereits gefolgert, dass Bull seine Schlüssel noch bei sich hatte.

Der Pick-up des Mannes war ein No-Go. Jack müsste eine alternative Transportmöglichkeit finden, wovon es nicht allzu viele gab. Es wurde spät. Es gab nur ein anderes Fahrzeug. Selbst von den Rändern des Asphaltparkplatzes aus konnte Jack einen Mann sehen, der hinter dem Steuer saß.

Perfekt!

Nun, auf ebenem Boden, legte er den Weg zum zerbeulten Pick-up in kurzer Zeit zurück. Sein Besitzer war ein Indianer und er konnte keinen Tag unter neunzig Jahren alt sein. Der arme Kerl erschrak, als Jack vor dem Fenster seiner Fahrerseite zum Stehen kam. Die Augen weit aufgerissen, seine Hand ging zu seiner Brust und er fing an, nach Luft zu schnappen. Jack war besorgt, dass er den alten Mann gerade getötet hatte. Zum Glück bekam dieser seine Atmung unter Kontrolle.

»Entschuldigung, ich …«

Der Fremde stoppte Jack mit einem einzigen knorrigen Finger. Er hielt ihn hoch und fing an, sein Fenster mit der anderen Hand herunterzurollen. Es war eine quälende Erfahrung für jemanden in so großer Eile wie Jack. Dieser Typ hatte es in keiner Weise eilig. So viel war klar.

Als das Fenster heruntergelassen war, meldete sich Jack wieder zu Wort.

»Hallo, ich brauche wirklich …«

»Meine Hilfe?«, fragte der Mann und beendete Jacks Frage.

Er sah sich um. »Woher wussten Sie, dass ich Ihre Hilfe brauche?«

»Der Wind«, sagte er und schloss die Augen. »Es spricht zu mir.«

Jack hob eine Augenbraue.

Der Älteste öffnete ihm die Augen. »Außerdem hast du kein Auto.« Er schenkte Jack ein mit Kaugummi gefülltes Lächeln. »Es ist irgendwie offensichtlich, dass du eine Mitfahrgelegenheit brauchst.« Kopfschüttelnd umrundete Jack die Vorderseite des Pick-ups und probierte den Griff der Beifahrertür. Sie bewegte sich nicht.

»Ähm, ein bisschen Hilfe?«

Zentimeter um Zentimeter beugte sich der alte Mann nach rechts und langsam und vorsichtig griff er nach dem Drehknopf des Türschlosses. Dann, nachdem er diesen eine Weile, die sich wie ein Monat anfühlte, versuchte zu greifen, griff er diesen schließlich zwischen seinem Zeige- und Mittelfinger. Die Bewegung des Hochziehens, kombiniert mit dem Winkel, in dem er saß, verursachte, dass der Mann umkippte und mit Jack kollidierte, als dieser einstieg.

Jack half dem älteren Mann ungeschickt zurück in seinen Sitz, während er gleichzeitig in seinen stieg. Gemeinsam kamen die beiden Männer zu Atem und lehnten sich zurück.

»Ich bin übrigens Jack. Und … danke.«

»Du darfst mich Chaska nennen.« Er zuckte mit den Schultern. »Vor allem, weil es mein Name ist.« Er murrte und schmatzte seine schlaffen Lippen zusammen, als würde er etwas probieren. »Ich habe Charles auch immer gemocht.«

»Charles?«

Er wandte sich von Jack ab und starrte aus der Windschutzscheibe. »Ja, ja, Charles. Es ist ein schöner Name.«

Jack hatte keine Ahnung, was er von diesem Kerl halten sollte. Verarschte er ihn oder hatte er wirklich ein paar Schrauben locker?

Sie saßen für einen Moment. Die Untätigkeit inmitten einer verzweifelten Situation ließ Jacks Bein fieberhaft hüpfen. Er war normalerweise keine ungeduldige Person. Im Moment war er es aber.

»Können wir, nun ja, loslegen?«

»Sicher können wir, Kumpel. Wohin soll die Reise gehen?«

Jack saß aufrecht und seine Entschlossenheit kehrte zurück. »Zum Black Buffalo.«

»Dieser Ort?« Er fügte ein unverständliches Murren hinzu.

»Was ist daran falsch?«, fragte Jack und hoffte, Chaska könne ihm einige saftige Details liefern.

Chaskas Augen verengten sich. »Sie haben mein Steak vor zwei Sommern zu lange gebraten.«

Definitiv nicht »saftig«.

Damit überprüfte Chaska viermal alle seine Spiegel. Jack war nah dran, sich die Haare auszureißen. Zufrieden, dass er keinen Stau auf dem leeren Parkplatz verursachen würde, griff er nach dem Schlüssel in seiner Ablage. Jack rieb sich ungläubig das Gesicht.

Von all den Menschen, die ihm hätten helfen können, war ausgerechnet das der Typ, der zu seiner Rettung kam? Chaska fummelte dreimal mit dem Schlüssel, bevor es endlich losging. Der Pick-up erwachte zum Leben, nachdem er geruckelt hatte und fast wieder abgestorben war. Es zitterte so stark, dass Jack dachte, er hätte eine Füllung verloren. Er griff nach dem *Oh-Mist*-Griff, konnte ihn aber nicht finden. Dieser war vor einiger Zeit abgerissen worden.

»Einfach großartig.«

Überraschenderweise hatte Chaska einen Bleifuß, der Jack mehr hätte erschrecken sollen, als er es tat. Aber er war in Eile, also hielt er seinen Mund und seinen Schließmuskel fest. Bei fünf verschiedenen Gelegenheiten hatte der alte Mann fast ein anderes Fahrzeug abgedrängt. Glücklicherweise war er ein Meister in der Kunst des Nachkorrigierens.

»Wow!«, schrie Jack und schlug mit dem Kopf gegen sein Fenster.

Zitternd beschloss er, mit seinem Fahrer Smalltalk zu führen. Er dachte sich, dass er mehr über den Mann wissen sollte, der im Begriff war, ihn zu töten – nur für den Fall, dass er als Geist zurückkommen und erzählen musste, was geschehen war.

»Also, Chaska, oder?«

»Mmhmm.«

»Was bedeutet das?«

Keine Antwort.

Jack blies einen langen Atemzug aus und drückte seine Hände zusammen. »Was. Bedeutet. Dein. Na…«

»Es bedeutet *Ältester Sohn*«, antwortete Chaska und sah verwirrt aus. »Ich habe dir das doch schon gesagt, John.«

Jack verdrehte die Augen.

Ältester Sohn, das passte.

»Jack«, korrigierte er. »Mein Name ist Jack.«

»Das habe ich gesagt!«, rief er und musste gegen ein Trio von Autohupen ansprechen. Er hatte gerade fast drei Fahrzeuge von der Straße gedrängt.

Sobald Jack damit fertig war, um sein Leben zu fürchten, warf er seinen Kopf aus Frustration wieder zurück. Er würde keine nützlichen Informationen von diesem Kerl bekommen.

Er erinnerte sich wahrscheinlich sowieso nicht an irgendetwas Relevantes.

Selbst wenn Chaska wie ein Wahnsinniger fuhr, konnte Jack erkennen, dass der zwanzig Meilen lange Ausflug nach Cascade eine Weile dauern würde. Jedes Mal, wenn Chaska die Spur wechselte, beschleunigte er, bis er hinter einem anderen Fahrer eingeklemmt wurde. Unabhängig vom Fahrzeug – einem großen Sattelschlepper oder einem Prius – fuhr Chaska dicht auf. Sobald er es tat, verlangsamte er und tat es ein weiteres Mal. Ihre hohen Geschwindigkeiten wurden durch Chaskas schlechte Entscheidungsfindung zunichtegemacht.

»Ich hätte fahren sollen«, murmelte Jack.

»Was?«

Er warf einen Blick auf Chaska. »Nichts. Es war nichts.«

»Das war nicht *nichts* … es sei denn, du sprichst auch zum Wind?«

»Tut mir leid, Kumpel«, antwortete Jack, »aber ich spreche nicht zum Wind.«

Chaska murrte wieder etwas.

Aber bei dir bin ich mir absolut sicher.

»Wenn du nicht zum Wind sprichst, warum solltest du diese tragen?« Er wies auf Jacks Perlenarmbänder.

»Sie waren ein Geschenk … von einem Freund.«

»Mmhmm.«

Jack stöhnte, als sie fast einen zweiten Sattelschlepper abgedrängt hätten.

Er fühlte, wie sich alles in seinem Magen verdrehte, als ihr rechter Reifen die Straße verließ und sich neben der Spur im Schmutz wiederfand. Teilnahmslos korrigierte Chaska und schickte sie fast in ein Auto. Sein Fuß fand die Bremse, bevor er mit der Limousine kollidierte. Während Jack noch kurz davor war zu kotzen, rasten sie zu einer Kakophonie von Autohupen davon.

Er seufzte. »Ich werde sterben.«

»Mmhmm«, stimmte Chaska trocken zu. »Alle unsere Reisen müssen früher oder später enden.«

BLACK BUFFALO RESORT AND CASINO CASCADE, WYOMING

Die Beifahrerreifen des Pick-ups fuhren mit einem Ruck auf den Bordstein. Chaska zog schnell am Lenkrad und lenkte das Auto wieder runter. Anschließend rutschte er zu einem abrupten Halt direkt vor dem Casino. Wenn Jack seinen Sicherheitsgurt nicht angelegt hätte, wäre er kopfüber in die Windschutzscheibe geworfen worden. Die Verengung auf seiner Brust ließ ihn nach Luft schnappen und er war außer Atem. Er hustete schwer und hatte einige Mühe, sich abzuschnallen.

Als er es geschafft hatte, öffnete er seine Tür und fiel wie ein Säufer auf den Bürgersteig. Gleichzeitig verließ eine stämmige Frau das riesige, rechteckige, schwarze Gebäude, hielt inne und schaute auf Jack hinab. Ihr Gesicht war voller Missbilligung. Er begegnete ihrem Blick und verstellte seine Stimme: »Bereit für die zweite Runde?« Er endete, indem er drei Finger hochhielt.

Sie verzog ihr Gesicht angewidert und marschierte davon.

Langsam und unter Chaskas unerschütterlichem Blick erhob Jack sich vom Beton. »Danke fürs Fahren, Chaska.« Er lehnte sich nach innen, durch die offene Tür und bot Chaska seine Hand an. »Lass es uns nie wieder tun.«

Sie schüttelten sich die Hände. Jack war verblüfft, wie fest der Griff des alten Mannes war. Eddys Handschlag war derselbe gewesen. Es schien ein gemeinsames Merkmal der Menschen von hier zu sein.

Jeder machte sich in diesen Teilen die Hände schmutzig, sogar die Seniorengemeinschaft, wie man sah. Jack wäre wahrscheinlich auch so, wenn er das Glück hätte, so lange zu leben. Er würde nie aufhören, an den Rosen zu riechen, auch wenn es nur darum ging, den Sensenmann zu verärgern. Er würde wild gackern, die Faust schütteln und rufen: »Nicht heute, Tod!«

Jack winkte Chaska zum Abschied und drehte sich zum Casino um. Genau wie er es am Devils Tower gemacht hatte, reckte Jack seinen Hals zurück und betrachtete den Ort mit offenem Mund. Das Gebäude war riesig und kollidierte deutlich mit der umliegenden Infrastruktur und der Landschaft. Creed hatte das Gebäude gebaut, um aufzufallen. Das Black Buffalo ließ den Rest von Cascade stark veraltet und nicht gerade berauschend aussehen.

Alles andere um das Gebäude herum war entweder in sanften Erdtönen lackiert oder komplett aus rotem Backstein gebaut. Das Casino war, Jacks Meinung nach, die Definition eines Schandflecks. Das Gleiche wurde über das Stadion der Las Vegas Raiders gesagt, obwohl Jack das Design irgendwie mochte. Das Ding sah eher wie ein pechschwarzes außerirdisches Mutterschiff aus als wie ein Footballstadion. Aber jeder wusste, dass es da war.

Und das ist es, was am wichtigsten war.

Die hohen Eingangstüren waren fast sechs Meter von Jack entfernt. Seine Ankunft war zweifellos von der Sicherheit durch die Linsen der schwarzen Kuppelkameras entdeckt worden, die er über dem Eingang sah.

Es gab keine Möglichkeit, rein- oder rauszuschleichen. Jack trat zum Eingang und wurde von einem Luftstoß getroffen, als der Überkopfsensor auslöste und die Türen für ihn öffnete. Ein zweiter Eingang begrüßte ihn fünfzehn Meter weiter voraus. Das kleine Foyer war dafür da, die Elemente, kalt oder warm, draußen zu halten.

Als Jack durch die nächsten Türen ging, war er fasziniert von dem, was über ihm hing. Diejenigen, die das Casino betraten und verließen, mussten dies tun, indem sie unter einer gigantischen, zehn Meter hohen Statue eines Onyx-Büffels entlanggehen mussten. In Ehrfurcht vor dem Tier schlurfte er vorwärts und zog seine Hand über eines seiner Vorderbeine. Er war überrascht zu entdecken, dass es aus echtem Magmatium gemacht war. Es sah so aus, als wäre das ganze Ding daraus!

»Wow«, sagte er, »sie sprachen davon, *keine Kosten zu scheuen.*« Aber im Gegensatz zu John Hammond war Bartholomäus Creed nicht im Geschäft der Wiederauferstehung prähistorischer Reptilien.

Zumindest hoffe ich, dass er es nicht ist.

»Beeindruckt?«

Jack blieb stehen. Er erkannte die Stimme des Sprechers.

Ein Mann, der knappe fünfzehn Zentimeter größer war als er, trat um das hintere Bein des Tiers herum. Sein bärtiges Gesicht war wie Stein, und seine Augen standen in Flammen.

»Zietz.«

»Richtig.« Er reagierte körperlich nicht.

Jack sah sich in der belebten Lobby um. Es war ein so guter Ort für das Gespräch wie jeder andere.

Keiner der beiden Männer würde mit so vielen Menschen einen Schritt wagen, mit so vielen Zeugen in der Nähe. Aber es war offensichtlich, dass ein Teil ihrer Vereinbarung gebrochen war.

»Wo ist dein Chef?«

Wenn es möglich wäre, wuchs Zietz bei der Erwähnung von Creed noch etwas. »Er wird sich uns nicht anschließen. Er lässt sich entschuldigen.« Jack wollte mit Zietz streiten, entschied sich aber, es cool runterzuspielen. Noch lebte sein Bluff. Jack musste weiterhin die Rolle einer Person spielen, wie Zietz eine war. Das bedeutete nicht, dass er nicht auch ein bisschen Spaß haben konnte.

»Roosevelts Brief«, bei der Erwähnung zuckte Zietz' rechtes Auge, »du willst ihn?«

»Das tue ich.«

»Warum?«

Zietz sah noch verrückter aus. »Das geht dich nichts an.«

Jack zuckte mit den Schultern. »Von mir aus, aber das bedeutet, dass du deine Schulden nicht bezahlen kannst.«

Zietz zuckte zusammen, was bedeutete, dass Hawk mit den Investoren recht hatte.

Jack verschränkte die Arme. »Ich möchte Creed treffen.«

»Nein.«

Er zuckte mit den Schultern. »Okay, dann bin ich hier raus.«

Jack drehte sich um, wurde aber von einer massiven Hand gestoppt. Diese ergriff seine Schulter, tat aber nichts anderes. Zietz ließ Jack frei, als er ihm wieder gegenüberstand. Die beiden Männer maßen sich gegenseitig ab. Aber Jack beschloss, auf Bull zu hören. Er wollte geduldig sein und Zietz dazu bringen, den ersten Schritt zu machen. Das Casino zeichnete zweifellos ihre Begegnung auf. Unter keinen Umständen würde Jack als Erster zuschlagen.

»Bist du bewaffnet?«, fragte Zietz.

»Du hast verdammt recht«, antwortete Jack. »Und nein, ich übergebe meine Pistole nicht, wenn es das ist, was du gleich fragen wirst.«

»Du machst hier nicht die Regeln.«

Jack grinste. »Ich tue es, wenn du willst, was ich habe.«

Zietz öffnete seinen Mund, um zu sprechen, wurde aber abgeschnitten.

»Schau mal, entweder wir machen das auf meine Weise oder ich gehe mit dem Brief, kontaktiere ein paar meiner

Freunde in der Innenstadt und lass sie dir einen Besuch abstatten.« Jack trat nach vorn. »Entführung ist ein sehr schweres Verbrechen.«

Jack trug extra dick auf. Er hatte begriffen, dass Zietz ein intelligenter Typ war. Er wusste, was er tat. Er war immerhin ein ehemaliger Polizist.

Der Mann operierte sowohl öffentlich als auch tief im Schatten. Man konnte das in kleinen Städten wie Cascade tun, besonders, wenn man die richtigen Personen auf der Gehaltsliste hätte.

Was sie sicher haben.

Zietz seufzte und gab nach. »Folge mir.«

9

Irgendwo tief in den Eingeweiden des Black Buffalos beobachteten Bull und Hawk einen geräuschlosen Austausch zwischen Jack und Zietz. Die Durhams wurden im Sicherheitsbüro des Casinos im Keller festgehalten. Die Wand vor ihnen war mit einem Dutzend Flachbildschirmen behangen. Zwischen ihnen saß ein Mann mit einer Taille, die so beeindruckend war wie die Anordnung. Er trug ein Set dicker Kopfhörer. Im Gegensatz zu Zietz oder sogar Gavin und dem Spaghetti-Duo war dieser Kerl nicht angeheuert worden, um seine Fäuste zu benutzen.

Er sah eher wie ein traditioneller Wachmann als ein angeheuerter Schläger aus – nicht, dass alle Wachen so außer Form waren wie dieser. Die Hände des Mannes flogen über seine Tastatur. Es war deutlich zu sehen, dass er mehr als nur eine Wache war. Die Art und Weise, wie er mit den Computern umging, sagte Bull, dass er wahrscheinlich auch ein IT-Genie war. Er hätte den Mann mühelos fertigmachen können, wenn er nicht an einen Metallstuhl gefesselt wäre. Es war ähnlich zu dem, was

Jack nach seinen Erlebnissen in Polen beschrieben hatte. Sogar die Jungs hier in den Staaten benutzten dicke, strapazierfähige Kabelbinder als Handschellen. Es war das zweite Mal, dass Hawk mit ihnen gefesselt worden war. Gavin hatte sie gegen ihn früher schon verwendet. Sie sahen zu, wie Jack sich von Zietz abwandte. Der größere Mann streckte sich und packte Jacks Schulter. Bull erwartete halbwegs, dass sein Freund Zietz aus Instinkt umschlagen würde, war aber erleichtert, als er es nicht tat. Bull atmete ruhiger, als Jack sich ruhig umdrehte.

Seine Haltung war entspannt. Jack stellte sicher, dass er nicht so aussah, als wäre er eine Bedrohung. Zietz hatte eine kurze Zündschnur. Jack schien das zu begreifen. Die beiden Männer standen still und unterhielten sich friedlich miteinander. Nach ein paar Minuten Dialog, drehte Zietz sich auf einer Ferse und führte Jack vom Eingang weg.

Nein.

Der schwerfällige Wachmann drehte sich in seinem Stuhl herum und fiel dabei fast zu Boden. Sein Hemd war fleckig und faltig. Es war deutlich zu sehen, dass Hygiene für ihn so schwer fassbar war wie Nessie. Er schob seine dicke Hornbrille hoch, schnaubte ein Lachen aus und sprach viel zu laut, als er es schließlich tat. Es war ein typisches Verhalten, wenn man Kopfhörer mit Geräuschunterdrückung trug.

»Dein Freund ist fertig!«

Hawk protestierte gegen diese Aussage, wieder einmal murmelte er durch seinen Knebel.

Bull blieb jedoch ruhig. Er schaute von dem Schläger weg und lenkte seine Aufmerksamkeit wieder auf die Bildschirme.

Du kennst Jack nicht so wie ich.

Zietz führte Jack zu einem Glasaufzug, der im Zentrum der rechten Seitenwand des Casinos eingebaut war. Zwei kräftig gebaute Wachen standen auf beiden Seiten davon. Es war offensichtlich, dass es sich um private Sicherheitsleute handelte. Anscheinend dachte Creed von sich selbst als eine Art hohes Tier, so sehr, dass er sich selbst einen auffälligen, öffentlichen großen Auftritt gegeben hatte. Es war absichtlich offen und für jeden zu sehen. Er war hier ein Gott.

Eher wie ein Dämon, dachte Jack, alles auf sich wirken lassend.

Jack entdeckte eine Reihe von verspiegelten Fenstern, hoch über dem Casinoboden.

Bingo! Er stieg in den Aufzug und sah sich um. »Irgendwie protzig, wenn du mich fragst.«

»Niemand hat gefragt.« Zietz faltete die Hände hinter dem Rücken. »Und Mr. Creed bekommt, was er will. Immer.«

Die aktuelle mafiaähnliche Umgebung war anders, als alles, von dem Jack je ein Teil gewesen war. Er hatte im Laufe der Jahre mit mehreren bösen Menschen zu tun gehabt, sogar einen Anteil an wirklich böswilligen Tieren, aber nie so etwas. Er wusste, dass er in großer Gefahr war und doch konnte er nicht anders, als leise zu lachen.

»Amüsiert dich etwas?«

Jack zuckte mit den Schultern. »Ja, aber ich glaube nicht, dass du es lustig finden würdest.«

Zietz drehte sich um und blickte auf ihn herab. »Und woher willst du das wissen?«

»Nenn es eine Ahnung«, antwortete Jack und trat zur Glastrennwand.

Er blickte über die schrumpfende Casino-Etage.

Selbst aus dieser Höhe heraus ging der Büffel in der schieren Größe des fünfzehnstöckigen Raumes verloren. Sein Design erinnerte ihn an eine größere Version von *Disney's Contemporary Hotel*. Jacks Aufmerksamkeit wurde durch ein leises Glockenspiel wieder auf die aktuelle Situation gelenkt. Sie waren an ihrem Ziel angekommen.

Beide Männer drehten sich gleichzeitig und standen vor den Doppeltüren, als diese sanft auseinanderglitten. Jack hielt Abstand, während er Zietz folgte, falls der große Mann doch beschließen sollte, etwas zu versuchen. Im schlimmsten Fall würde Jack seine Waffe ziehen und ihn erschießen, wenn es sein eigenes Leben retten würde. Aber er musste immer noch vorsichtig sein. Jede Handlung seinerseits könnte dazu führen, dass er als Aggressor galt. Jemand könnte leicht die Kamera in der Ecke des Raumes manipulieren. Heutzutage konnte man an Videos einfach rumdoktern.

Der Raum dahinter war ein großes Wartezimmer, komplett mit einer Rezeptionistin und einem mit Gurken angereicherten Wasserspender. Es war leicht rechteckig und etwa fünfzehn Meter lang. Die Mitte des Raumes war gefüllt mit makellosen Ledermöbeln. Das Herzstück des Wartezimmers war ein dicker Tisch, der aus einem einzigen Baumstumpf geschnitzt worden war.

»Das muss ein verdammt großer Baum gewesen sein«, sagte Jack und bewunderte ihn.

»Mammutbaum«, erklärte Zietz.

Jack sah sich um und kratzte sich am Kopf. »Wie habt ihr es hier reinbekommen?« Aber bevor er eine Antwort erhielt, hörte er, wie sich eine Tür hinter ihm öffnete. Jack blieb stehen und schaute über seine Schulter. Zwei stämmige Männer stampften aus einem zuvor verborgenen Eingang. Jack war beeindruckt zu sehen, dass die Türseiten bündig mit den Holzpaneelen an der Wand lagen, wenn sie geschlossen war. Es gab nicht einmal einen Griff, um sie zu verraten.

»Raffiniert.«

Dumm und Dümmer flankierten Jack von beiden Seiten und näherten sich ihm langsam. Zietz war knappe zehn Meter weiter im Raum, bevor er sich umdrehte und sich ihm zuwandte. Als er es tat, hielt er eine Pistole mit Schalldämpfer in seiner rechten Hand.

Jack hob seine Hände und hielt sie auf Schulterhöhe. Er konnte schnell ziehen, aber es gab keine Chance, dass er seine FNS-9C ziehen, richtig zielen und abfeuern konnte, ohne selbst erschossen zu werden. Also ließ er seine Schusswaffe in Ruhe und wartete, um zu sehen, was als Nächstes passieren würde.

»Wir wollen dich nicht töten, Mr. Reilly.«

Jack lachte nervös. »Warum glaube ich dir nicht?«

»Weil«, antwortete Zietz, »wenn wir es wollten, wärest du schon tot. Jetzt komm leise mit uns.«

Dumm und Dümmer kamen näher und holten etwas hervor, etwas, das Jack hasste – Kabelbinder.

Nein, nicht schon wieder.

Er lockerte seine Haltung und erlaubte den beiden in die Reichweite seines Arms zu gelangen. Dann brach Jack seine eigene Regel und handelte zuerst. Er fuhr seinen rechten Ellbogen in Dumms Gesicht und schlug eine Sekunde später mit seiner linken Faust auf Dümmers Unterleib. Dumm stolperte rückwärts, während sein Kumpel vorwärts taumelte. Jack gebrauchte das Momentum des Paares gegen sie. Er schnappte sich Dümmers andere Hand, die mit dem Kabelbinder und zog ihn aus dem Gleichgewicht. Sie kollidierten gemeinsam mit Dumm und als sie es taten, nutzte Jack die Verwirrung, um den Kabelbinder eng um ihre beiden Handgelenke zu schließen. Er stieß sie zurück und riss den anderen Kabelbinder aus Dumms Hand und duckte sich, um einem wilden Schwinger zu entgehen. Dabei band Jack einfach die Beine der beiden Männer zusammen. Es war eigentlich irgendwie komisch zu sehen, wie sie versuchten Jack zu verfolgen, als ob sie in einem unkoordinierten dreibeinigen Rennen antreten würden. Glücklicherweise war der Raum groß genug, dass Jack ihnen mit Leichtigkeit ausweichen konnte. Hauptsächlich versuchte er, das Duo zwischen sich und Zietz zu halten. Würde Jack ausholen und zu viele Treffer landen, würde das Paar zu Boden gehen und Jack stünde direkt vor Zietz' Pistole. Das Paar schwang gleichzeitig einen rechten und linken Haken. Jack hüpfte im letzten Moment zurück und beobachtete, wie die schlagenden Fäuste der Männer sich gegenseitig trafen. Sie reagierten, indem sie einen Schritt zurücktraten und ihre angeschlagenen Knöchel schüttelten. Für nur eine Sekunde lenkten sie ihre Aufmerksamkeit von Jack weg. Er startete mit zwei geraden Schlägen nach vorn. Einer traf Dumm in der Nase, der andere Dümmers Kinn. Beide stolperten zurück. Jack fing sie auf, bevor sie fielen, und stieß sie dann weg. Bevor sie es begriffen, überrannten die drei Männer Zietz. Gliedmaßen verfingen sich ineinander und jemand schrie vor Schmerzen, als wäre er getreten worden, wo kein Mann gern getreten wird. Während des Gedränges legte Jack Dumm und Dümmer ab. Er durchwühlte ihre Taschen und fand ein paar weitere Kabelbinder und verband ihre Beine mit Zietz' Handgelenken. Jack ließ den größeren Mann wach. Er wollte, dass Zietz sieht, was passierte. Er ging weg, um sich von dem Trio zu entfernen, stoppte aber, als er eine Idee hatte. Jack zog schnell den Schuh und die Socke von Dümmers linkem Fuß aus und schob Zietz das verschwitzte Kleidungsstück mitten im Fluchen in den Mund.

»So. Das ist besser.«

Jack schlängelte sich um die Rezeption herum. Er stoppte abrupt, als er ein Bild auf ihrem Schreibtisch sah. Es zeigte ein glücklich aussehendes Paar – Hawk und Nina. Er blickte auf das Foto und sagte: »Tun Sie sich selbst einen Gefallen und passen Sie auf Ihren Rücken auf.«

»Was?«, fragte die sitzende junge Frau und lehnte sich von ihm weg.

Er nickte mit dem Kinn in Richtung des Männerhaufens in der Mitte des Raumes. »Wie glauben Sie, haben Sie diesen Job bekommen?«

Sie warf einen Blick auf das Bild. »Nina? Nein, sie hatte einen Autounfall.«

»Sagt wer? Die Männer, die gerade versucht haben, mich ohne Grund zu töten?«

Jack stand einfach nur für unangenehme ruhige fünf Sekunden da. Er wandte nicht einmal seine Augen von dem neuen Mädchen ab. Sie verstand den Wink. Ihre Augen flogen zwischen dem Foto und Creeds Bürotür hin und her. Jack nickte und sagte leise: »Passen Sie auf Ihren Rücken auf.«

Er kannte Ninas Ersatz nicht und das musste er auch nicht. Niemand hat es verdient, jetzt in Ninas Schuhen zu stecken. Sie war beinahe erschlagen worden, wegen etwas, das vielleicht nicht einmal existiert. Selbst jetzt war sich nicht sicher, ob er etwas finden würde. Jack griff nach der Tür, wurde aber gestoppt. Sie bewegte sich nicht.

»Mr. Creed ist nicht hier.«

Jack wandte sich ihr zu. »Wo ist er dann?«

Sie zuckte mit den Schultern. »Er erzählt mir nicht alles.«

»Aber Sie sind seine Rezeptionistin. Wenn jemand wissen sollte, wo er ist, dann sind Sie es.«

Das neue Mädchen schrumpfte tiefer in ihrem Sitz und zuckte wieder mit den Schultern. »Ich bin neu, schon vergessen?«

Jack rollte mit den Augen und versuchte es noch mal mit der Tür. Sie war verschlossen.

»Scheiße!«

Er schob sich von der Tür weg und ging zurück zum Aufzug. Zietz verfluchte seine Existenz hinter seinem Knebel. Der unglaublich starke Mann kletterte auf seine Füße und zog seine bewusstlosen Untergebenen hinter sich her. Es war genug Herkulesleistung für Jack, um sich umzudrehen und zu rennen.

Ich muss Bull und Hawk finden.

Er fuhr mit dem Aufzug zurück in die erste Etage und war kurz davor, auszusteigen. Er erwartete, dass die Türwächter anwesend sein würden, aber seltsamerweise waren sie es nicht.

Müssen die Arschlöcher von oben gewesen sein. Er inspizierte die Leiste und bemerkte, dass es eine Etage unter dieser gab. Der Knopf war leer.

»Ach, was zum Teufel«, sagte er und drückte ihn.

Die Türen schlossen sich und der Aufzug glitt, was ungefähr drei Stufen gewesen sein mussten, hinab. Dies war kein typisches Kellergeschoss. Die Türen glitten auseinander und enthüllten eine Art geheimes Stockwerk, welches nur von Creeds Privataufzug aus zugänglich war. Ein weiteres leises Klingeln ertönte.

Da Jack kein Risiko eingehen wollte, zog er seine Pistole. Er richtete sie auf den Flur und trat langsam heraus. Der Korridor war ultra-utilitaristisch. Rohre hingen an der Decke und alles war in Grautönen gestrichen. Er dachte darüber nach, zurückzugehen.

»Nein«, sagte er zum Durchgang, »du bist aus einem bestimmten Grund hier.«

Er musste seinem Bauchgefühl vertrauen. Alle drei Meter erwachte ein weiteres Bewegungssensorlicht zum Leben. Nach fünf solcher Lichter kam Jack zu einer Tür mit einem aufgedruckten Wort darauf.

Jack sagte: »Sicherheit.«

Vorsichtig versuchte er, die Tür zu öffnen. Sie war nicht verschlossen. Er drehte den Knopf, aber öffnete die Tür nicht. Das Letzte, was er tun durfte, war zu viel Lärm zu machen. Vorsichtig öffnete er sie einige Zentimeter, schaute hinein und wurde von einem Schwall kalter Luft angegriffen. Serverräume wurden oft kühl gehalten, um eine Überhitzung der Festplatten zu verhindern.

Aber dafür war der Raum nicht gedacht.

Auf der einen Seite des schwach beleuchteten Raumes befand sich eine Wand aus Monitoren und einem Schreibtisch mit einem leeren Stuhl. Selbst aus dieser Entfernung konnte er die Casino-Etage in den meisten von ihnen erkennen. Es gab sogar ein paar, die das Innere einer Handvoll Zimmer zeigten.

Nun, das ist ekelhaft.

Die andere Hälfte des Sicherheitsbüros war außer Sichtweite. Hinter der Tür stehen bleibend, schwang

Jack sie vorsichtig auf und trat ein, um Bull und Hawk zu finden. Leider waren sie nicht allein. Ein bulliger, rothaariger Kerl stand direkt hinter ihnen.

Er hielt Hawk eine Waffe an den Kopf.

10

»Sieht so aus, als hätte ich die Einladung zur Party nicht bekommen.«

Jack schätzte die Lage ab, während er den Kopf des bewaffneten Mannes ins Visier nahm. Er hatte sich geschickt hinter Hawk geduckt. Aus gutem Grund behielt er seine Waffe professionell auf Hawks Hinterkopf gerichtet. Dadurch war alles, was Jack sehen konnte, die Hälfte des runden Gesichts des Typen. Dennoch war es ein zu kleines Ziel, um etwas damit anfangen zu können. Er vertraute auf seine Fähigkeiten, aber selbst Jack konnte nicht mit Sicherheit sagen, dass das Neun-Millimeter-Projektil Hawk auf dem Weg zu seinem beabsichtigten Ziel nicht treffen würde. Sie befanden sich in einem unverrückbaren Patt, und in Situationen wie dieser, hatten die bösen Jungs immer die Oberhand. Es war ihnen egal, wer starb. Jack aber nicht.

»Waffe fallen lassen!«, kreischte der Rothaarige. Seine Stimme war unerträglich schrill.

Aber sie war auch brüchig.

»Ganz ruhig, Kumpel.«

Er biss sich auf die Lippe. *Scheiße.* »Okay, schauen Sie, wir machen es, wie Sie es wollen.«

Jacks Augen blitzten zu Hawk. Bulls Neffe war gerade in genau der Situation vor kurzer Zeit, und Jack brauchte ihn wieder, damit er abermals durchkommen würde. Hawk muss seine Gedanken gelesen haben. Er warf ihm einen traurigen Blick zu, schüttelte den Kopf und versuchte, seinen Stuhl zu bewegen. Aber er war erfolglos. Dieser war mit dem Boden verschraubt worden.

Wunderbar. Jack seufzte. *Eine Idee für die Tonne.*

Er legte seine FNS-9C ab.

»Also«, sagte Jack und versuchte, das Unvermeidliche hinauszuzögern, »irgendwelche guten Sachen in letzter Zeit gesehen?«

»Halt den Mund!« Die Hände des Rothaarigen zitterten schrecklich und nicht wegen der tiefen Temperatur des Raumes. Er war nervös und schwitzte mehr als je eine Person schwitzen sollte. Der Typ hatte keine richtige Ausbildung an der Waffe genossen – *davon* war Jack überzeugt.

Er entließ den Abzug. »Ich möchte, dass Sie …«

Jack war nicht darauf vorbereitet, wie schnell Hawk handelte. Der junge Mann schleuderte seinen Kopf zurück in das Gesicht des Rothaarigen. Unbewaffnet stürmte Jack nach vorn und wich dabei zwei wilden Schüssen aus. Die Kugeln vergruben sich in den Bildschirmen hinter ihm, mit ein paar schnellen, splitternden Glasrissen. Er senkte seine Schulter und kollidierte mit dem Bauch des anderen Mannes.

Jack nutzte seine Beine und trat den wankenden Wachmann gegen die Wand hinter ihm. Dieser verlor sofort jeglichen Kampfeswillen, als er getroffen worden war. Anstatt aufzustehen und sich zu wehren, hob er eine Hand, wimmerte erbärmlich und schnappte nach Luft. Jack nahm sich nicht die Zeit, den Sieg zu feiern. Er griff nach Bulls Fesseln, zog sein Messer und schnitt ihn mit einem Handgriff los. Als Jack zu seinen Füßen kam, griff er nach seiner Waffe und nahm sie wieder auf, bevor er zu den Sicherheitsmonitoren eilte. Er musste wissen, ob jemand auf den oberen Etagen etwas von dem Handgemenge hier oder dem in Creeds Wartezimmer bemerkt hatte. Bisher passierte nicht viel, außer den normalen Dingen.

Karten, Tussis und Fish and Chips – also kleine Fische!

Sie konnten nicht erwarten, dass die Ruhe lange anhalten würde. Bull schnitt seinen Neffen los und half ihm vorsichtig auf die Beine. Hawk war ziemlich schlecht in Form. Aber sobald er sich in Bewegung setzte, sah er gesund genug aus, um sich fortzubewegen. Jack war zunehmend beeindruckt von der Widerstandsfähigkeit der Jungen. Der echte Test wäre der nächste Tag.

Junge, wird das wehtun!

»Wir müssen gehen«, sagte Bull und übergab Hawk die Pistole des Wachmanns. Sein Neffe wirkte sichtlich unwohl wegen der Nutzung einer Waffe. Dennoch nahm er die Schusswaffe entgegen und überprüfte sie. Zufrieden, dass sie in Ordnung war, schob er sie hinten in seine Hose und humpelte hinüber zu Jack. Aber anstatt die beeindruckende Anordnung zu bestaunen, stürzte er sich auf das Terminal und begann zu klicken.

»Was machst du?«, fragte Jack und klopfte Bull auf die Schulter, als er sich ihnen anschloss.

»Das tun, was ich am besten kann«, antwortete Hawk. Es sah so aus, also würde er sich bei dem, was er tat, wohlfühlen.

»Verstanden!«

Jack und Bull sahen sich eine Wiederholung des Kampfes vor Creeds Büro an.

Hawk durchsuchte einige der Schreibtischschubladen, bevor er mit erhobener Faust jubelte. Er hatte gefunden, was er gesucht hatte.

»Ein USB-Stick?«, fragte Jack.

»Ja«, sagte Hawk und tippte weiter. »Jetzt haben wir einige Beweise gegen diese Ärsche. Zumindest haben wir Zietz, der eine Waffe auf dich richtet.« Jack nickte zustimmend. »Immerhin etwas.« Seine Augen weiteten sich. Er hatte eine Idee.

»Kannst du etwas für mich nachschauen?«

Hawk zuckte mit den Schultern. »Klar, denke ich.«

»Gibt es eine Kameraübertragung aus Creeds Büro?«

Der jüngere Mann tippte abermals. Zehn Sekunden später antwortete er: »Ja, gibt es. Warum?«

Jack lächelte. »Lad alles aus den letzten achtundvierzig Stunden runter.«

Die Übertragung wurde automatisch abgespielt und enthüllte etwas, das Jack nicht wusste.

Creed war am Telefon und sprach mit jemandem, der ihn erschreckte. Seine Stimme war zittrig und er ging hin und her. Typischerweise fürchten Menschen wie Creed niemanden. Mit wem auch immer er telefonierte, es war ein großer Fisch.

»Nein, Taylor, wir haben den Brief noch nicht«, sagte Creed. »Aber er ist fast in unserem Besitz.« Er blieb stehen und sprach wieder. »Sagen Sie den Investoren, dass ich alles, was ich ihnen versprochen habe, liefern werde – noch ein paar Tage höchstens. Meine Männer und ich brauchen etwas mehr Zeit.« Creed fuhr fort, etwas über eine Zahlungsfrist zu schreien, die er verschieben musste.

Bingo! Hawk hatte recht gehabt. Jack blickte zur Decke und stellte sich die Casino-Etage vor.

Wie schuldet ein Typ mit all dem jemand anderem Geld?

Hawk sprang auf seine Füße. »Oh, verdammt ja!«

Bull trat neben ihnen auf.

Jacks Gesicht war steinern. »Wir bringen diese Arschlöcher zu Fall.«

»Wie?«, fragte Bull.

Hawk stand. »Das ist ganz einfach. Soziale Medien. Wir teilen diese Videos überall im Netz und beobachten, wie sie Feuer fangen.«

Jack grinste und ging zur Tür, gerade als der Rothaarige sich rührte.

»Was ist mit ihm?«, fragte Hawk.

Jack holte einen einzigen Kabelbinder aus seiner Tasche und übergab ihn glücklich an Hawk. »Du bekommst deine wohlverdiente Rache.«

Aus Angst um ihr Leben schnitt Lindsey, die neue Rezeptionistin, Zietz und die anderen los. Sie hatte Angst, dass sie wie Nina enden würde, wenn sie es nicht auf den Ruf des grunzenden Riesen reagieren würde. Nachdem der Mann namens Jack gegangen war, war Zietz mit dem Gesicht nach vorn gefallen und konnte nicht wieder aufstehen. Sie setzte sich wieder an ihren Schreibtisch und blieb für das, was sie hoffte, dass es der Rest des Tages sein würde, dort sitzen. Lindsey sagte nichts, bis ihr Telefon klingelte. Ihr Gesicht verblasste sofort, nachdem sie abgehoben hatte.

»Ähm, Mr. Zietz, es ist für Sie.«

Der Gigant pirschte auf Lindsey zu. Er hielt nur wenige Zentimeter vor ihr. Zietz stand einen Moment über ihr, bevor er ihr das Telefon aus der Hand riss. Zietz legte das Gerät an sein Ohr und lauschte in den Lautsprecher.

»Ich bin enttäuscht von Ihnen, Zietz.«

»Ja, Mr. Creed, nun, es ist noch nicht vorbei.« Es erzürnte ihn, eine Schlange wie Bartholomäus Creed auf sich herabreden zu lassen. Zietz glaubte, dass reale Macht nicht nur das Gewicht eines Scheckbuchs war. Man darf niemals Angst haben, diese auch physisch zu führen.

»Das hoffe ich doch sehr. Dies ist Ihre letzte Chance. Lassen Sie mich wieder im Stich, werde ich nach einem neuen Sicherheitschef suchen.«

»Zietz«, flüsterte einer seiner Männer. Er zeigte auf den Casinoboden und winkte ihn heran, um ihm etwas zu zeigen. Mit dem Ohr am Telefon tat Zietz genau das. Als er ankam, überkam ihn ein Übelkeitsgefühl, als er Jack Reilly und die beiden Durham-Männer auf dem Weg zu den Eingangstüren sah. Alles fiel um sie herum auseinander. Wenn sie es nicht schafften, sich diesen Brief zu holen, gab es keine Möglichkeit für Creed, die Investoren dazu zu bringen, ihre Bemühungen, die Bezahlung zu bekommen, einzustellen. Wenn das passieren würde, würden sie bestimmt die Gerichte einbeziehen. Es gab keinen Zweifel daran, dass Creeds und Zietz' nicht ganz so idealen Operationen ans Licht kommen würden. Zietz musste das beenden, was er begonnen hatte, oder er würde sein eigenes Leben verlieren. Er wusste, wozu Creed fähig war – oder besser gesagt, wozu die Menschen, die er bezahlte, in der Lage waren. Es gab ein paar Männer auf seiner Gehaltsliste, die Zietz aussehen ließen wie einen Pfadfinder.

»Haben Sie mich gehört, Zietz? Zum letzten Mal, ich will diesen Brief!«

Er knurrte. »Ja, Sir.«

Es verlangte ihnen alles ab, damit das Trio Jack, Bull und Hawk das Casino nicht wie verrückt rennend verließ. Sie blieben ruhig und verhielten sich so normal wie möglich. Sie bekamen eine Handvoll Blicke von den Leuten, die ihnen am nächsten standen, als sie sich durch die Menge schlängelten. Die Gesichter von Bull und Hawk waren voller Prellungen und mit getrocknetem Blut verkrustet. Jack war ausnahmsweise der Einzige mit ansehnlichem Äußerem.

Zumindest jetzt.

»Hawk?«

Sie hielten an und wandten sich einem Angestellten zu. Der Typ war im gleichen Alter wie Bulls Neffe, aber Kaukasier und er hatte einen Mopp aus blonden Haaren in der Mitte gescheitelt.

»Oh.« Hawk richtete nervös seinen Pferdeschwanz und vermied den direkten Blickkontakt.

»Hey, Brice.«

Brice musterte seinen Kollegen von oben nach unten. »Junge, was ist passiert?«

Hawk blickte zurück auf Jack und Bull. Er zuckte mit den Schultern. »Ich, äh, bin gegen eine Tür gelaufen.«

»Verdammt, Bruder. Das muss eine verdammt schwere Tür gewesen sein!« Er lehnte sich näher und untersuchte Hawks Gesicht. »Kommst du morgen?«

Hawk schüttelte den Kopf. »Wahrscheinlich nicht. Um ehrlich zu sein«, er hob die Hände zu den verspiegelten Fenstern und streckte seine beiden Mittelfinger aus, »ich kündige!«

Brice wusste nicht, was er sagen sollte, und niemand blieb stehen, um es zu hören. Jack führte sie unter den Büffel. Sein hinteres Ende war zu hoch, um es zu berühren, also gab er ihm stattdessen ein Luftschlag auf dem Weg hindurch. Draußen hing die Sonne tief im Himmel und eine kühle Brise schlug ihm ins Gesicht. Er stoppte abrupt, überrascht, jemanden zu sehen, den er erkannte.

»Chaska?«

Sie eilten zu seinem ramponierten Pick-up. Jack und die anderen brauchten auf alle Fälle einen Fluchtfahrer. Zum Glück für sie kannte Chaska die Bedeutung des Wortes *Geschwindigkeitsbegrenzung* nicht.

Der alte Mann schenkte Jack ein zahnloses Lächeln. »Hallo, Jack.«

»Was machst du hier?«

Der alte Mann schloss die Augen und schaute hinauf. »Der Wind. Es spricht zu mir. Es sagte mir, dass mein neuer Freund immer noch meine Hilfe braucht.«

»Genug davon!«

Ein Wachmann kam auf sie zugelaufen, er bog um die Ecke des Casinos. Er sprach in sein Walkie-Talkie. Zum Glück war er nicht bewaffnet.

»Einsteigen!«, schrie Jack und sprang mit Bull hinten drauf. Hawk tauchte quasi in den Beifahrerstuhl, kurz bevor Chaska sie mit einem Quietschen von Gummi auf Asphalt nach vorn warf. Er hatte nicht einmal die Zeit gehabt, die Tür zu schließen, bevor sie neben seinem Fuß zufiel. Die beiden Parkwächter klammerten sich, um zu überleben, aneinander, als Chaska raus in den Verkehr fuhr.

Kurz bevor sie die erste von noch vielen folgenden roten Ampeln überfuhren, entdeckte Jack Zietz, der aus dem Vordereingang des Casinos humpelte. Selbst aus dieser Entfernung konnte er fühlen, wie die Augen des Mannes Löcher in ihn brannten. Zietz hob sein Handy ans Ohr und sprach. Er war zu weit weg, um etwas zu hören, aber Jack wusste, was er sagte.

Er rief die Kavallerie herbei.

»Oh Mist«, sagte Jack und zog seine Pistole.

Bull schien nicht zu verstehen, was passierte. Er blickte nach unten auf Jacks Waffe. »Was ist los?«

Sie hüpften über einen Bordstein, um einen Engpass zu vermeiden.

»Du meinst neben der Aussicht, hinten von einem fahrenden Fahrzeug geschleudert zu werden?« Jack konnte Hawk vor Angst schreien hören, obwohl er sich *sicher* in der Kabine des Pick-ups befand. Er zeigte zurück auf das Casino.

»Zietz, es ist noch nicht vorbei.«

Wie auf Kommando tauchte ein Trio von verdunkelten SUVs hinter ihnen auf. Einer hielt an, um Zietz einsteigen zu lassen. Die anderen beiden fuhren weiter voraus, ihre V8-Motoren dröhnten durch die frische, frühe Abendluft. Jack hämmerte mit einer offenen Handfläche auf das Dach des Pick-ups. »Leg einen Zahn zu oder wir verlieren unsere Zähne, Chaska!«

11

So wie es klang, hatte Hawk fast alles gegeben – zumindest sein Mittagessen. Seine Schreie waren fast so laut wie der Wind und die Autohupen, als diese in die Luft trompeteten. Jack wusste aus erster Hand, wie erschreckend es war, mit dem rasenden Chaska zu fahren. Auf jeden Fall war es verdammt viel besser, als auf der Ladefläche des Wagens herumgeworfen zu werden.

Sie schnitten eine Kurve. Der Zug der horizontalen G-Kräfte ließ Jack und Bull sich gegenseitig umklammern, als sie über die Ladefläche schlitterten. Mit großem Schwung schlugen sie in die Seite ein.

»Irgendwie wie der Wasserfall zu Hause, oder?«

Bull fand das nicht sehr lustig. Er hatte sich bereits in der Beifahrerecke der Ladefläche festgekrallt – direkt hinter seinem Neffen. Jack lag in der Mitte der Ladefläche, Arme und Beine in jede mögliche Richtung gestreckt. Dieses Manöver hielt ihn vom Rutschen ab, aber jedes Mal, wenn Chaska ein Loch überfuhr, hob er ab und landete fest auf der metallenen Ladefläche des Pick-ups.

»Sie sind hier!«, schrie Bull und sah einen Hauch grün aus.

Das Trio der verdunkelten Verfolger hatte schnell aufgeholt. Das haushaltsübliche Fahrzeug des Einheimischen hatte keine Chance gegen überlegene moderne Ingenieursarbeit. Doch Jack und die anderen hatten ein Ass im Ärmel.

»Chaska!«, schrie Jack. Er hielt sich fest und kniff die Augen zusammen. »Hol uns hier raus!«

Kurz bevor der Einheimische hart am Lenkrad zog, schwor Jack, wie er ihn fragen hörte: »Was … warum?«

Wie in einem teuren Hollywoodfilm drifteten sie über die nächste Kreuzung und nahmen mit halsbrecherischer Geschwindigkeit die linke Abbiegespur. Wie er es zuvor getan hatte, zeigte Chaska Fahrkünste, die nur wenige nachmachen konnten.

Oder überleben, dachte Jack und fühlte, wie sich sein Mageninhalt hob.

Erst als Kugeln zu fliegen begannen, wusste Jack, dass er etwas zur Unterstützung tun musste. Vom Boden der Ladefläche aus setzte sich Jack auf und hielt sich durch sich selbst stabil. Er richtete seine Pistole auf den Grill des Führungsfahrzeugs, die Waffe mit beiden Händen festhaltend. Abgestimmt mit den hüpfenden Bewegungen pumpte er fünf Schüsse hinein. Die fünfte traf etwas Wichtiges. Der Motor des SUV stieß eine Rauchsäule aus, wodurch der Fahrer ausflippte. Er zog zu fest am Lenkrad und krachte mit dem Fahrzeug in die Rückseite eines geparkten Minivans.

»Einer erledigt!« Bull schrie und tauchte hinab, als eine weitere Flut von Projektilen von der Ladefläche abprallte.

Eine einzelne Kugel durchbohrte die Heckscheibe des Fahrerhauses und zerschmetterte sie in eine Million Stücke. Hawk schrie und verschwand im Fußraum. Chaska zuckte nicht einmal zusammen. Jack bezweifelte, dass der Mann den Schaden überhaupt bemerkt oder gefühlt hatte, wie das Fenster in den Innenraum seines Lastwagens explodiert war.

»Ziemlich windig!«, schrie Chaska und wich hin und her aus.

»Ich werde heute Abend meinen Mantel brauchen!«

Hawk tauchte auf und schrie zu Jack und Bull auf die Ladefläche. Seine Stimme klang wie bei einem Teenager. »Meint es dieser Typ ernst?«

Eine Kugel traf den Rahmen direkt über seinem Kopf. Seine Augen wurden groß, er schrie und tauchte zurück in den Lastwagen.

»Sicherheitsgurte!«, rief Chaska und trat auf die Bremse.

Eine Sekunde später rammte das erste der beiden Verfolgerfahrzeuge sie von hinten. Und, wie Chaska es zuvor getan hatte, fuhr er weiter, ohne auch nur einen Blick nach hinten zu werfen. Er war im wahrsten Sinne des Wortes der perfekte Fluchtfahrer. Er war furchtlos, im Gegensatz zu einem Profi hatte er jedoch keine Ahnung, dass er es war. Jack rutschte auf seinem Hintern über die Ladefläche und traf auf die Heckklappe, während er das tat, rieb er sich seine ungeschützte Haut wie bei einer Käsereibe auf. Erstaunlicherweise ging sie auf und warf Jack fast auf die Straße und in den schnellfließenden Verkehr. Bull fing Jacks ausgestreckten Arm und hielt ihn fest.

»Onkel!« Hawk schrie, fast auf halbem Weg nach draußen flatternd. Er schnappte sich Bulls Gürtel und versuchte, seine Waffe zu ziehen, konnte es aber nicht, es sei denn, er ließ los. Jack hatte seine Waffe fast verloren. Für eine Sekunde dachte er darüber nach, sie hinter Bull zu werfen, hielt sich aber für das liebe Leben daran fest.

»Heilige Scheiße!«, schrie Jack.

Seine Füße rutschten über den Asphalt, als Chaska eine weitere Kurve nahm, ohne zu verlangsamen. Aus welchem Grund auch immer, die Schießerei hatte aufgehört, nicht, dass Jack sich beschwert hätte. Keiner von ihnen wäre in der Lage, das Feuer zu erwidern, während er wie ein Wurm an einem Haken baumelte. Die Straße verwandelte sich in Gras, und Jack hatte eine verrückte Idee.

»Chaska, langsamer!«

»Okay!«

»Was? Nein!«, erwiderte Hawk, aber ohne Erfolg.

Als Chaska vom Gas ging, zwinkerte Jack Bull zu und befreite sich vom Griff seines Freundes. Wie ein Baumstamm auf einem Hügel rollte er für eine gefühlte Ewigkeit. Jack kam zum Stillstand und schrie überrascht auf. Er lag auf allen vieren – direkt vor einem der schwarzen SUVs. Obwohl ihm schwindlig war, hatte er noch genügend Verstand, um aus dem Weg zu springen. Als er es tat, entleerte er sein Magazin in die Reifen der Beifahrerseite. Das Führungsfahrzeug ruckte zur Seite, schlug gegen eine Betonparkbank und landete auf dem Dach. Langsam kletterte Jack auf seine Füße und wankte für einen Moment. Er wartete darauf, dass sich der Planet nicht mehr drehte, und blinzelte kräftig mit seinen Augen. Als er sich beruhigte, taumelte er auf das umgestürzte Automobil zu. Glücklicherweise war der dritte und letzte SUV nirgends in Sicht. Jack lud seine Pistole nach und stolperte nach vorn, als Chaska sich umdrehte und zu ihm zurückfuhr. Plötzlich öffnete sich die Fahrertür. Mit erhobener Pistole beobachtete Jack einen blutenden Mann, der auf den Rasen des Parks fiel. Jack wartete darauf, dass er aufstand, bevor er noch einmal Luft holte. Er bewegte sich nicht. Jack trat leicht gegen ihn. Es war klar zu sehen, dass der Fahrer nicht versuchte, ihn zu täuschen. Er war schwer verletzt und bewusstlos. Ohne eine Sekunde zu warten, griff Jack in die Taschen des Mannes und fand sein Portemonnaie. *Kenne deinen Feind.* Er klappte die braune Lederbrieftasche auf und sah etwas, das seine Haut kalt werden ließ. Aber es war auch etwas, das ihn nicht schockierte. Es war eine Marke – eine Marke des Cascade Police Department. Chaska hielt neben Jack und Bull und Hawk gingen zu ihm.

»Verdammte schmutzige Polizisten«, sagte Hawk mit der Waffe in der Hand.

Eine Autohupe dröhnte irgendwo zurück, aus der Richtung, aus der sie gekommen waren. Sie waren im Begriff, Gesellschaft zu bekommen.

»Lasst uns gehen«, grunzte Jack und humpelte davon.

Sie stapelten sich in Chaskas Pick-up und fuhren los. Jack brauchte eine Pause, obwohl vorn mit Chaska zu sitzen sicherlich keine wäre. Er schloss seine Augen und rieb sie mit seinen Handflächen. Sein unterer Rücken und sein Hintern schmerzten, wie noch sieben oder acht andere Stellen seines Körpers.

»Harter Tag?«

Jack pausierte die Massage und warf einen Blick auf Chaska. Der alte Mann fragte ihn ernsthaft, wie sein Tag war. Es meinte das, was er sagte, nicht böse.

»Du hast ja keine Ahnung.«

Er seufzte.

»Im wahrsten Sinne des Wortes …«

Der Pick-up mit Jack Reilly und seinem Team war nirgends zu sehen. Die Manöver, die der Fahrer gezeigt hatte, waren die eines erfahrenen Veteranen. Zietz war sich dessen sicher. Jack hatte einen Fachmann hinzugezogen. Es gab mehr in der Vergangenheit des Mannes, als sie wussten. Wenn er derjenige war, von dem Zietz dachte, dass er es war, wären Nachforschungen reine Zeitverschwendung.

CIA? Er war beeindruckt und gleichzeitig besorgt.

Unabhängig davon war Jack zu einem bestimmten Zeitpunkt beim Militär gewesen. So viel war klar.

Was auch immer er getan hatte und was auch immer sein Job jetzt war, er würde es nie herausfinden, weil es unter den Teppich gekehrt sein würde.

Zietz' Fahrer hielt zwanzig Meter von dem umgestürzten Fahrzeug entfernt an. Darin befand sich ein Trio von Polizisten außerhalb des Dienstes, die dem Casino eine Menge Geld schuldeten. Anstatt eine Bezahlung von ihnen zu verlangen, hatte Zietz den Männern die Möglichkeit angeboten, die Schulden abzuarbeiten, indem sie ihm bei ein paar Operationen nebenher unterstützen würden. Die anderen beiden SUVs waren mit Sicherheitsleuten des Casinos besetzt. Sie arbeiteten ausschließlich für Zietz und Creed. Als er seine Tür öffnete, trat Zietz heraus und wurde von einer scharfen Brise getroffen. Glücklicherweise gab es im Park am südlichen Ende von Cascade nur wenig Licht. Der Mangel an anständiger Beleuchtung würde helfen, zu verheimlichen, was er tun würde. Er zog seine Pistole und schraubte ein dickes, tonnenförmiges Objekt auf die Mündung. Er trat zum ersten Mann, den er fand, und schoss ihm direkt in den Kopf. Der Schalldämpfer entließ die Kugel mit einem knackigen Laut anstelle eines lauten Knalls. »Schalldämpfer« dämpften nur den Schall, sie ließen ihn nicht komplett verschwinden, wie es uns Hollywoodfilme weismachen wollen. Sie dämpften die Lautstärke aber durchaus. Er kniete nieder, zielte in den umgedrehten SUV und drückte den Abzug seiner Waffe noch zweimal. Jeder Schuss fand sein Ziel. Zietz nahm nicht gern Risiken in Kauf. In diesem Fall würde er nicht riskieren, dass diese Männer redeten und seine und Creeds Bemühungen verrieten. Sie waren tot besser dran. Sein Telefon vibrierte, als er zurück in die Beifahrerseite kletterte. Die Nummer war nicht in sein Telefon eingespeichert. Keine war es. Es war eine weitere Sicherheitsmaßnahme von ihm. Die Nummer war die des Sicherheitsbüros des Casinos im Untergeschoss. Dort hatte er die Durham-Männer festgehalten.

»Was?«, fragte er und kam auf den Punkt.

»Wir, äh, haben ein Problem, Sir.«

Zietz verdrehte die Augen. »Ich weiß, dass wir ein Problem haben, Patrick. Worum geht es genau?«

»Bevor unsere … Gäste … uns verließen, sie, ähm, haben sie die gestrigen und heutigen Sicherheitsaufnahmen aus dem Büro von Herrn Creed auf einen USB-Stick gezogen.«

»Was?« Zietz brüllte und zerquetschte fast sein Telefon.

»Sie haben die Aufnahmen kop…«

»Ich habe dich gehört, Patrick!«

Der andere Mann schluckte hörbar. Seine Stimme brach, als er sprach.

»Soll ich Mr. Creed benachrichtigen?«

»Nein«, antwortete Zietz schnell. »Ich kümmere mich darum.« Er senkte seine Stimme.

»Und wenn Sie es Mr. Creed sagen, wird es das Letzte sein, was Sie jemals sagen. Ist das klar?«

»Ja … ja, Sir«, antwortete Patrick, seine Stimme findend. »Ich verstehe.« Er atmete tief durch. »Was soll ich in der Zwischenzeit tun?«

Zietz dachte darüber nach, wie leicht dies auf das Casino zurückgeführt werden könnte. Sie mussten das

System von allem reinigen, was mit Jack Reilly und seinen Freunden zu tun hatte. Nur so konnte ihre Unschuld sichergestellt werden. Richter mochten es in der Regel nicht, wenn drei Polizisten kaltblütig ermordet werden. Er leitete die Informationen an seinen Mann im Inneren des Black Buffalos weiter.

»Aber, Sir, warum? Warum seine Anwesenheit von unseren Servern löschen?«

»Weil ich ihn töten werde, Patrick.«

Zietz legte auf und wünschte sich nichts sehnlicher, als sein Handy aus dem Fenster zu werfen. Aber er hatte noch einen Anruf zu tätigen. Er wählte die Nummer und knurrte, als der Polizist nicht sofort abhob. Zietz war nicht gerade eine geduldige Person. Schließlich war der Anruf verbunden. »Ja?« Zietz kam direkt zum Punkt. »Franklin, ich muss den Namen eines Fahrers kennen und die Adresse. Dann möchte ich, dass du zu ihm gehst und dich mit ihm unterhältst.«

»Ich bin mir nicht sicher, dass das ein kluger Schachzug ist«, antwortete Franklin. »Mein Chef ist wegen des kaputten Autos vor dem Casino heute Nachmittag nicht so gut auf mich zu sprechen. Zum Glück hat er mir meine Geschichte komplett abgekauft. Er denkt, es war eine Gruppe von Anti-Polizei-Extremisten aus dem Süden, die den Motor kaputt geschossen haben.«

»Nichts wurde mit uns in Verbindung gebracht?«, fragte Zietz.

»Nein. Nichts.«

»Gut. Nun zum Fahrer …«

Franklin murmelte etwas, gab aber nach. »Gut, ich kümmere mich nach meiner Schicht drum. Ich werde auch Sizemore mitbringen. Kommst du?«

»Nein.«

Zietz wollte, aber er hatte andere Dinge zu erledigen. Er war loyal zu Creed, aber wenn der USB-Stick das Licht der Welt erblicken würde, müsste Zietz sich und seine Familie schnell umsiedeln. Er hatte schon seit Jahren Pläne für Situationen wie diese.

»Oh, und Franklin?«, fragte Zietz.

»Ja?«

»Der Fahrer ist vielleicht nicht allein.«

»Ja? Und wenn nicht?«

Zietz grinste. »Nutze deine Vorstellungskraft.«

INTERSTATE 90
AUSSERHALB VON CASCADE, WYOMING

Eugene Taft war ein unglaublich geduldiger Mann. Wenn alles nach Plan lief, müsste er sich nur für ein paar Minuten mit Bartholomäus Creed treffen. Dann ging es zurück nach Los Angeles. Der Flug war kurz, was nett war. Der Mietwagen und der persönliche Fahrer waren auch entzückend und etwas, das er zu Hause regelmäßig nutzte. Sein scheues Auftreten und sein leichter Körperbau ließen den Vertreter der Investoren wie jemanden aussehen, den man herumschubsen kann. Wenn man Taft aber traf, erkannte man sofort, warum er in einer so wichtigen Position war. Er war selbstbewusst und besaß eine fast übermenschliche Intensität. Nachdem die Trennwand zwischen ihm und dem Fahrer angehoben war, genoss er die Stille und bestaunte das Nichts, das ihn umgab. Es war ein ganz anderer Lebensstil, als er es gewohnt war. Die Hektik von Los Angeles sowie die Menschen, für die er arbeitete, hatten ihn gelehrt, die ruhigen Zeiten zu genießen und ihn daran erinnert, gelegentlich zu entspannen und durchzuatmen. Seine Finger klopften auf seine Aktentasche. Was darin war, war der Grund, warum er hier war. Creed war seinen Versuchen, ihn zu erreichen, zu oft ausgewichen. Dieses Treffen war seine letzte Chance, seinen Kredit zurückzuzahlen, aber er interessierte sich auch für das, was der Anwalt des Casinobesitzers, Mr. Taylor, ihm gesagt hatte. Die Entdeckung eines lange verlorenen Schatzes könnte ausreichen, um die Zahlung zu verschieben. Wenn weder das eine noch das andere etwas brachte, musste er sich mit dem auseinandersetzen, was auf ihn zukam. Der Gedanke ließ Tafts Mundwinkel nach oben kräuseln.

Vielleicht wird dieses Treffen doch nicht so langweilig.

12

CHASKAS ZUHAUSE

Nachdem sie Bulls Pick-up vom Parkplatz am Fuße des Devils Towers abgeholt hatten, ging die Gruppe für die Nacht zu Chaskas Zuhause. Hawks Wohnung war höchstwahrscheinlich immer noch ein No-Go, zumal er sich noch nicht an die Polizei gewendet hatte. Jack wäre damit einverstanden gewesen, würde es nicht so aussehen, als stünde ein großer Teil der örtlichen Polizisten auf Zietz' Gehaltszettel. Wenn sie Kontakt mit dem Falschen aufnehmen würden, könnten sie in ernsthafte Schwierigkeiten geraten. *Chaska auch, dachte Jack.* Der alte Mann hatte sich versehentlich selbst mitten in einen Krieg hineinkatapultiert. Alles, was er getan hatte, war, einem Typen in Not zu helfen. Nun stand sein Leben auf dem Spiel. Chaska bot Bull seine Garage an, damit er seinen Lastwagen verstecken konnte. Es war eine knappe Kiste. Bulls Pick-up war größer als sein Cousin. Trotzdem passte es, was großartig war. Sie mussten es so aussehen lassen, als wäre neben Chaska niemand anderes

Zuhause. Sie mussten immer noch eine Entschuldigung dafür finden, warum bei dem Beater die Heckscheibe fehlte. *Alles zu gegebener Zeit*, dachte Jack erschöpft. Er dachte, dass Zietz' Leute den Mann schließlich identifizieren und seine Privatadresse herausfinden würden. Cascade war keine allzu große Stadt. Sie war ziemlich langgestreckt und nicht dicht besiedelt. Jemand würde wissen, wo Chaska lebte. Jack war zu sehr damit beschäftigt gewesen, herumgeschleudert zu werden, um Verkehrskameras bemerkt zu haben, aber glaubte, dass es ein paar in der Nähe des Stadtzentrums gegeben hatte. Der Einheimische besaß ein Grundstück direkt hinter Cascades Nordrand, in einem gemeindefreien Gebiet. Chaskas nächster Nachbar besaß eine Schweinefarm. Jack würde gern jetzt ein wenig hausgemachten Speck haben. Sein bescheidenes, einstöckiges Haus stand am Rand eines sanft abfallenden, zwanzig Hektar großen Grundstücks. Das Haus war abgeschieden – verdeckt von der Straße durch eine dichte Baumgrenze, bestehend aus Kiefern und verschiedenen dicken, buschigen Gewächsen. Auf ihrem Weg die kurvenreiche Auffahrt hinauf war Jack aufgefallen, dass nur die Hälfte des Landes gerodet worden war. Der Rest war noch im Besitz von Mutter Natur. Es war nach zehn Uhr, als Jack, Bull, Hawk und Chaska sich hinsetzten, um zu essen. Unvorbereitet auf Gesellschaft, war alles, was der Einheimische hatte, eine Vielzahl von fragwürdigen Resten und billigem Scotch. Jack war eher müde als hungrig. Er hatte ein Stück Tiefkühlpizza und einen großen Schluck Scotch genommen. Letzteres würde helfen, sowohl seinen Körper als auch seinen Geist zu betäuben. Nach dem Essen saßen die vier um den Kamin herum und beobachteten den Tanz der Flammen. Niemand sprach. Sie taten nichts, außer zu sitzen und die Ruhe zu genießen. Aber sie brauchten Antworten.

»Also, Chaska«, sagte Jack und räusperte sich, »was weißt du über die Sieben Schwestern?«

Chaskas Antwort war nichts, was Jack nicht schon wusste. Er erzählte ihnen die Geschichte von den Sieben Schwestern, die im Wald spielten, bevor sie von einem Dämonenbären gejagt worden waren.

»Gibt es sonst noch etwas?«, fragte Jack frustriert.

Hawk meldete sich zu Wort. »Gibt es einen Grund, warum jemand über die Sieben Schwestern im Zusammenhang mit einer Art Schatz sprechen würde?«

Chaskas schwere, mit Scotch geschnürte Augenlider öffneten sich. Etwas, das Hawk gesagt hatte, hatte etwas in dem Mann ausgelöst.

»Als ich ein Junge war«, begann er, »lange, bevor einer von euch geboren wurde, erzählte mir mein Großvater von einer Geschichte – einer unterhaltsamen Geschichte.«

Jack und Hawk lehnten sich vor. Bull saß so starr wie immer, aber seine Aufmerksamkeit war auf den älteren Mann gerichtet.

»Eine Geschichte?«, fragte Jack.

»Eine unterhaltsame?« Hawk sah ihn an. Jack zuckte mit den Schultern.

»Ja«, antwortete Chaska, »eine unterhaltsame.«

Er nippte an seinem Scotch, schob seine Lippen zusammen und seufzte. Dann, nach einem Moment, fuhr er fort. »Eines Tages ging er mit einem Freund im Wald westlich von Bear Lodge spazieren. Die beiden Männer kannten sich schon seit einiger Zeit – ein paar Jahre – und waren durch ihre Liebe zur Natur eng zusammengewachsen.« Bull lehnte sich vorwärts auf seine Knie. »Sie sprachen über die eigenen Überzeugungen und den tieferen Sinn des Lebens. Keiner von beiden sah den anderen als anders oder seltsam an. Sie waren Freunde. Und Freunde kümmerten sich umeinander, egal, was passierte.«

»Klingt wie ihr beide«, sagte Hawk und zeigte auf Jack und Bull.

»Ja, das kann ich sehen«, stimmte Chaska zu. »Sie haben eine Bindung, die unzerbrechlich ist.«

Das war alles gut und schön, aber es half nichts. »Was hat das mit der Geschichte deines Großvaters zu tun?«

Chaska starrte Jack an. »Ich komme dazu! Ihr Jugendlichen … Ihr habt es immer so eilig, zum Ende zu kommen. Die Reise dahin ist genauso wichtig.«

Der Raum wurde wieder still. Chaska nippte an seinem Scotch. Jack zog nach, tat dasselbe und zuckte zusammen, als der Alkohol einen Schnitt an seiner Lippe fand. Dann stach es wieder, als er seinen Weg durch seine Kehle brannte. Er schenkte dem älteren Mann ein entschuldigendes Nicken.

»Während ihrer Wanderung«, fuhr Chaska fort, »stießen sie auf eine Bärenfamilie. Die beiden Männer erstarrten. Sie hatten sich geweigert, das Leben eines Tiers zu nehmen, das lediglich versuchte, seine Familie zu schützen.« Die Geschichte klang wie die Zeit, als Jack und Bull auf die Bärenmutter und ihre beiden Jungen getroffen waren. Sie hatten genauso reagiert. Keiner der beiden wollte dem Tier schaden.

»Was haben sie getan?«, fragte Hawk, völlig in die Geschichte vertieft.

Chaska lächelte. »Sie rannten wie schreiende Kinder.«

Jack hatte immer noch keine Ahnung, was diese Geschichte mit den Sieben Schwestern oder einem Schatz zu tun hatte, aber es war schön, einfach nur zu sitzen und ihm beim Erzählen zuzuhören. Chaska war ein angenehmer Kerl.

»Sie gelangten in eine Sackgasse und hatten die Wahl. Entweder sie sprangen oder sie drehten sich um und kämpften.« Er wurde ernst. »Der Freund meines Großvaters sehnte sich nach seinem Gewehr. *Nein*, sagte mein Großvater, *wir werden keinem Bären Schaden zufügen, während wir auf diesem heiligen Boden stehen.*«

»Was haben sie getan?«, fragte Hawk.

Chaska lächelte wieder. »Sie sprangen – und wurden sofort von der Erde verschlungen. Sie reisten durch ein Tor in die Unterwelt und wurden von den Seelen der Sieben Schwestern begrüßt. Mein Großvater konnte mir ihre Schönheit nicht beschreiben. Er konnte keine passenden Worte finden.«

Jack war verwirrt. »Warte, also entkamen sie einem Bären, indem sie in ein mystisches Portal in die Unterwelt sprangen?«

Chaska neigte den Kopf, tief in Gedanken versunken. Er nickte. »Ja.« Hawk beugte sich zu Jack hinüber und sprach unter seinem Atem. »Hat nicht Roosevelts Brief die ruhenden Sieben erwähnt, oder so?« Aber Jack hörte ihn nicht. Er war zu aufgeregt. Er stand von seinem Stuhl auf und schritt umher. »Das hilft uns überhaupt nicht.«

Hawk lehnte sich zurück. »Er sagte, es sei nur eine Geschichte.«

Jack blieb stehen und wendete sich Hawk zu, sagte aber kein Wort. Der junge Mann schrumpfte tiefer in seinen Sitz. Um Augenkontakt zu vermeiden, widmete Hawk seine Aufmerksamkeit dem Feuer und fixierte es.

»Ja, eine Geschichte«, sagte Chaska, ohne Jacks Reaktion zu bemerken. »Eine unterhaltsame.«

Er lachte. »Es hat mich immer zum Lächeln gebracht – tut es immer noch.«

»Warum?«, fragte Bull und sprach zum ersten Mal, seit sie saßen. »Warum bringt sie dich zum Lächeln?«

»Weil«, Chaskas Augen fanden die Flammen, »mein Großvater sagte, dass der Freund, von dem er gesprochen hatte, Theodore Roosevelt gewesen war.« Er schüttelte seinen Kopf. »Stellen Sie sich vor, mein Großvater, Makhah Adams, befreundet mit dem Präsidenten der Vereinigten Staaten.« Chaska seufzte und blinzelte schwer. Er würde gleich einschlafen. »So eine unterhaltsame Geschichte …«

Jack hatte keine Ahnung, was er glauben sollte. Sein zufälliger Fluchtwagenfahrer, Chaska, ein Mann in den späten Stadien seines Lebens mit einer Zuneigung zu billigem Scotch, hatte gerade phantasievolles Garn über seinen Großvater und Präsident Roosevelt als dessen engen Freund gesponnen.

War das möglich? Sicher, aber der Teil über den Eintritt in eine indianische Unterwelt, wo die Seelen der Sieben Schwestern wohnten, klang lächerlich.

»Wusstet ihr«, sagte Jack und sprach leise zu Bull und Hawk, »dass die Hopi und die Maya an Tunnel, die in die Unterwelt führten, glaubten?«

Alle drei Männer waren in Chaskas warmem Wohnzimmer verteilt.

Der Einheimische hatte sich für die Nacht in sein Zimmer zurückgezogen und seine Gäste sich selbst überlassen. Nun, es waren nur Jack und die Durhams, und niemand konnte schlafen.

»Sag mir nicht, dass du an diesen Müll glaubst«, spottete Hawk.

»Ich sage nicht, dass ich das tue, aber ich denke, dass wir verstehen müssen, dass nicht alle Menschen so gebildet waren, wie wir es jetzt sind. Chaskas Geschichte fand vor über einhundert Jahren statt. Das Glaubenssystem seines Großvaters wäre immer noch stark ausgeprägt gewesen.«

»Ich kann immer noch nicht ganz folgen«, antwortete Hawk und setzte sich auf.

Jack setzte sich auch auf, aber es war Bull, der als Nächstes sprach.

Immer noch flach auf dem Rücken liegend, sagte er: »Jack denkt, dass es einen echten Tunnel gibt, der zu einem Höhlensystem unter dem Devils Tower führt, und dass das Chaskas Großvaters Interpretation, zwar weit hergeholt, ist, aber doch einiges dafür spricht.«

Jack zuckte mit den Schultern. »Ja, damit werden wir arbeiten.«

Es war nicht genau das, was er dachte, aber es war dicht genug dran. Jack wollte noch hinzufügen, dass Chaskas Vorfahre betrunken gewesen sein könnte, als er die Geschichte nacherzählt hatte. Alkoholmissbrauch war in mehreren Kulturen der amerikanischen Ureinwohner, insbesondere für die Menschen, die vor einem Jahrhundert gelebt hatten, fast normal.

Genau wie Hawks Vater, dachte Jack. Es war der Grund, warum Jack es nicht zur Sprache brachte. Es gab keinen Grund, in alten Wunden zu stochern.

»Ihr habt nichts gesehen, was darauf hindeutet, dass es heute noch eine Passage unter dem Devils Tower gibt, oder?«

»Nein«, antworteten Bull und Hawk mit einer Stimme.

»Andererseits«, fuhr Hawk fort, »kamen wir nicht weit, bevor Zietz uns schnappte. Es ist durchaus möglich, dass wir etwas übersehen haben.«

»Aber ist es möglich, dass die Tausenden und Abertausenden von Menschen, die das Denkmal in den letzten hundert Jahren besucht haben, auch etwas übersehen haben?«

Jacks Frage blieb unbeantwortet – was bedeutete, nein, es war nicht möglich.

Jemand hätte irgendwann etwas gefunden. Die Chancen waren zu groß.

»Was nun?«, fragte Hawk und legte sich zurück. »Ich kann morgen nicht nach Hause gehen, solange Zietz noch da draußen ist.«

»Ich bin mir nicht sicher, um ehrlich zu sein«, sagte Jack und ließ sich fallen. »Aber nein, du kannst noch nicht nach Hause gehen.« Er rollte sich auf die Seite, Richtung Frontscheibe des Hauses. »So oder so, wir sollten am Morgen zurück zum Devils Tower gehen, nur für den Fall der Fälle.«

Die Polizisten aus Cascade, Nate Franklin und Oliver Sizemore, saßen in einem nicht gekennzeichneten Streifenwagen vor dem Grundstück von Chaska Adams. Sizemore hatte derzeit eine Sperre als Folge von »grobem Verhalten«, das während einer Verkehrskontrolle aufgetreten ist. Wie Zietz es gewollt hatte, waren sie in der Lage gewesen, die Adresse des Fahrers anhand von Überwachungskameraaufnahmen, sowohl vom Casino als auch von zwei Ampeln ausfindig zu machen. Das Nummernschild des alten Mannes war auf allen von ihnen glasklar zu erkennen gewesen. Das Ausführen der Abfrage war ein Kinderspiel gewesen.

Das Duo überprüfte die Handfeuerwaffen, während sie an der Seite der Straße warteten. Sizemore hatte auch eine Schrotflinte dabei, die an seinem Sitz lehnte – eingebettet zwischen den Knien. Das Cascade PD war nicht wie die Polizei anderer Städte. Sie hatten sehr wenige

Hightech-Gadgets, hauptsächlich deshalb, weil sie nie einen Grund hatten, sie zu benutzen. Fast nichts von Interesse fand innerhalb der Stadtgrenzen von Cascade statt, und wenn dies der Fall war, handelte es sich normalerweise um Creed und Zietz, zwei Männer, die gut bezahlten.

»Werden wir wirklich einen alten Indianer aufmischen?«, fragte Sizemore.

Seine Bigotterie gegen die indianische Bevölkerung war gut dokumentiert.

»Wenn wir müssen, ja«, antwortete Franklin und schaltete das Auto auf Fahren.

Bei ausgeschalteten Scheinwerfern rollten sie langsam die Einfahrt des Einheimischen hinauf, die Augen offen für alles, was verdächtig war. Schatten tanzten im Mondlicht überall um sie herum.

Die unheimliche Szenerie machte die Männer nervöser, als sie es hätten sein sollen. Der Job war nicht das Problem. Es war derjenige, der den Auftrag gegeben hatte, der die Offiziere in Angst versetzte. Zietz war kein Mann, an dem man enttäuschen durfte. Vorhin hatte er Franklin gewarnt, dass der Hausbesitzer möglicherweise nicht allein sei. Die Außenseiter – insbesondere ein Mann namens Jack Reilly, hatte Zietz am meisten beunruhigt. Franklin hatte Gerüchte darüber gehört, wie er im Alleingang Zietz und zwei seiner Männer mit bloßen Händen besiegt hatte.

Als das Haus in Sicht kam, war sich Franklin nicht sicher, was er davon halten sollte.

»Nur ein Auto«, betonte Sizemore.

»Ich bin froh, dass du zählen kannst.« Franklin sah seinen Partner nicht an. Er war zu sehr auf die Situation fokussiert. »Trotzdem … Zietz schien furchtbar beunruhigt zu sein.« Franklin lehnte sich in die Nähe der Windschutzscheibe, um einen besseren Blick zu erhalten. Sogar das abgewinkelte Dach wurde gescannt. »Sei auf alles vorbereitet.«

13

Jack erwachte mit dem Bild eines großen Geistes, der über ihm stand. Normalerweise hätte er ihn, mit einem solchen Schrecken aufgeweckt, noch dazu an einem fremden Ort, mehr in Panik versetzen sollen. Aber glücklicherweise erkannte er, für sich und alle anderen im Haus, sofort die Silhouette des breiten Mannes. Wenn er es nicht getan hätte, hätte er ihn vielleicht erschossen.

»Verdammt, Bull.« Jack schloss die Augen und ließ den Kopf wieder nach unten auf sein Kissen fallen. Er rieb sich das Gesicht. »Was zum Teufel, Mann?«

Bull stand vor dem Wohnzimmerfenster und linste durch die geschlossenen Vorhänge. Der Mann zuckte nicht zusammen. Jack war sich nicht einmal sicher, ob Bull ihn hatte reagieren hören. Was auch immer er sah, es war faszinierend genug, um seine volle, ungeteilte Aufmerksamkeit zu haben. Schließlich gab Bull Jack ein Zeichen, dass er am Leben war und stieß einen langen Atemzug aus. Er schloss die Vorhänge und drehte sich um. Er blickte auf seine Partner, er sagte: »Wir sind nicht allein.«

Jack brauchte eine Sekunde, um das zu begreifen. Er stöhnte und drehte sich um und kletterte in einem Chor knackender Gelenke auf seine Füße. Er humpelte neben seinen Partner und sah, wovon er sprach. Ein nicht gekennzeichnetes Auto parkte vor Chaskas Haus. Die Marke und das Modell waren deutlich zu sehen, wie auch die beiden Männer, die in seinem abgedunkelten Inneren saßen.

Wenn sie versuchten, nicht gesehen zu werden, dann machten sie einen schlechten Job. Der wolkenlose Himmel erlaubte den Mondstrahlen, eine brillante Aura genau auf sie zu werfen. Das Automobil war ein Chevrolet Impala, einer der am häufigsten verwendeten Undercover-Polizeiautos in den Vereinigten Staaten.

»Das Knirschen von Kies hat mich geweckt«, erklärte Bull.

»Das hört man von hier?«, fragte eine dritte Stimme.

Beide Männer drehten sich und fanden Hawk hinter ihnen stehend. Jack war jetzt bereits zweimal in weniger als einer Minute überrascht worden. Seine Erschöpfung war, was ihn besonders nervös machte. Er schaute auf seine Uhr und verstand warum. Er hatte erst seit ein paar Stunden geschlafen. Das erklärte auch die Welle der Müdigkeit, die schnell über ihn hereinbrach. Bald würde er ertrinken und für seine Freunde nutzlos sein.

Er gähnte. »Polizei.«

Hawk spähte durch die Vorhänge. »Eher geschmierte Bullen?«

»Sieht so aus«, antwortete Bull.

»Was machen wir?«, fragte Hawk. »Was ist mit Chaska?«

»Lass ihn schlafen«, sagte Jack und dachte schnell nach. Er sah Hawk an. »Bleib außer Sichtweite. Sie könnten dich erkennen.« Der jüngere Mann sah nicht aus, als wäre er darüber glücklich, aber er diskutierte auch nicht. Jack packte Bulls Schulter. »Du musst sie für mich so lange wie möglich aufhalten.« Er steuerte auf den hinteren Teil des Hauses zu. »Unter keinen Umständen dürfen sie es ins Innere schaffen. Wir können kein Risiko eingehen, dass Chaska verletzt wird.«

»Was soll ich tun?«, fragte Bull und rief leise nach ihm.

Jack zwinkerte. »Du wirst dir etwas einfallen lassen.«

Bull hatte Schwierigkeiten, sich einen Plan auszudenken. Sein Neffe war auch keine Hilfe. Bull brachte Hawk zum Schweigen, als er ihn zum vierten Mal fragte, was er tun würde, und schwang die Tür auf, genau als einer der uniformierten Polizisten im Begriff war, bei Chaska anzuklopfen und diesen aufzuwecken. Das erschreckte den Polizisten so sehr, dass dieser seine Schusswaffe zog, aber nachdem er erkannt hatte, dass Bull keine Bedrohung darstellte, holsterte er sie wieder und entließ einen langen, nervösen Atemzug.

»Kann ich Ihnen helfen?«, fragte Bull und verschränkte seine Arme.

Der kleinwüchsige Polizist schaute zu dem viel größeren Bull auf und schluckte. Er blinzelte aus seiner Benommenheit heraus und warf einen Blick auf seinen Partner, der die vorderen Stufen bisher noch nicht erklommen hatte. Es waren nur Bull und er auf der Veranda, obwohl Hawk nur einen Fuß entfernt war, versteckt direkt in der Tür. Der technisch versierte Durham hatte schnell sein Handy herausgeholt und nahm das Gespräch auf.

Hawks Anwesenheit brachte Bull auf eine Idee.

»Wer sind Sie?«, fragte der Officer.

Bull bemerkte, dass sein Namensschild fehlte. In der Tat, bei beiden Männern fehlten die Namensschilder. Sie waren nicht für ein einfaches Gespräch hier. Diese beiden planten, körperlich zu werden. Bull musste diesem Plan entgegenwirken, und das schnell.

»Ich bin Chaskas Neffe«, antwortete Bull.

Hawk kicherte leise nach links. »Ich bleibe eine Weile bei ihm.«

»Ich wusste nicht, dass Mr. Adams Familie hat«, sagte der Polizist und versuchte, hinter Bull zu stehen. Er trat vor ihn.

»Es ist spät.«

»Ja, nun, wir haben Grund zu der Annahme, dass Ihr Onkel an einer gefährlichen Auseinandersetzung im Straßenverkehr bei einer hohen Geschwindigkeit beteiligt war.«

Bull lachte, obwohl er wusste, dass es wahr war.

»Eine *Auseinandersetzung im Straßenverkehr*? Sie merken schon, wie lächerlich das klingt, oder?«

»Das tue ich, aber wir haben Videoaufnahmen von diesem Pick-up«, er zeigte auf Chaskas Beater, »die zeigen, dass er involviert war.«

Seine Augen flogen zum Vorgarten, aber Jack war nirgendwo zu sehen. Bull musste die Scharade aufrechterhalten. »Und zeigen die Beweise auch meinen neunzigjährigen Onkel am Steuer?«

Das Gesicht des Polizisten wurde blass. »Nun, nein.«

Bull trat nach draußen und schloss die Tür. Dies veranlasste den Polizisten, die Stufen hinunterzusteigen und sich seinem Partner anzuschließen. »Und reicht das aus, um sie dazu zu bringen, mitten in der Nacht hierherzukommen, um ihn danach zu fragen?«

Bull schnitt ihn mit erhobener Hand ab. Er bemerkte eine schattenhafte Bewegung, die sich dem zweiten Polizisten näherte. Jack hatte tatsächlich das Haus durch die Hintertür verlassen und war nach vorn geschlichen. »Sieht für mich nicht danach aus, oder?«

Bull hatte keine Ahnung, was das richtige Vorgehen für eine solche Situation sein würde, aber er hielt den Blick beider Polizisten auf sich gelenkt.

»Komm schon, Injun Joe«, sagte der zweite Polizist und näherte sich der untersten Treppenstufe. Er versuchte, Bull zu verärgern. »Warum tust du uns nicht einen Gefallen und watschelst mit deinem roten Arsch zurück ins Haus und holst deinen Onkel, bevor das Ganze hier schmutziger als nötig wird.«

Sein Versuch scheiterte. Bull war mental zu stark für jemanden wie dieser Kerl, um ihn dazu zu bringen, seine Fassung zu verlieren. Und bevor er oder jemand anderes, noch etwas sagen konnte, schlug Jack zu. Weder sahen noch hörten die beiden Männer ihren Angreifer, wie er sich ihnen von hinten näherte. Wenn Jack wollte, konnte er sich wie ein Geist bewegen. Es beeindruckte und erschreckte Bull gleichermaßen.

Jack schlug einen dicken Ast auf den Hinterkopf des zweiten Polizisten. Er fiel sofort um. Der Mann, der das gescheiterte Verhör geleitet hatte, drehte sich um, um nachzuschauen, was der Lärm sollte. Er hatte sich noch nicht einmal halb umgedreht, da ging Jack in die Luft und trieb eine schwergewichtige Faust an dessen Schläfe. Als wäre es nichts. Zwei Angriffe. Zwei Männer am Boden und bewusstlos.

Hawk öffnete die Tür und trat nach draußen. »Das war krass.«

»Danke«, sagte Jack und staubte sich ab.

»Du auch, Onkel. Diese Jungs glaubten, was du erzählt hast.«

Jack bemerkte, dass Hawk sein Telefon hielt. »Du hast das Ganze gefilmt?«

Hawk schüttelte den Kopf. »Ich habe aufgehört, aufzunehmen, als du aufgetaucht bist.« Er lächelte breit. »Es gibt keine Beweise für ihren Angreifer.«

Jack nickte zustimmend. »Gute Arbeit.« Er bat Bull, zu sich runter zu kommen.

»Hilf mir, sie zu bewegen.« Er sah Hawk an. »Hol mir ein Handtuch. Je schmutziger, desto besser.«

»Jack?« Bull fragte, unsicher.

»Vertrau mir.«

Jack packte die Handgelenke eines der bewusstlosen Männer, während Bull dessen Knöchel umfasste.

Gemeinsam trugen sie ihn zu einer dicken Kiefer und ließen ihn fallen. Sein Partner war der nächste. Dort angekommen, setzten Jack und Bull die beiden Männer auf, einer auf jeder Seite des Baumes. Als einer der Polizisten sich zu rühren begann, fesselte Jack sie schnell aneinander, mit dem Baum in ihren Rücken.

»Hier«, sagte Hawk und reichte Jack das Handtuch, das er gewollt hatte.

»Ugh«, stöhnte einer der Polizisten.

»Geht rein«, zischte er beide Durhams an. »Sie haben mich nicht gesehen.«

Bull und Hawk gingen eilig zurück ins Haus und beobachteten durch die Wohnzimmerfenster, wie sich Jack vor den Anführer hinkniete. Er war derjenige gewesen, der Bull zunächst an der Tür begrüßt hatte. Im Gegensatz zu seinem Arschlochkumpel, hatte dieser Bull der Tageszeit angemessen und mit etwas Respekt behandelt. Die Vorurteile, die einige Menschen immer noch gegenüber den amerikanischen Ureinwohnern empfanden, verwirrten Jacks Verstand.

»Was wird Jack ihnen antun?«, fragte Hawk und schaute zu seinem Onkel auf.

Bull schüttelte den Kopf. »Ich weiß es nicht, aber Jack kann gut mit Menschen.«

Hawk schnaubte ein Lachen heraus. »Ja, das ist mir aufgefallen.«

Jack wartete geduldig darauf, dass die beiden Männer wieder bei vollem Bewusstsein waren, bevor er irgendetwas sagte. Er hockte sich wie ein Catcher zur Seite. Er war zentriert zwischen dem Paar. Beide würde ihn sehen können, wenn sie den Kopf drehten. Tatsächlich musste er überhaupt nichts sagen. Es war der Anführer, der ihn zuerst grüßte.

»Wa… was zum Teufel?« Seine Augen fanden Jack. »Wer zum Teufel sind Sie?«

»Ich? Niemand. Nur ein Freund von Injun Joe.« Jack beäugte den zweiten Mann.

»So hast du ihn genannt, oder?«

»Friss Scheiße, Arschloch!«

Wie aufs Stichwort hallte ein leises Heulen um sie herum. Der Ruf gehörte zu einem der wildesten Jäger der Region. Der graue Wolf war nicht in der Nähe, aber das Timing war perfekt.

Jack lächelte. »Tut mir leid, aber ich werde nicht derjenige sein, der heute Abend isst.«

Polizist eins schlug auf seine Fesseln ein. Die Bewegung verursachte einen Fluch bei Polizist zwei. »Verdammt, Nate, hör auf damit! Du schneidest meine Handgelenke auf!«

»Also, Nate ist der Name, oder?«

Der namentlich angesprochene Mann starrte Jack an, als dieser aufstand. Nate sprach nicht. Jack zuckte mit den Schultern und ging auf ihren Polizeiwagen zu. Er blickte zurück und zwinkerte. Dann öffnete er beiläufig die Fahrertür und stieg ein. Er hatte nicht vor, etwas mit dem Auto zu machen. Jack interessierte sich für seinen Inhalt. Er hob seinen rechten Ellbogen an, öffnete die

Konsole und fand den Informationshauptgewinn. Er nahm sich zwei Namensschilder und stieg schnell aus dem Auto aus.

Er las den ersten ab und klebte ihn auf die Brust seines Besitzers. »N. Franklin.«

Dann hielt er den nächsten hoch und las ihn laut vor. »O. Sizemore.«

Sizemore versuchte, Jack erneut anzuschreien, wurde aber von seinem Namensschild aus Metall gestoppt. Jack hatte es ihm ins Gesicht geschleudert, gerade, als er zu sprechen anfing. Er hatte auf Sizemores offenen Mund gezielt, dieser aber verfehlte und nun prallte es von seiner Stirn ab.

»Lass uns gehen!«, schrie Franklin und versuchte, sich zu befreien. »Du hast nichts gegen uns in der Hand!«

»Außer einem Video deiner rassistischen Äußerungen.«

»Pfft. Und?«

»Und«, fuhr Jack fort, »in demselben Video hast du meinen Freund bedroht und einen Senior mit körperlicher Gewalt gedroht. Ich glaube, Sizemore sagte etwas darüber, dass er seinen roten Arsch zurück ins Haus watscheln soll, auf seinen Onkel zu, bevor die Dinge schmutziger werden, als sie sein müssen – ich zitiere natürlich frei.«

Erwischt beruhigte sich Franklin. »Was willst du?«

»Sie werden mir helfen.«

Beide Polizisten lachten, beruhigten sich aber schnell, als Jack seine Pistole zog. Er hockte sich knapp außerhalb der Armreichweite hin und legte sie neben sich auf den

Boden. Er wartete darauf, dass sie komplett still waren, bevor er weitersprach. Und als er es tat, fabulierte er.

»Ich vertrete eine Gruppe sehr aufgeregter Investoren.«

Die beiden Polizisten rissen die Augen auf.

Sie wissen also auch über die Investoren Bescheid.

»Unnötig zu sagen, dass sie im Moment nicht glücklich mit Mr. Creed sind.« Er nahm seine Waffe und legte den Finger auf den Abzug.

»Und das bedeutet, dass ich auch mit keinem seiner Mitarbeiter, einschließlich euch beiden, zufrieden bin.«

»Wir arbeiten nicht für Creed«, sagte Sizemore.

»Aber du löst seine Schecks ein.«

»Die sind von Zie…«

»Und wer bezahlt ihn?«

Er hatte nicht die Absicht, diese Männer zu töten, aber er wollte, dass sie dachten, er würde es tun. Er holte das Handtuch, das Hawk für ihn besorgt hatte, und riss es schnell in zwei Teile. Er griff nach vorn und packte Franklins fettiges Gesicht und stopfte den provisorischen Knebel tief in dessen Mund.

Sizemore reagierte nicht so nett darauf. Er bewegte seinen Kopf vor und zurück, bis Jack ihm sein Knie gegen den Kopf knallte. Sein Hinterkopf prallte vom Baum ab und betäubte ihn lange genug, damit Jack ihn zum Schweigen bringen konnte.

»So.« Er nickte und legte seine Hände auf seine Hüften. »Ruhig wie Kirchenmäuse.«

Nachdem beide Männer wortwörtlich zum Schweigen gebracht worden waren, ging Jack zurück ins Innere.

Genau in dem Moment, als er sich abwandte, heulten die Wölfe wieder. Er blieb stehen und warf einen Blick über seine Schulter.

»Schlaft gut, ihr beiden. Lasst euch nicht von den Grauen Wölfen beißen.«

Er hielt seine Harter-Kerl-Masche bei und stampfte davon, ohne ein einziges Mal auf die gefesselten Polizisten zurückzuschauen. Zum Glück schien keiner der Männer zu wissen, wer er war. Es verlangte Jack einiges ab, den Bösewicht zu spielen. Zietz war darin ein Naturtalent. Jack bezweifelte, dass der Typ auch nur einen Tag in seinem Leben gelacht hatte.

Er stolperte fast die Stufen hinauf, fing sich aber, bevor er den Moment komplett ruinierte. Alles, was er hören konnte, war ein bisschen leises Stöhnen und Wimmern. Wenn Jacks Handlungen die Männer nicht zu Tode erschreckt hatten, dann hatte es die Aussicht darauf, von einem hungrigen Wolf bei lebendigem Leib gefressen zu werden. Und wo es einen Wolf gab, gab es noch mehr davon. Die Haare an Jacks Armen standen zu Berg, nur beim Gedanken daran.

Er öffnete die Tür, trat schnell durch und schloss sie, bevor jemand im Inneren gesehen werden konnte. Bull stand da, wie er es normalerweise tat, die Arme verschränkt vor seiner Brust. Seine Augen waren hart, aber er nickte Jack knapp zu. In seinen Augen hatte Jack es gut gemacht.

Hawk war etwas begeisterter als das.

»Heilige Scheiße!« Er schlug Jack spielerisch auf den Arm. »Das war der verdammte Wahnsinn!«

Jack ließ einen langen Atemzug heraus und lehnte sich gegen die Tür zurück. Er beäugte Bull. »Habe ich einfach zwei unbewaffnete Polizisten sich selbst an einem Baum gefesselt überlassen?«

»Ja«, sagte Hawk, »aber das sind Arschlöcher.«

Das ließ Jack sich nicht wirklich besser bei seiner Entscheidung fühlen. Wenn er identifiziert werden würde, könnte er für eine sehr lange Zeit hinter Gitter geworfen werden. Bull streckte die Hand aus und legte diese beruhigend auf Jacks Schulter. »Wenn es dich beruhigt, sie sind aneinander gefesselt, nicht an den Baum.«

Hawk nickte leise und stach Jack spielerisch mit dem Ellbogen. »Ich denke, du färbst auf ihn ab.«

Der Kommentar brachte den ehemaligen Delta-Soldaten zum Schmunzeln. »Und es dauerte nur fünf Jahre.«

14

Das Haus war wieder still und mit dieser Stille hatte sich das Trio von Jack, Bull und Hawk wieder beruhigt. Aber Jack konnte die Situation, in der er die Polizisten gebracht hatte, nicht einfach verdrängen – eine Situation, für die er allein verantwortlich war. Es war egal, dass sie käuflich waren, wenn ihnen etwas zustoßen würde, würde er sich das niemals verzeihen.

Er bot an, wach zu bleiben, um sie im Auge zu behalten, aber er wurde schnell in seine Schranken verwiesen.

»Nein«, sagte Bull schnell, »wir kümmern uns darum«, und stupste Hawk an, »richtig?«

Hawk stand kerzengerade. »Ja, machen wir. Kein Problem.« Der jüngere Mann war immer noch aufgedreht.

»Du hältst zuerst Wache«, sagte Bull und legte sich wieder auf den Boden.

»Sicher«, antwortete Hawk. »Ich werde die erste Wache übernehmen.« Er verscheuchte Jack. »Ruh dich aus, großer Kerl.«

Jack war besiegt, aber er wusste nicht, ob Hawk die wichtige Pflicht, *nicht* einzuschlafen, hinbekommen würde. Wach zu bleiben, war nicht immer einfach. Es hätte wirklich er sein sollen, der wach bleiben sollte. Schließlich war er es, der die Bullen um den Baum herum in Handschellen gelegt hatte. Aber er war einfach zu müde, um sich zu wehren.

»Du bist sicher, dass du das hinbekommst?«, fragte er mit schweren Augen.

Hawk gab vor, innerlich verletzt zu sein. Er legte eine Hand auf seine Brust. »Wie kannst du es wagen?« Er verdrehte die Augen. »Glaub mir, Alter. Ich hab's verstanden. Außerdem habe ich noch einiges mit den Videos zu tun, die ich gemacht habe.«

»Was ist mit den Sicherheitsaufnahmen?«

Hawk zuckte mit den Schultern. »Ich bin mir nicht sicher, wie viel ich ohne einen halbwegs anständigen Computer hinbekomme. Ich habe aber noch ein paar Tricks im Ärmel.«

»Was ist mit Chaskas Computer?«

Hawk lachte laut auf.

Alle zuckten bei dem Lärm zusammen – sogar Hawk. Er hätte den alten Mann damit wecken können. Sie alle hielten den Atem an und lauschten. Als er nichts hörte, fuhr Hawk fort. »Siehst du hier irgendwo einen Computer?«

Jack sah sich um und sah, dass er recht hatte. Es sah nicht so aus, als würde Chaska einen besitzen und wenn er es täte, war nirgendwo, wo sie gerade rankämen.

Vielleicht in seinem Zimmer?

»Aber du bist sicher, dass du es hinbekommst …?«

Hawk zeigte auf den abgenutzten Sessel. Dort hatte Hawk geschlafen. »Leg dich hin. Du magst hart sein, aber du bist nicht Superman. Du musst ein wenig Schlaf bekommen.«

Jacks müder Verstand bettelte um Schlaf. Wissend, dass er diesen Kampf nicht gewinnen konnte, gab er schließlich nach und legte sich vorsichtig in die klapprige alte Liege und betete, dass sie nicht unter seinem Gewicht zusammenbrechen würde. Als sie es nicht tat, trat er die Fußstütze heraus und lehnte sich zurück. Er bekam nicht einmal mehr mit, dass er seine Augen schloss.

ZIETZ' ZUHAUSE

»Schatz, komm ins Bett. Es ist spät.«

Merediths Hand fand Zietz' Schulter. Es brauchte alles in ihm, um sie nicht reflexartig zu brechen. Er hatte nicht ein einziges Mal eine gewalttätige Hand gegen seine Ehefrau erhoben. Er brachte so gut wie nie seine Arbeit – seine Wut – mit nach Hause. Aber er war so aufgewühlt, dass er bei ihrer Berührung fast durchgedreht wäre. Er atmete tief ein, tätschelte sie sanft und fühlte den Ehering an ihrem linken Ringfinger.

Zietz saß auf der Couch, mit seinem iPad auf dem Schoß. Sein Telefon lag neben ihm und es hatte seit über einer Stunde nicht mehr geklingelt oder gesummt. Franklin sollte sich inzwischen bei ihm gemeldet haben. Irgendetwas war schrecklich schiefgelaufen.

Reilly.

»Alles okay?«, fragte sie, lehnte sich gegen ihn und küsste seine Wange.

Er wandte sich von seinem Tablet ab und schaute zu ihr auf. »Was wäre, wenn wir spontan umziehen müssten?«

Die Augenbrauen der rotblonden Frau hoben sich. Sie wusste nichts von Zietz' Berufsleben außerhalb des Casinos, obwohl sie vermutete, dass dort von Zeit zu Zeit einige weniger als ideale Umstände herrschten. Meredith hatte ihn nie hinterfragt, weil sein Job viel Geld eingebracht hatte. Sie waren finanziell stabil und hatten eine beträchtliche Menge an Ersparnissen.

»Ist es schlimm?«, fragte sie, sich neben ihn setzend.

Der große Mann biss sich auf die Lippe und zeigte ein seltenes Zeichen von Emotion. Das war alles, was Meredith brauchte, um zu wissen, dass er es ernst meinte. Sie lehnte sich zurück und spielte mit ihren Haaren. Wenn sie eine Pokerspielerin wäre, wäre das ihr Tell.

»Es tut mir leid.« Er seufzte. »Es ist etwas passiert. Etwas …«

»Schlimm genug, um unsere Familie zu entwurzeln?«

Er nickte und seufzte wieder. »Vielleicht.«

»Kannst du es hinbiegen?« Meredith stand auf und trat weg.

»Ich bin mir nicht sicher.« Er beobachtete, wie sie den Raum verließ, aber dann doch unter dem Torbogen, der das Wohnzimmer vom Flur trennte, stehen blieb.

Sie schaute über ihre Schulter und begegnete seinem Blick.

Ihre Augen waren wie Feuer. Merediths Wildheit entsprach der ihres Mannes, obwohl sie es auf eine ganz andere Art und Weise zeigte. Meredith war eine absolut fokussierte Weltklasseathletin sowohl im CrossFit als auch im Freiklettern.

Ihre Augen verengten sich.

»Bring es in Ordnung.«

CHASKAS ZUHAUSE

Nach vier kurzen Stunden wurde Bull durch ein leises Vibrieren geweckt. Er hatte den Alarm seines Handys gestellt, nachdem er sich hingelegt hatte. Wie Jack brauchte er nicht viel Schlaf, um wieder aufzuladen. Doch dies war kein typischer Tag. Bull wünschte sich, er könnte mehr bekommen, aber er hatte einen Job zu erledigen. Er musste seinen erschöpften Neffen ablösen.

Außerdem musste Bull dafür sorgen, dass Jack weiterschlief.

Schweigend setzte er sich auf. Er spürte, wie sein unterer Rücken bei der Anstrengung zerrte. Bull tat alles weh, aber es war nichts, womit er nicht hätte umgehen können. Hawk saß am Küchentisch und tippte eifrig auf seinem übergroßen Telefon herum. Was auch immer er tat, er war so vertieft darin, dass er nicht bemerkte, wie Bull neben ihn trat. Als er seinen Onkel bemerkte, fiel er vor Schreck fast von seinem Stuhl.

»Ey!«

Bull hätte fast gelacht, aber anstatt den jungen Mann noch mehr in Verlegenheit zu bringen, zog er sich den Stuhl neben ihm heran und setzte sich. Wenn er es gewollt hätte, hätte er seinen Kopf auf den Boden legen können und wäre in Sekundenschnelle eingeschlafen.

Er deutete auf Hawks Handy. »Was machst du da?«

Hawks Augen waren blutunterlaufen und seine Augenlider wirkten schwerfällig. Er räusperte sich und erklärte: »Ich plane Videos mit pikanten Beschreibungen, die morgen früh veröffentlicht werden sollen.« Er warf einen Blick auf die Uhr an der Wand. »Na ja, später am Morgen jedenfalls. Auf jeden Fall werden sie in allen sozialen Medien zu sehen sein, die mir eingefallen sind.

Ich habe verschiedene Nachrichten und Strafverfolgungsbehörden – sowohl auf lokaler als auch auf Bundesebene – markiert. Scheiße, ich schicke das sogar an das Finanzamt, um auf Nummer sicherzugehen!« Er gähnte. »Um acht Uhr wird jeder wissen, was hier passiert ist.«

»Sind das deine persönlichen Konten?«, fragte Bull. Er hatte eine schwache Ahnung, wie die Webseiten funktionierten.

»Nein. Ich habe neue erstellt und sie mit gefälschten E-Mails verknüpft.«

Bull nickte, dann runzelte er die Stirn. »Klug gedacht, aber du weißt, dass du so oder so nicht in Cascade bleiben kannst, richtig?«

Jetzt war es an Hawk, die Stirn zu runzeln. »Ja … ich weiß.«

»Was ist mit Nina?«

»Ich werde diesen Weg gehen, wenn es nötig ist.«

Bull war beeindruckt von der Entschlossenheit seines Neffen. Er war bereit, alles hinter sich zu lassen, was er kannte, um das Richtige zu tun. Das war die bewundernswerteste Eigenschaft, die ein Mensch besitzen konnte.

»All das wird nicht viel bringen«, sagte Bull, »nicht bevor wir Creeds Überwachungsaufnahmen hochgeladen haben. Und nicht bevor wir herausgefunden haben, was Roosevelt versteckt hat.«

Hawk lächelte.

»Was?«, fragte Bull.

»Wer sagt denn, dass ich das Überwachungsmaterial nicht hochgeladen habe?«

»Hast du?«

Hawk nickte. »Wie gesagt, ich habe ein paar Tricks in petto. Es wird vielleicht sofort nicht allzu viel bringen, aber es wird ihm zumindest etwas ungewollte Aufmerksamkeit verschaffen, auch der Polizei von Cascade. Die Presse wird einen großen Tag mit einer solchen Geschichte haben.«

Bull lehnte sich zurück und verschränkte die Arme. »Deine Strategie ist also, ihn zu ärgern?«

»Wenn wir ihn uns damit vom Hals schaffen, ja.«

Bull musste es ihm lassen. Hawks Plan könnte durchaus funktionieren. Creeds Leute, sowohl im Casino als auch bei der Polizei, würden sich zurückhalten müssen, sobald Hawks Beiträge online gingen. Sie würden beide unter strenger Beobachtung stehen und müssten sich extrem zurückhalten. Sie würden nicht länger aus dem Schatten heraus agieren können, es sei denn, sie würden sich mit dem großen Risiko, bei einer üblen Tat erwischt zu werden, wohlfühlen.

Aber war das überhaupt wichtig?

Bull hoffte, dass es das war. Kleinstädte wie Cascade bekamen selten die Aufmerksamkeit der nationalen Medien. Selbst wenn ein mafiaähnlicher Boss in Cascade das Sagen hätte, würde sich außerhalb der Stadtgrenzen jemand dafür interessieren?

Sie würden es, falls wir finden, was wir suchen.

Das Geräusch von blubberndem versickertem Wasser weckte Jack. Der Geruch von starkem Kaffee kitzelte seine Sinne und weckte ihn weiter auf. Noch bevor er die Augen öffnete, wusste er, dass etwas nicht stimmte. Die Sonne schien durch seine Augenlider. Wenn die Sonne schien, dann bedeutete das, dass er belogen worden war.

»Warum hast du mich nicht geweckt?« Jack trat gegen seine Fußstütze und setzte sich auf.

Er drehte sich um, sah in die Küche und entdeckte Bull und Hawk, die um eine kleine, schwarze Mr.-Coffee-Maschine herumstanden. Hawk sprach, sah ihn aber nicht an. »Du hast den Schlaf mehr gebraucht als …«, er gähnte, »wir.«

»So, wie es aussieht, nicht«, sagte Jack, stand auf und streckte sich.

Bevor er sich zu ihnen gesellte, um eine sicherlich furchtbare Tasse Kaffee zu trinken, schaute Jack aus dem Fenster und war froh zu sehen, dass sowohl Franklin als auch Sizemore in der Nacht unversehrt geblieben waren.

»Ist letzte Nacht irgendetwas Interessantes passiert?«, fragte er und drehte sich um.

»Nein«, sagte Hawk und klopfte auf den Tresen. »Komm schon …«

»Wirklich? Überhaupt nichts?«

Bull drehte sich zu ihm um. »Alles war ruhig.«

Jack kratzte sich am Kopf und zuckte zusammen. Die Bewegung tat höllisch weh. *Oh ja*, dachte er, *er war von einem Pick-up mitgeschleift worden*. In seinem Finger befand sich ein kleiner Splitter. Er muss ihn sich eingefangen haben, als er über den Rasen des Parks gerollt war. Jack inspizierte ihn und schaute Bull an. Sein Partner lächelte und richtete seine Aufmerksamkeit wieder auf die langsamste Kaffeemaschine auf dem Planeten Erde.

»Komm schon, du Schrotthaufen!«, rief Hawk und schlug mit der Faust auf das Gerät.

»Ruhig, Junge«, sagte Jack und streckte sich. Er würde entspannter werden müssen, wenn er nützlich sein wollte. »Schreien macht sie nur noch langsamer.«

Hawk sah ihn mit einer hochgezogenen Augenbraue an. Es dauerte eine Sekunde, bis er bemerkte, dass Jack nur herumalberte.

»Oh, fahr zur Hölle!«

»Ja, zur Hölle.«

Das Trio drehte sich um, um den Besitzer der Stimme zu finden. Chaska stand in der Tür zu seinem Schlafzimmer, bekleidet mit einem langärmeligen Button-Down-Hemd, Jeans, Cowboystiefeln und einem Cowboyhut.

»Was hast du gesagt?«, fragte Hawk.

»Hölle«, wiederholte Chaska. »Du kommst in die Hölle.«

Hawks Gesicht erblasste.

Jack trat einen Schritt vor. »Was meinen Sie?«

Chaska lächelte. »Du suchst den Weg, den mein Großvater und Präsident Roosevelt gegangen sind. Du suchst ein Portal zur Unterwelt.«

Jack wusste, dass das Wort »Unterwelt« viele verschiedene Bedeutungen haben konnte, je nachdem, in welchem Teil der Welt und in welcher Zeit man sich befand. In den meisten Glaubenssystemen wurde die »Hölle« als ein schrecklicher Ort interpretiert. In anderen hingegen war sie nur ein übernatürlicher Ort, an dem die Toten friedlich ruhten und kein Reich der ewigen Folter und Leiden.

Jack versuchte erfolglos, sich den Schlaf aus dem Gesicht zu wischen. »Was für eine Art, aufzuwachen.«

Hawk schenkte vier kleine Tassen Kaffee ein und reichte sie herum. Chaska dankte ihm in der Sprache seines Volkes.

»*Pilamaya.*«

»Gern geschehen«, erwiderte Hawk und nickte seinem Ältesten zu.

Jack hielt den Becher an sein Gesicht und schnupperte. Es roch wunderbar. Es war ihm egal, wie er schmeckte.

Alles, was er brauchte, war das Koffein. Er nahm einen vorsichtigen Schluck und erstickte fast, als Chaska wieder das Wort ergriff.

»Warum sind zwei Männer mit Handschellen an einen meiner Bäume gefesselt?«

»Technisch gesehen sind sie aneinandergefesselt«, murmelte Hawk zwischen zwei Schlucken. Sein Blick wanderte zu Bull. Alle außer dem verständlicherweise verwirrten Chaska lachten.

Jack erwiderte inmitten eines Hustenanfalls. »Es ist besser, wenn du es nicht weißt.«

15

Jack und Bull beschlossen, an diesem Morgen sehr zeitig zum Devils Tower aufzubrechen. Bull stieg lässig die Verandastufen hinunter und öffnete das Garagentor. Er musste sich um Chaskas Rasenpflegegeräte und eine Menge antiquierten Schnickschnacks herummanövrieren, um die Heckklappe seines Trucks zu erreichen. Das Entfernen des Nummernschilds war ein kluger Schachzug gewesen. Er würde es so schnell wie möglich wieder anbringen. Bull öffnete die Tür auf der Fahrerseite so weit wie möglich und schlüpfte hinein. Langsam fuhr er vorwärts und lenkte das Fahrzeug zum hinteren Teil des Grundstücks und holte Jack ab. Alle dachten, es wäre eine gute Idee, Jacks Identität geheim zu halten, da er derjenige war, der die Polizisten angegriffen hatte.

Hawk wurde gebeten, zurückzubleiben und ein Auge auf Chaska zu haben. Er wurde nicht wirklich *gebeten*, sondern gezwungen, es zu tun. Er saß am Küchentisch, während Chaska die Zeitung von gestern las. Der Mann bewegte sich so langsam, dass er einen Tag im Rückstand war.

Abgesehen von seinem Fahrstil. Hawks Magen kribbelte schon beim Gedanken, darüber nachzudenken.

Er überprüfte zum zehnten Mal die Zeit auf seinem Handy. Es war fast acht Uhr. Hawks Social-Media-Bombe sollte gleich hochgehen und er wollte sie live sehen. Außerdem wollte er nach Nina sehen. Er musste mit ihr reden, aber er hatte versprochen, sich um Chaska zu kümmern.

Seine Augen leuchteten auf. *Vielleicht kann ich beides tun?*

»Hey, Chaska?«

»Ja?« Er blickte von der Zeitung auf.

»Willst du eine Runde drehen?«

Chaska sah von Hawk weg und betrachtete seine Wanduhr. Nachdem sechs Sekunden verstrichen waren, nickte er und begann seinen Aufstieg in eine stehende Position. Er brauchte zu lange. Hawk stürzte herbei und riss dem Mann fast den Arm ab, während er ihm auf die Beine half.

»Woah!« Chaska keuchte. »Ganz ruhig, junger Mann.« Er gluckste. »Ich bin nicht mehr in meinen Siebzigern.« Chaska ging auf die Tür zu und griff nach seinen Schlüsseln. Sie hingen an einem Haken neben der Eingangstür. Hawk stürzte sich auf sie und schnappte sie sich, bevor ihr Besitzer es tun konnte.

»Ich fahre.«

Sie schlossen ab und gingen langsam die Haustreppe hinunter. Das Gemurmel von Franklin und Sizemore war gerade noch zu hören. Wie Bull schenkten auch Hawk und Chaska ihnen keine Beachtung. Hawk half Chaska auf den Beifahrersitz und warf die Tür fast gegen ihn. Chaska brummte aus Protest.

»Tut mir leid.«

Hawk eilte zur Fahrerseite, hielt an und überprüfte noch mal die Zeit.

Noch fünf Minuten.

Hawk konnte sich nicht zurückhalten. Er hielt sein Handy hoch und winkte damit den beiden Polizisten. »Ihr werdet gleich berühmt sein!« Sie hörten auf zu zappeln und sahen ihn an. Ihre Wut war verflogen. Jetzt sahen sie erschrocken aus.

Hawk knallte seine Tür zu und kurbelte das Fenster herunter. »Viel Spaß, einen anderen Job zu finden, ihr Arschlöcher!« Als Zugabe zeigte er ihnen den Finger und fuhr davon.

Jack und Bull würden nicht glücklich über ihn sein. Hawk musste aber unbedingt Nina sehen. Außerdem kümmerte er sich technisch gesehen immer noch um Chaska. Abgesehen davon, dass er dem Mann fast den Arm gebrochen und dann die Tür gegen ihn geworfen hatte, fand Hawk, dass er gute Arbeit leistete.

Sie fuhren mit fünfunddreißig Meilen pro Stunde über die zweispurige Straße.

Im Gegensatz zu Chaska hielt sich Hawk an die vorgeschriebenen Geschwindigkeitsbegrenzungen. Hawk hatte noch viele Punkte auf seinem Führerschein offen. Er fragte sich, wie viele Chaska hatte.

Wenn er denn überhaupt einen Führerschein besitzt.

Er warf einen Blick auf das Armaturenbrett und sah, dass die Zeit »8:00« anzeigte.

Er erlaubte sich ein Lächeln. Ab jetzt würde es ihnen gut gehen oder zumindest hoffte er das. Der Joker war

Zietz. Hawk war zuversichtlich, dass die Polizei ihn in Ruhe lassen würde, aber würde Bigfoot das auch tun?

Die Haare auf seinen Armen stellten sich auf. Hawk war nervös. Er schaltete das Radio ein und brachte den Truck fast von der Straße, als er Folgendes hörte: »… *drei Polizeibeamte wurden letzte Nacht kaltblütig erschossen. Alle drei Männer wurden hingerichtet, nachdem sich ihr Fahrzeug im Cascade Park überschlagen hatte. Sie befanden sich mitten in einer Verfolgungsjagd mit hoher Geschwindigkeit, als …*«

Hawk schaltete aggressiv das Funkgerät aus und erntete einen verächtlichen Blick von Chaska. Er atmete tief durch und erkannte etwas. Nicht alle Leute innerhalb der CPD waren korrupt. Er kannte persönlich ein paar Beamte, die anständig genug waren. Das Auto, um das es ging, war jenes, das er gerade fuhr. Das bedeutete, dass auch die guten Jungs das Kennzeichen hatten.

Er atmete aus und betete, dass Zietz die richtigen Leute bestochen hatte. Wenn er das hatte, dann könnte Zietz sie versehentlich geschützt haben.

Hawk und Chaska benötigten fünfzehn Minuten, um in die Stadt zurückzukehren, und weitere fünf, um auf den Krankenhausparkplatz zu fahren. Das Cascade Municipal war nicht sehr groß, aber die vierstöckige Einrichtung war bekannt für ihre außergewöhnlich gute Pflege und zuvorkommendes Personal.

»Warum sind wir hier?«, fragte Chaska und sah sich um. »Bin ich krank?«

»Nein, das ist nicht für Sie«, sagte er und schaute zum mittleren Fenster im dritten Stock – Ninas Fenster. »Wir sind hier für mich.«

Er fuhr rückwärts in die Parklücke, wobei er die Heckklappe und das Nummernschild gegen eine Reihe von Büschen setzte.

Chaska drehte sich um und sah ihn an. »Sind Sie krank?«

Hawk blinzelte. »Sind wir das nicht alle?«

Der alte Mann saß mit offenem Mund da. Er verstand nicht, was Hawk gemeint hatte.

»Es war nur ein Scherz.«

Chaska schüttelte inbrünstig den Kopf. Seine schlaffen Wangen hüpften herum.

»Über solche Dinge sollte man keine Witze machen.«

Hawk rollte mit den Augen und stellte den Motor ab. Er wollte seine Tür öffnen, hielt aber inne. »Warum bleiben Sie nicht hier? Ich brauche nur eine Minute.«

Chaska warf wieder einen Blick auf das Krankenhaus. »Hmmm, ja. Gute Idee. Ich mache mir sowieso nicht viel aus diesen Orten.«

»Wieso das?« Hawk öffnete seine Tür und kletterte hinaus.

»Zu viel Tod hier.« Chaskas Aufmerksamkeit verließ das Krankenhaus nicht.

»Zu viel Tod …«

Entnervt machte sich Hawk schnell auf den Weg über den abgenutzten Parkplatz. Er betrat das warme Gebäude und meldete sich an der Rezeption. Die Besuchszeiten hatten gerade begonnen und er war einer der Ersten hier. Zu seiner Rechten war ein an der Wand montierter Fernseher, der die Lokalnachrichten ausstrahlte. Hawk musste seine Aufregung über das, was er sah, verbergen. Seine Videos wurden abgespielt.

Das Video von der Verfolgungsjagd erregte die meiste Aufmerksamkeit. Das führende Auto war das, in dem die toten Polizisten saßen. Zum Glück für Hawk, hatten sich weder Jack noch Bull umgedreht. Ihre Gesichter waren auf keiner der Schüsse. Die toten Polizisten jedoch schon und auch ihre Waffen. Sie schossen die ganze Zeit auf Chaskas Truck. Sogar der Nachrichtenreporter fragte sich, warum sie, die nicht uniformierte Polizisten in einem nicht gekennzeichneten Fahrzeug, versuchten, die Leute in dem besagten Fahrzeug zu töten. Und nach dem, was Hawk wahrnahm, hatte man weder Jack noch Bull mit einer Waffe gesehen. Er hatte das Material bearbeitet und jedes Anzeichen einer Waffe entfernt. Das Ergebnis war ein wenig abgehackt, aber es vermittelte die Botschaft laut und deutlich.

Dies ist eine wunderbare Katastrophe!

Er zwang sich wieder einmal, nicht zu lächeln.

»Okay. Gehen sie durch, Mr. Durham.«

»Danke«, antwortete er und umrundete die Rezeption.

Hawk betrat den nächstgelegenen Aufzug und fuhr mit diesem in den dritten Stock. Sobald er ausgestiegen war, bog er nach links ab und befand sich auf der Schwesternstation. Er winkte Julie zu, die ihm zu verstehen gab, dass er warten sollte. Sie hatten ein Jahr lang zusammen im Casino gearbeitet, als sie noch auf dem College war.

Hawk freute sich, dass sie diejenige war, die sich um Nina kümmerte.

»Hey, Hawk«, sagte sie und legte den Hörer auf. Sie trat heran. »Wie verkraftest du es?«

Die Frage traf ihn unvorbereitet, aber dann wurde ihm klar, dass sie ihn fragte, wie es ihm ging, wegen dem, was mit Nina geschehen war. Es hatte nichts mit den gestrigen Ereignissen zu tun. Soweit alle wussten, hatte er mit all dem nichts zu tun.

»Mir geht es gut. Wie geht es Nina?«

Julie lächelte. »Sie ist wach, aber sehr müde.«

»Das ist großartig!« Hawk war begeistert, dass sie bei Bewusstsein war. »Kann ich sie sehen?«

Julie runzelte die Stirn. »Es tut mir leid, aber sie darf immer nur einen Besucher haben.«

Hawk stockte der Atem. »Wer ist noch hier?« Er tastete reflexartig nach der Pistole in seinem Rücken und tat es als lästiges Jucken ab.

»Ihr Onkel«, antwortete Julie und sah ein wenig verwirrt aus.

Hawk lehnte sich dicht an sie heran. »Nina hat keine Familie in der Gegend.«

Die Augen der Krankenschwester weiteten sich, und sie griff nach ihrem Telefon, vermutlich um den Sicherheitsdienst zu rufen. Hawk eilte davon. Er vergewisserte sich, dass niemand zusah, bevor er seine Waffe zog. Er blieb vor Zimmer 316 stehen, machte seine Pistole bereit und stürmte hinein. Wie er befürchtet hatte, war Zietz hier und hielt eine Waffe an Ninas Schläfe.

»Hawk!«, schrie sie und Tränen liefen ihr über das Gesicht.

Nina sah schrecklich aus, schlimmer als zuvor. Die tiefen Blutergüsse in ihrem Gesicht und Hals hatten sich verfestigt. Es gab offensichtliche Anzeichen einer Strangulierung. Die Form einer Hand war deutlich zu erkennen.

Die Hand von Zietz.

Hawk wollte abdrücken und das Leben des Unglücklichen beenden. Er hatte Nina so viel Schmerz zugefügt. Und wofür, für Geld? Aber Hawk war, wie sein Onkel, kein Mann der Gewalt. Er tröstete sich mit der Tatsache, dass Zietz zu nah dran war, um ihn zu verfehlen, wenn er sich zum Handeln entschließen würde. Trotzdem konnte er nicht riskieren, dass der größere Mann einen Schuss abgab. Wenn er es tat, würde Nina sterben.

Er wich nicht zurück. »Lass die Waffe fallen, Zietz.«

»Der Held ist angekommen?«

Hawk zuckte mit den Schultern. »Wenigstens bin ich nicht du.« Er trat näher heran. »Ich bin kein seelenloses Monster.«

Zietz knurrte, bewegte aber die Waffe nicht von Ninas Schädel weg.

Hawk musste ihn dazu bringen, seine Aufmerksamkeit auf sich und nicht auf sie zu lenken. Sie wimmerte, und eine zweite Reihe von Tränen floss über ihr Gesicht. Ihre Augen flehten Hawk an, ihr zu helfen. Aber er konnte nichts tun, ohne auch sie zu verletzen. Es gab keinen Ausweg, zumindest keinen, den er sehen konnte.

Dann fiel es ihm ein!

»Es gibt einen Eingang zu einem Höhlensystem unter dem Devils Tower.«

Zietz brauchte einen Moment, um zu antworten. Er versuchte, nonverbal abzuschätzen, ob Hawk log oder nicht.

»Warum sollte ich dir glauben?« Nur für eine Sekunde konnte Hawk die Angst in den Augen des Mörders sehen. Er hatte Angst, zu versagen.

»Weil«, sagte Hawk und ließ seine Pistole sinken, »du keine Wahl hast.«

Er ließ die Waffe zurück in seine Hose gleiten. »Lass sie in Ruhe, und ich helfe dir, ihn zu finden.«

Zietz schwenkte seine Waffe auf den unbewaffneten Hawk. »Gut, aber wenn du lügst, dann seid ihr beide tot.«

Beide Männer verließen den Raum und marschierten den Flur entlang. Keiner der beiden trug eine Waffe. Zietz folgte Hawk dicht auf den Fersen, als sie an der Schwesternstation vorbeigingen. Selbst wenn er es wollte, könnte und würde Hawk seine Waffe nicht auf Zietz richten. Er war nicht so schnell, und die Aktion würde Ninas Leben nur weiter gefährden.

Julie schaute ihm besorgt in die Augen. Hawk verabschiedete sich und zeigte schnell die Zahlen Neun, Eins und Eins. Er hielt seine Hände vor sich und aus dem Blickfeld von Zietz. Julie nickte, nahm lässig den Hörer ab und wählte.

Schlimmstenfalls würde die Polizei – die nicht korrumpierte – kommen und Nina befragen. Sie würde ihnen sagen, was passiert war und dass Hawk jetzt eine Geisel von Tom Zietz unter dem Befehl von Bartholomew Creed war. Nina würde das freudig ausplaudern.

Im besten Fall würden Einheiten in der Gegend sein, und Zietz würde, bevor sie am Devils Tower ankamen, festgenommen werden.

Hawk hatte auch noch ein Ass im Ärmel. Zietz wusste nicht, dass Jack und sein Onkel bereits dort waren. Und mit etwas Glück hatten sie bereits den Eingang in die Unterwelt gefunden.

16

DEVILS TOWER
CROOK COUNTY, WYOMING

»Wo zum Teufel ist dieses Ding?«, schrie Jack, drehte sich um und trat gegen einen umgestürzten Baumstamm. Er rührte sich nicht einen Zentimeter. »Au, verdammt!« Er knurrte und humpelte weg. Sie hatten fast zwei Stunden lang nach dem versteckten Eingang von Chaskas Großvater gesucht und nichts gefunden, außer Kopfschmerzen und, möglicherweise, einen gebrochenen Fuß.

Bull sah schweigend zu, wie sein Freund umherstapfte und die Existenz von allem verfluchte, was er sah. Vögel, Felsen, Wolken … nichts war sicher.

Er hatte Jack noch nie so viele Obszönitäten hintereinander schreien hören. Völlig außer Atem hielt Jack in seinem Ausbruch inne und keuchte schwer.

Zu allem Überfluss verschlechterte sich auch noch das Wetter. Die Luft war feucht und kühl, ein Zeichen dafür, dass ein Sturm aufzog. Es war eine Kombination, die Jack sehr missfiel. Die Mischung aus heißer und feuchter Witterung stand auch bei ihm ganz unten auf der Liste. Es gab ein empfindliches Gleichgewicht, irgendwo dazwischen, das seine Nebenhöhlen brauchten, um richtig zu funktionieren. Sogar jetzt schon konnte er spüren, wie sich der Schleim verdickte.

Bull räusperte sich. »Bist du fertig?« Jack drehte sich um, der Schweiß rann ihm trotz der sinkenden Temperatur über das Gesicht. »Fühlst du dich besser?«

»Irgendwie schon, ja«, antwortete Jack achselzuckend.

»Sollen wir unsere Suche fortsetzen?«

»Wozu?« Er ließ die Schultern hängen. »Hier gibt es nichts.«

»Das mag stimmen, aber wir haben nicht überall gesucht.«

Mit ausgebreiteten Armen drehte sich Jack im Kreis. »Komm schon, Bull. Wo gibt es denn noch etwas zu suchen? Dieser Ort hat im Laufe der Jahre Hunderttausende von Besuchern gesehen. Hier gibt es nichts!«

Bull lächelte. »Wir müssen dort suchen, wo andere nicht gesucht haben.«

»Ähm, okay?«

Jack hatte gelernt, seinem Partner zu vertrauen. Bull kannte das Land ganz genau. Es spielte keine Rolle, in welchem Teil des Landes er sich befand. Er hatte immer einen Finger am Puls des Planeten. Jack reihte sich hinter ihm ein, und sie setzten ihre Suche fort.

»Was genau suchen wir?«

Bull zuckte mit den Schultern. »Einen versteckten Eingang.«

»Nein, Scheiße, wirklich?«

Er wurde ignoriert.

»Wir müssen nur das finden, was andere nicht gefunden haben.«

Jack hielt abrupt an und drängte den überraschten Bull hinter einer dicken Kiefer in Deckung. Er selbst tauchte hinter eine andere, die nur einen Meter entfernt war. Bull sah nicht, was ihn erschreckt hatte.

Er erzählte seinem Freund, was er gerade *entdeckt* hatte. »Wie wäre es mit Zietz und Hawk?«

Bulls Augen weiteten sich, und er lehnte sich hinter dem Baum hervor. Weiter oben auf dem abschüssigen Gelände beobachteten die beiden Ranger Zietz und Hawk, die Seite an Seite gingen. Keiner der beiden Männer hatte eine Waffe in der Hand, und auch die drei Männer, die hinter ihnen auftauchten, nicht. Jack wusste jedoch, dass sie bewaffnet waren. Eine Vielzahl von Waffen könnte unter ihre schweren, schwarzen Trenchcoats passen. Er schätzte, dass jeder von ihnen eine Art Kleinkalibergewehr hatte – vielleicht etwas mit einem Klappschaft.

»Was zum Teufel macht Hawk da?«, fragte Jack mit leiser Stimme.

Bull schüttelte leise den Kopf. Er wusste es auch nicht.

Jack hatte noch ein Dutzend anderer Fragen, aber die würden warten müssen. Das Einzige, was ihn wirklich interessierte, war die Rettung von Hawk aus den Fängen eines mörderischen Psychopathen. Geradeaus vor ihnen lag eine senkrechte Erhebung aus Stein mit einem dichten Gestrüpp am Fuß. Die Felswand war ohne Kletterausrüstung nicht begehbar und musste umgangen werden, um zu Hawk zu gelangen. Zum Glück für sie hatte Bull einiges an Ausrüstung in seinem Truck – nämlich ein paar kleine MagLites, einen Rucksack mit einem Erste-Hilfe-Set und andere Überlebensausrüstung. Es war noch nicht dunkel genug, um die Taschenlampen zu brauchen.

Jack schaute zu der immer dichter werdenden Wolkendecke hinauf. *Wir werden sie allerdings bald brauchen.*

Es würden nur er und Bull gegen Zietz und sein Team sein. Die Chancen standen nicht gut für sie. Sie mussten einen Weg finden, Hawk von seinen Entführern zu trennen, ohne jemanden zu töten.

»Okay«, sagte Jack und überlegte schnell, »wir müssen zu einem höhergelegenen Punkt gelangen und Zietz und seine Schläger an die Klippe zwingen. Hoffentlich versteht Hawk den Wink und haut ab.«

Bull nickte und sie machten sich eilig auf den Weg. Geduckt bleibend, rannten die beiden nach rechts. Der Plan – ein riskanter Plan – war, von hinten und von oben an die anderen heranzukommen. Ungesehen dorthin zu gelangen, würde der schwierigste Teil sein. Es würde Zeit, eine wahnsinnige Menge an heimlicher Geduld und bergeweise Glück kosten. Jack hatte das meiste seiner Geduld verloren, als er vom Militär ausgeschieden war. Jetzt war er eher ein draufgängerischer Typ. Was das Glück anging, so schien er noch viel davon zu haben.

Irgendwann wird es ihm ausgehen.

Eine Reihe von Blitzen gaben Jack Hoffnung. Wenn das Wetter weiterhin immer schlechter wurde, bot es ihnen vielleicht den Schutz, den sie brauchten. Sie hielten so viele Bäume und Büsche wie möglich zwischen sich und ihren Zielen, wie sie konnten, ohne sie aus den Augen zu verlieren. Es dauerte nur zehn Minuten, bis der erste Tropfen des kalten Regens auf den Boden fiel. Und dann, noch einer und noch einer.

Es artete schnell zu einem kräftigen, kalten Regenguss aus. Jack und Bull waren durchnässt, aber die anderen auch. Er bezweifelte, dass diese Jungs die Ausbildung besaßen, die er und Bull hatten. Jack war im Laufe der Jahre zu oft in einem solchen Regenschauer festgesessen. Er hasste es, aber er kannte es auch gut. Er wusste genau, wie er ihn zu seinem Vorteil nutzen konnte und er verstand, wie jemand mit weniger Training reagieren würde.

Schlecht.

Die drei Neulinge schwärmten hinter Hawk und Zietz aus, mit knappen dreißig Metern unebenem Terrain zwischen ihnen. Der Typ, der Jack am nächsten war, war der in der Mitte. Er war ein kleiner Kerl und hatte sich etwas zurückfallen lassen. Er war leichte Beute für jemanden mit Jacks Fähigkeiten, besonders unter Bedingungen wie diesen. Er gab Bull ein Zeichen, sich ein wenig zurückzuhalten. Er zog seine FNS-9C und schlug »Tiny Tim« mit der Pistole heftig auf den Kopf. Bull hob den schlaffen Körper des Mannes schnell auf und schleppte ihn hinter einen Baum.

Der Schläger zu ihrer Linken war der Nächste. Jack hatte geplant, dasselbe zu tun, er war aber gezwungen, sich auf den Boden zu werfen, als der Kerl sich in seine Richtung drehte. Zum Glück hatte der Wind aufgefrischt. Er schleuderte dem zweiten Kerl einen Regensturm direkt ins Gesicht und blendete ihn kurzzeitig.

Jack nutzte die Gelegenheit und rannte los – im wahrsten Sinne des Wortes. Er sprang auf und rammte seine Schulter in die Brust des ahnungslosen Mannes. Sie fielen beide, aber Jack landete oben und als er das tat, lehnte er sich fest gegen ihn. Ohne zu Atem zu kommen, konnte Tiny Tims Freund nichts tun, um sich gegen drei harte Rechte zu wehren. Der kalte Regen fühlte sich gut auf Jacks geschwollenen Knöcheln an.

Nummer drei war nicht weit entfernt. Glücklicherweise hatte Bull keine Angst, sich die Hände schmutzig zu machen, wenn es keine andere Möglichkeit gab. Hinzu kam die Tatsache, dass das Leben seines Neffen auf dem Spiel stand und …

Autsch, dachte Jack und erschauderte, als er sah, wie Bull sein Ziel kopfüber in eine nahe gelegene Kiefer stieß. Und einfach so war nur noch ein Bösewicht übrig. Ohne einen weiteren Gedanken daran zu verschwenden, rannte Jack los.

Er hatte nur Augen für einen Mann.

Tom »Bigfoot« Zietz.

Er pumpte mit den Armen und bewegte die Beine, so schnell er konnte. Als er zum Sprint ansetzte, senkte Jack seine rechte Schulter ein wenig und plante, den größeren Mann auszuschalten, wie er es gerade mit Tiny Tims Kumpel getan hatte.

Leider machte der nasse Boden Jacks Schritte lauter als sonst.

Außerdem war Zietz kein Idiot.

Er spürte den Angriff und ging einfach aus dem Weg. Jack griff nach Zietz' Jacke und schnappte sich deren linke Tasche. Die ruckartige Bewegung reichte aus, damit Zietz' Schuss daneben ging. Glücklicherweise war Jack nicht allein.

Bull, der von der Größe her zwischen Jack und Zietz lag, stieß mit dem ehemaligen Polizisten zusammen. Das Duo ging kreiselnd zu Boden und rutschte ein paar Meter weit.

Zietz reagierte schnell und heftig auf den Angriff mit einem seiner eigenen Schläge. Er landete ein paar Treffer, bevor Jack mit beiden zusammenstieß. Alle drei rollten und rutschten in verschiedene Richtungen.

Als er sich aufsetzte, bemerkte Jack, dass Zietz seine Pistole nicht mehr bei sich hatte. Das war ihre Chance, es zu beenden. Aber dann machte Bigfoot alles zunichte und zog seine zweite Waffe.

Jack überlegte, ob er seine Waffe ziehen sollte, aber er verwarf die Idee und rief: »Verteilt euch!« Er lief im Zickzack und tat sein Bestes, um Zietz' Kugeln auszuweichen. Wäre der andere Mann ein Alligator gewesen, hätte Jack überlebt.

Bedauerlicherweise war Zietz kein Reptil aus der Dinosaurierzeit, aber er besaß die Veranlagung eines solchen.

»Hier entlang!«, brüllte Jack und winkte die Durhams heran.

»Nein!«, rief Hawk zurück, »da ist nicht …«

Jack schüttelte den Kopf. »Keine Zeit zum Streiten!«

»Jack, halt!«

Er hörte nicht auf Hawks Warnung und stürzte fast von der zehn Meter hohen Klippe. Mehrere Hände griffen nach seinem Körper und zogen ihn zurück. Bull und Hawk waren ihm zu Hilfe geeilt.

»Ich habe versucht, es dir zu sagen«, sagte Hawk. »Hier gibt es nichts.«

Er wollte sich gerade bei ihnen bedanken, als er etwas bemerkte. Das Schießen hatte aufgehört. Sie drehten sich um und sahen entsetzt zu, wie Zietz das leere Magazin seiner Waffe freigab. Er griff in seine Jacke und holte ein neues. Da es keinen Ausweg mehr gab und er zudem einen furchtbaren Stand hatte, zog Jack seine Pistole und drehte sich wieder um. Er hatte gerade eine verrückte Idee gehabt. Selbst wenn sie Zietz in einen Kampf verwickelten, würden sie alle bergauf schießen, während sie den Berg hinunterstürzen.

»Wir müssen springen.«

»Springen?«, rief Hawk. »Bist du verrückt?«

»Ja, bin ich.« Jack schickte eine Handvoll Kugeln in Zietz' Richtung, um ihn abzulenken.

Er steckte seine Pistole ein, packte die Hemdsärmel der beiden Männer und zog sie sie mit sich, als seine Füße den Boden verließen.

»Zielt auf die Büsche!«

In der Luft durchschlug eine von Zietz' Kugeln das Fleisch von Jacks linker Schulter. Er zuckte zusammen und griff nach der Verletzung. Das Trio fiel mit den Füßen voran und krachte in das Gebüsch darunter. Aber merkwürdigerweise stoppten sie nicht, als sie auf dem Boden aufschlugen. Tatsächlich schlugen sie überhaupt nicht auf dem Boden auf. Jack war der Erste, der eine mit Schmutz bedeckte Holzwand durchschlug. Er wurde von Splittern getroffen und verwundet – seine Haut wurde an mehreren Stellen geschnitten. Aber das war nichts, was ein wenig Neosporin und eine Menge Schmerzmittel nicht beheben konnten.

Er schaute nach oben und sah, wie sich die Äste zurückbogen und den Eingang wieder verdeckten. Der Schacht ging weiter. Jack und Bull klammerten sich wieder aneinander, wie sie es im Yellowstone-Fluss getan hatten. In der pechschwarzen Dunkelheit tasteten beide Männer nach dem dritten Mitglied ihrer Gruppe. Jeder von ihnen schnappte sich Hawks Hemd und sie hielten sich daran fest, als ginge es um ihr Leben.

Jack spürte, wie der Boden unter ihm wieder auftauchte und sich langsam ausglich. Er ließ die Durhams los und streckte die Hände zu beiden Seiten aus, um sich abzustützen. Schließlich verwandelte sich das Loch in eine Art Rutschbahn. Der Stein unter ihm fühlte sich glatt an. Jahrelang war das Regenwasser durch die antiquierte Barriere gedrungen und hatte den Tunnel erodiert.

Die natürliche Abnutzung hinderte Jack jedoch nicht daran, die schlimmste »Teppichflechte« seines Lebens zu bekommen. Es war, im wahrsten Sinne des Wortes, ein Schmerz in seinem Arsch.

Schließlich kamen sie ins Schleudern und stürzten übereinander. Jack verwandelte sich in ein weichgeklopftes Stück Fleisch in der Mitte eines Durham-Sandwiches.

»Geht … runter«, stöhnte Hawk, der das Pech hatte, derjenige zu sein, der am Boden lag.

Jack konnte sich nicht bewegen, bis Bull es tat. Sobald dieser runtergeklettert war, schaltete jeder von ihnen seine Taschenlampen ein und sie halfen dem jüngeren Mann auf die Füße. Jack verzichtete darauf, sein an der Pistole befestigtes Licht zu benutzen, es sei denn, er brauchte es. Es war zwar leistungsstark, hatte aber keine ausreichende Batterielebensdauer. Er keuchte schwer, als Hawk ihnen beiden sanft auf die Schulter klopfte, was dem Soldaten im Ruhestand eine schmerzhafte Grimasse ins Gesicht rief.

»Oh, verdammt. Tut mir leid, tut mir leid, tut mir leid«, bettelte Hawk und sah krank aus.

Jack ging auf die Knie und winkte ab, biss sich auf die Lippe, die Augen tränten. »Es ist, ähm, in Ordnung. Du hast nicht … äh …« Er holte tief Luft. »Mir geht es gut. Aber morgen früh wird es wehtun.«

Hawk lehnte sich dicht an seinen Onkel und flüsterte: »Wird er wieder in Ordnung?«

Bull nickte. »Ich habe ihn schon in schlimmerer Verfassung gesehen.«

Als er sich von den Durhams abwandte, entdeckte Jacks Taschenlampe versehentlich etwas Interessantes.

Er schritt darauf zu, Bull und Hawk dicht dahinter. Mit Bulls zusätzlichem Licht machten sie eine monumentale Entdeckung.

»Ist das eine Leiter?«, fragte Hawk und zündete seine eigene kleine Taschenlampe an.

»Ja, das ist es«, antwortete Jack erstaunt. »Es wäre schön gewesen, wenn wir sie früher gefunden hätten.« Er drehte sich die Schulter und erschrak.

Jemand hatte eine archaische Strickleiter an der Schachtwand angebracht. Sie war alt, schmal und hielt einfache Holzlatten zwischen den beiden schweren, geflochtenen Seilen.

»Glaubst du, sie hält unser Gewicht aus?«, fragte Hawk.

»Wahrscheinlich nicht«, antwortete Jack, um ehrlich zu sein. Er drehte sich um und lächelte.

»Wie auch immer, ich bin noch nicht bereit, es zu versuchen.« Hinter ihnen war etwas Ermutigenderes, wenn man bedenkt, was sie oben erwartete. Es war ein zweiter, natürlich geformter Durchgang.

»Warum nicht?«, fragte Hawk, der immer noch die Leiter inspizierte.

Bull drehte sich um und antwortete, da er sie auch sah. »Weil Jack glaubt, er hat einen anderen Weg nach draußen gefunden.«

Jack war sich über nichts sicher. Was er jedoch wusste, war, dass er *etwas* entdeckt hatte.

Aber was?

Zietz konnte nicht glauben, was er gerade gesehen hatte. Vor ein paar Sekunden hatte Jack seine beiden Freunde über den Rand einer, wie Zietz wusste, gefährlichen, tückischen Klippe gezogen. Zumindest würden sich die Männer die Beine brechen – wahrscheinlich sogar ihr Rückgrat. Ein solcher Sturz – aus zehn Metern Höhe – würde sie höchstwahrscheinlich töten. Er hoffte, dass es auch so war. Es würde eine Menge seiner Probleme lösen.

Wenn das der Fall war, konnte er zurück ins Krankenhaus fahren und sich um Nina kümmern. Mit diesen vier Leuten zum Schweigen gebracht, konnte Zietz' Welt wieder normal werden. Er hatte nur einen kurzen Blick auf die Nachrichten geworfen und war froh, dass er nicht in den Aufnahmen zu sehen war. Sein Name wurde zwar erwähnt, aber das war alles. Trotzdem brauchte er Roosevelts Brief. Und er würde ihn mit Freuden von Jack Reillys Leiche zurückholen.

Zietz pirschte sich vor und hielt seine Waffe mit beiden Händen fest. Der kalte Regen machte es ihm schwer, die Waffe zu halten. Er legte den Finger vorsichtig auf den Abzug und trat langsam an den Rand heran. Im Licht der Blitze lehnte er sich über den Abgrund und richtete seine Waffe gerade nach unten und erwartete drei schwer verletzte oder mit etwas Glück verstorbene Schädlinge zu sehen. Er zielte sicher – auch wenn ihm ein Wasserstrahl über Nase und Kinn lief.

Doch nichts. Zietz sah nichts.

Was? Er sah sich um und stellte fest, dass seine Zielpersonen verschwunden waren.

Wo sind sie hin?

Einer seiner Männer tauchte hinter ihm auf und wurde beinahe aus nächster Nähe erschossen.

Zietz kochte vor Wut. Nur wenige Männer hatten ihn jemals so wütend gemacht wie Jack. Zietz hatte noch nie versagt, aber bei diesem hier schien er auf Schritt und Tritt zu versagen.

»D… die haben uns von hinten erwischt und …«

Zietz hob die Hand und brachte den stotternden Mann zum Schweigen. »Finde sie.«

Rob Terry nickte heftig und wandte sich zum Gehen, blieb aber stehen. »In welche Richtung sind sie gegangen?«

Die Frage wurde mit dem Lauf der Pistole beantwortet, obwohl Zietz nicht abdrückte. Er trat dicht an den kleineren Mann heran und beugte sich zu ihm vor, ihre Nasen berührten sich fast.

Zietz holte tief Luft und wiederholte sich. »Ich sagte: Finde sie.«

17

BLACK BUFFALO RESORT AND CASINO
CASCADE, WYOMING

Creeds Welt geriet aus den Fugen. Die Verbesserungen, die er an seinem geliebten Casino vorgenommen hatte, hatten ihn ein Vermögen gekostet. Jetzt forderten die Leute, die ihm das Geld geliehen hatten, wiederholt die Rückzahlung.

Plus Zinsen, dachte Creed und schüttelte den Kopf über die Summe, die er schuldete.

Zietz war immer noch auf der Jagd nach Jack Reilly und den Durhams. Bislang war es nicht gut gelaufen. Aber der Tag war noch jung. Nachrichten verbreiteten sich in Cascade extrem langsam, vor allem, da ein großer Teil der Polizei unter seinem Kommando stand. Creed hatte sogar einen örtlichen Richter als Pokerkumpel, aber allmählich hatte man das Gefühl, dass Creed zu weit aus der Norm herausgetreten war. Die kalifornischen Investoren waren keine Trottel, die er betrügen konnte. Das hatte er anfangs vielleicht gedacht, aber jetzt nicht mehr.

Seine Sprechanlage surrte. »Sir, ich habe wieder einen Eugene Taft in der Leitung.«

Creeds Augen verengten sich. »Nicht jetzt.«

»Aber, Sir, er ruft ständig an …«

Bis jetzt hatten sich die Investoren nur per E-Mail an ihn gewandt und nicht per Telefonanruf. Das war eine gute Strategie und würde eine Papierspur ergeben. Normalerweise würde er ihnen einen halbherzigen Bericht mit wenig bis gar keinen Informationen geben. Diesmal musste er sich einen Weg durch ein Gespräch mit jemandem bahnen, ein Gespräch mit jemandem, den Creed für einen Anwalt hielt.

Die Könige des Blödsinns.

»Sagen Sie ihm, ich bin nicht da«, antwortete Creed.

»Das habe ich schon mehrmals getan, Sir.«

Creed stöhnte auf. Das neue Mädchen hatte ihre Arbeit getan und ihn davor bewahrt, gestört zu werden. Aber selbst sie würde anfangen, Fragen zu stellen, wenn er ruhig in seinem Büro kauerte und jeden Kontakt mied. Er war auch hier gewesen, als Jack Reilly drei seiner besten Männer ausgeschaltet hatte, einschließlich Zietz.

Er holte tief Luft und nahm den Hörer ab. »Ja, hier ist Creed.«

»Mr. Creed, endlich. Hier ist Eugene Taft.«

»Hallo, Mr. Taft. Womit kann ich Ihnen helfen?«

Der andere Mann kicherte. Seine Stimme war leise und heiser. »Ich denke, Sie wissen, warum ich anrufe.«

Creed brach der Schweiß aus. »Ja, also, was das angeht …«

»Ich rufe an, um Ihnen mitzuteilen, dass ich bald in Cascade sein werde, und ich erwarte, dass Sie mich treffen werden.«

»Ja, nun, ich habe einen … Termin.« Er tat so, als würde er in einem Stapel Papierkram wühlen. »Sobald ich hier fertig bin, muss ich gehen …«

»Ich bin sicher, Sie können Ihren *Termin* verschieben, Mr. Creed.« Seine Stimme wurde leise. »Der Standpunkt meiner Vorgesetzten wird gehört werden.«

Creed stand auf, verärgert und aufgewühlt. »Jetzt hören Sie mal zu. Ich …«

»Guten Tag, Mr. Creed.«

Die Leitung war tot und mit ihr Creeds selbstbewusstes Auftreten. Er hatte zahllose Leute über die Jahrzehnte verarscht, aber keiner von ihnen hatte den Mumm gehabt, etwas dagegen zu unternehmen. Meistens hatten sie rechtliche Schritte gegen ihn eingeleitet. Glücklicherweise hatten diese keinen Erfolg. Dieser Fall jedoch fühlte sich anders an. Jack Reillys Beteiligung, sowie Eugene Tafts bevorstehende Ankunft, ließen Creeds Rückgrat kribbeln. Er kramte in seiner Schreibtischschublade und überprüfte seine Waffe zum sechsten Mal. Zum ersten Mal in seinem Leben musste Creed vielleicht jemanden töten, um seine Sicherheit zu gewährleisten.

UNTER DEM DEVILS TOWER
CROOK COUNTY, WYOMING

Die Welt um Jack und die anderen bestand aus einer Kombination von Sedimentgestein und Eruptivgestein. Das machte Sinn, denn das Monument war vor Äonen durch die Umwälzung von unterirdischem Magma entstanden. Wie ein aufsteigender Maulwurfhügel oder eine Warze war die Speerfischformation hoch in den Himmel getrieben worden. In diesem Fall war sie durch die unübertroffene Kraft des Planeten Erde himmelwärts getrieben worden.

Der Weg der Männer war natürlich entstanden und bestand aus einem senkrecht geschnittenen Korridor mit zerklüfteten Kanten und auf- und absteigenden Decken. Jack führte den Weg, er lief leichtfüßig, duckte sich um einen Felsvorsprung und begann zu rutschen, sobald sie sich in Bewegung gesetzt hatten. Hawk versuchte, ihn aufzufangen, aber erfolglos. Jack war zu schwer, als dass er ihn allein hätte tragen können. Zum Glück war Bull auch da. Er hielt Jacks Arm fest und bremste seinen Sturz ab. Durch die ruckartige Bewegung riss etwas an der Wunde in seiner Schulter, er schrie vor Schmerz auf. Es war zu viel für ihn. Jack fiel auf den felsigen Boden und rollte sich zusammen. Er verlor aber nicht das Bewusstsein. Es tat nur sehr, sehr weh.

Er stöhnte und griff an die betroffene Stelle.

Bull warf seinen Rucksack ab und stürzte sich auf ihn. Er blickte zu seinem Neffen auf.

»Hilf ihm, seinen Mantel und sein Hemd auszuziehen. Ich muss mir die Verletzung ansehen.«

Hawk half Jack, genau das zu tun. Während er seine Jacke und sein Hemd auszog, stieß Jack ein paar markerschütternde Schreie und eine Handvoll schmutziger Schimpfwörter aus. Keiner der beiden Durhams sah erfreut über das aus, was sie sahen, was Jack sagte, dass die Verletzung schlimmer war, als er zunächst angenommen hatte.

Als der Strahl der Taschenlampe auf die Verletzung traf, beschrieb Bull ihnen, was er gefunden hatte. »Keine Kugel. Und es blutet stark.«

»Ohne Scheiß, Sher…«, knurrte er, tief begraben unter einer neuen Welle des Schmerzes.

»Macht nichts. Kannst du mich zusammenflicken?«

»Natürlich«, antwortete Bull und kramte wieder in seinem Rucksack, »aber es wird wehtun.«

Jack zuckte mit den Schultern und wünschte, er hätte es nicht getan. Die Bewegung seines sich verschiebenden Schultermuskels war unerträglich. Seine Augen fixierten die Gegenstände in Bulls Händen. In seiner linken Hand befand sich eine Flasche mit Reinigungsalkohol. In seiner rechten Hand befand sich ein Set aus Nadel und Faden. Hawk hielt ein verpacktes Pflaster in seinem Mund, während er seine Taschenlampe und Jacks Kleidung festhielt.

»Gut«, sagte Jack und schloss die Augen, »bringen wir es hinter uns.«

Die nächsten fünf Minuten waren quälend. Und Jack war derjenige, der sie überstehen musste. Bull machte einen fantastischen Job. Jacks ständiges Heulen und Ruckeln machte die Arbeit noch viel schwieriger. Ein sich bewegendes Objekt zusammenzunähen, war keine leichte Arbeit.

»Nimm das«, sagte Bull und reichte Jack eine Pille. »Achthundert Milligramm Ibuprofen.«

Nickend steckte sich Jack die dicke »Pferdepille« in den Mund und spülte sie mit einer halben Flasche Wasser herunter. Mit äußerster Vorsicht und mit der Hilfe von Hawk schlüpfte Jack wieder in sein blutverschmiertes T-Shirt und seine Jacke. Sobald er wieder angezogen war, bewegte er das geschädigte Gelenk hin und her und auf und ab. Bull hatte es dick eingewickelt, wobei er den dicken Mullverband und die Bandagen als einen gepolsterten, behelfsmäßigen Gurt verwendet hatte. Sein Bewegungsspielraum war erheblich eingeschränkt, aber wenigstens konnte er wieder stehen und sich überhaupt bewegen. Er klopfte seinem Freund auf die Schulter und entfernte sich.

Ihre Taschenlampen leuchteten den Weg perfekt aus. Der Gang war breit genug, um ohne allzu große Probleme hindurchzugehen. Jack hatte keine Ahnung, wohin sie gingen, aber jeder Ort war besser als der Weg zurück, den sie gekommen waren. Hier unten gab es weniger Kugeln.

Und er sollte es wissen.

Die Unannehmlichkeiten wären viel geringer gewesen, wäre er nicht ausgerutscht und fast gefallen. Die Wunde, mit der es angefangen hatte, hatte sich anfangs nicht so schlimm angefühlt wie jetzt. Selbst für seine Verhältnisse war Jack vorsichtig gewesen. Er wusste es besser, als sich einfach in eine Gefahr zu stürzen. Aber je mehr Zeit seit seiner Militärzeit vergangen war, desto mehr schien er es zu tun. Er wurde mit den Jahren immer leichtsinniger.

»Immer mit der Ruhe, Jack.« Er rollte seine Schulter ein wenig und spürte, wie die Haut um die Schusswunde spannte. »Immer mit der …«

»Was denkst du, was es ist?«, fragte Hawk und klang dabei nervös.

Diesmal antwortete Bull. Er bildete das Schlusslicht und beobachtete ihre Rücken. »Ich glaube, wir werden irgendetwas finden, dass die Legende erklärt.«

Jack blickte hinter ihn. »Du glaubst doch nicht an die Sieben Schwestern, oder?«

»Nein, nicht im Geringsten. Aber ich glaube, dass ihnen zu Ehren etwas gebaut wurde.« Bull zuckte mit den Schultern. »Nicht alle von uns glauben an die alten Bräuche, Jack. Selbst ich bin nicht zu stolz, um zuzugeben, dass einige der Geschichten meines Volkes …«

»Einen wahren Kern haben?«, beendete Hawk.

»Ja«, stimmte Bull zu, »einen wahren Kern haben. Aber das bedeutet nicht, dass einige wenige Gläubige nicht alles tun würden, um etwas zu schaffen, das an sie erinnert.«

Ganz recht, dachte Jack und erinnerte sich an den Gebetstempel, den er in Polen gefunden hatte. Selbst wenn man nicht an Jesus Christus glaubte, wie die Architekten des Tempels, konnte man ihre spirituelle Inbrunst und ihre Arbeit schätzen.

Fast jeder, unabhängig von seinem Glaubenssystem, konnte ein Kunstwerk erkennen, wenn sie es sahen, wie die Kathedrale Notre-Dame oder den Petersdom.

Jack hielt an und entdeckte die ersten Anzeichen menschlicher Zivilisation seit ihrer Entdeckung der Strickleiter. Er leuchtete mit seinem Licht in den absteigenden Gang und fand etwas Schreckliches.

Eine Treppe.

»Wunderbar«, sagte er und krümmte seinen unteren Rücken.

Das Dach über der Treppe war niedrig. Es war für Menschen gebaut worden, die viel kleiner als er und Bull waren. Hawk schien keine Probleme damit zu haben. Er war fünf oder sechs Zentimeter kleiner als Jack. Die Stufen waren schmal und unglaublich steil. Ein falscher Schritt und man würde schwer stürzen.

Und man konnte nicht sagen, wo man aufhören würde, zu fallen.

»Wir müssen jetzt direkt unter dem Devils Tower sein«, sagte Hawk.

»Wahrscheinlich, ja«, antwortete Jack.

»Bist du nicht beeindruckt?«

Jack nickte. »Auf jeden Fall«, sagte er mit einem Blick zu Bull, dem einzigen Menschen, dem er erzählt hatte, was er auf seiner Reise nach Auschwitz gefunden hatte, »aber du solltest das nächste Mal nach Polen kommen, wenn ich dort bin. Ich könnte dir ein paar wirklich wilde Sachen zeigen.«

»Polen?«, fragte Hawk. »Wirklich?«

Die Treppe endete, und mit ihr Jacks Gedankengang. »Ja«, antwortete er gedankenverloren, »wirklich …«

Die Kammer hinter der Treppe war riesig. Sie war höher, als sie breit war und war vollständig aus schwarzem Vulkangestein geformt worden. Aber außer einer Vertiefung in der Mitte des Raumes gab es nichts weiter zu sehen.

Die drei Männer gingen auf die Anomalie zu und blickten hinein.

»Feuergrube«, verkündete Bull mit leiser Stimme.

»Hier drüben«, sagte Jack und richtete sein Licht auf den Boden um sie herum. Dort gab es einen ausgetretenen Pfad, der um das sechs Fuß breite Loch im Boden herumführte.

»Zeremonielle Tänze«, schlussfolgerte Bull.

»Aber für wen?«, fragte Jack.

»Für sie …«

»Für wen?«, fragte Jack.

Die Ranger drehten sich um und entdeckten Hawk, der direkt nach oben starrte. Jack wusste nicht, was die Aufmerksamkeit des jüngeren Mannes erregt hatte, aber es reichte, um ihn zum Schweigen zu bringen – ein Kunststück, das nicht leicht war. Er wollte gerade sein Licht auf das richten, was Hawk betrachtete, aber er starrte wie gebannt auf etwas an der nahen Wand. Dort, in den vulkanischen Stein gemeißelt, befand sich etwas, das aussah wie ein riesiges Paar menschlicher Füße.

»Zehen?« Er kratzte sich am Kopf und schaute auf. »Hey, Leute, seht mal …« Alles, was er sagen wollte, verließ ihn. Stattdessen war alles, was übrig war, ein: »Äh …«

Jack war schockiert. Er blickte zurück zu den Füßen und verfolgte dann sein Licht von diesem Punkt aus nach oben. Als Nächstes waren die Beine dran. Sie verschwanden unter einem einfachen, aber kunstvoll geschnitzten Rock.

Obwohl das Kunstwerk vollständig aus schwarzem Stein gefertigt war, konnte man noch immer die Kunstfertigkeit des Entwurfs erkennen. Es war wunderschön erhalten und fachmännisch poliert. Er leuchtete, wenn das künstliche Licht ihn berührte. Fünfzehn Meter hoch, hielt Jack an einem Paar zart gebauter Arme inne. Sie trafen sich in zierlichen, kindlichen Händen, die in einer offensichtlichen Gebetshaltung verschränkt waren. Zwanzig Fuß darüber war ein Gesicht zu sehen.

»Sie sind es«, flüsterte Jack und ließ sein Licht durch den Raum leuchten. Er kehrte zum Gesicht des ersten jungen Mädchens zurück. Es war umrahmt von langem, wallendem Haar. »Ich kann es nicht glauben. Das sind sie.«

Er drehte sich und zählte sie laut. Mit jeder Zahl, die Jack verkündete, richtete er sein Licht auf das Gesicht der Schwester. »Eins, zwei, drei, vier …« Jede war ein wenig anders als die andere. Sie wurden als ein Ganzes konzipiert und dann zu einem eigenständigen Individuum geformt.

»… fünf, sechs, sieben.« Er stieß einen langen Atemzug aus. »Die sieben Schwestern.«

Kein einziges Stück der Schwestern war fehl am Platz. Soweit Jack das beurteilen konnte, waren sie hundertprozentig erhalten und direkt in die Wände einer natürlich geformten Höhle unter dem Devils Tower eingearbeitet worden. Sie waren nicht zusammengesetzt. Sie waren aus dem Stein selbst herausgeschlagen.

»Jetzt ist es so klar«, sagte Hawk.

»Was ist?«, fragte Bull.

»Der Brief von Roosevelt.«

Jack verstand, was er meinte. Der Brief ergab jetzt einen Sinn. Erstens stand da: »*Der Reichtum einer Nation*«. In der Tat war dies ein Schatz, für das Volk der Lakota – und auch für alle seine Schwesterstämme. Jeder, der die Geschichte der Schwestern erzählte, würde es zu schätzen wissen. Dann war da noch der Teil, der besagte: *Die Sieben ruhen im Schoß des Bären.* Roosevelt meinte keinen wortwörtlichen »Bären«.

Er meinte ganz sicher den Devils Tower oder seinen indianischen Namen, Bear Lodge. Die letzte Zeile im Brief des Präsidenten war etwas, bei dem sich Jack nicht so sicher war.

»Warum hat er ihn versteckt?«, fragte Jack. Es war mehr eine rhetorische Frage als alles andere, trotzdem bekam er eine Antwort.

Bull stellte sich neben ihn. »Um es zu schützen.« Er stupste Jack sanft mit seinem Ellbogen. »Kommt dir das bekannt vor?«

Das tat es. Jack hatte das Gleiche mit seiner Entdeckung in Polen gemacht. Er beschloss, seine Entdeckung für sich zu behalten, aus Angst, der moderne Mensch könnte sie missbrauchen.

In all seiner Weisheit war Roosevelt zu demselben Schluss gekommen, was den Devils Tower betraf.

Hawk schloss sich ihnen an. »Du bist wirklich wie Roosevelt.«

Jack lächelte und zwinkerte ihm zu. »Großmutter hat immer gesagt, ich sei ein *Mann aus einer anderen Zeit.*« Er blickte wieder zu der nächstbesten Schwester auf. »Ich schätze, sie hatte recht.«

18

DEVILS TOWER
CROOK COUNTRY, WYOMING

Der Sturm, der über dem Nordosten Wyomings tobte, hatte sich in kürzester Zeit verschlimmert.

Zietz und seine Männer hatten sich unter einem Trio dicht wachsender Kieferbäume versammelt. Leider hielten die Gewächse den Regen und den Wind nicht vollständig ab. Zietz' legendäre Hartnäckigkeit war, nach dem Verschwinden von Jack und den Durhams, verblasst. Jetzt war er genau wie die drei Leute, die auf seine Befehle warteten. Er war durchnässt und fror – erbärmlich.

Er dachte zurück an das Gespräch mit Meredith von gestern Abend. Ihr Ratschlag – ihr Befehl – war, die Situation »reparieren«. Zietz hatte sie im Stich gelassen. Diesmal war es anders. Es war das erste Mal, dass sein Versagen ihn und seine Familie das Leben kosten könnte. Zietz' vergangene Erfolgsserie hatte sein Urteilsvermögen getrübt. Selbst Hawk hatte ihn überrascht. Er hatte erwartet, dass der junge Mann unter der Herausforderung zusammenbrechen würde. Stattdessen hatte Hawk sich selbst übertroffen. Das wurde deutlich, als er sich im Krankenhaus behauptete. Zietz war sowohl schockiert als auch verwirrt. Alles, was er kannte, war verschwunden. In Stunden war seine Welt – sein Leben – von einem Mann, den er gerade erst kennengelernt hatte, niedergebrannt worden. Aber Jack war nicht der Einzige, der daran schuld war. Creeds unersättliche Gier nach »mehr« hatte das Beste aus ihm herausgeholt. Das Geschäft, das er mit den kalifornischen Investoren gemacht hatte, war eines, das er nie hätte machen dürfen. Das Casino hatte ein Update gebraucht, ja. Aber es hatte keine Renovierung in dem Ausmaß, die Creed angeordnet hatte, gebraucht. Es war reine Geldverschwendung und der Grund, warum Zietz unter einem Baum im Regen kauerte. Auch wenn Creed bei Weitem der reichste Mensch in Cascade war, war er immer noch ein »kleiner Fisch« im Vergleich zu den Leuten, die er auszunehmen versuchte. Creed war ein aufgeblähter Kadaver, der mit dem Bauch nach oben in einem Ozean voller gefräßiger Haie schwamm. Zu Creeds Leuten gehörten nur Zietz und eine Handvoll angeheuerter Schläger und schmutziger Cops.

Die Investoren hatten ihre Finger in nationalen und globalen Angelegenheiten. Sie waren der Inbegriff von Einfluss und Macht.

»Verdammt seist du, Creed«, zischte Zietz. »Das ist dein Werk.«

»Was sollen wir tun?«

Er hörte die Frage nicht. Er war zu sehr in seiner Wut versunken.

»Zietz?«

Ein scharfer Windstoß riss ihn aus seinen Gedanken. Er würde nichts lieber tun, als zu gehen, Creed zu finden und ihn zu töten. Aber Jack Reilly und seine Freunde waren eine noch viel größere Gefahr. Zietz spähte um die Kiefer herum und beobachtete die düstere Wolkendecke genau. Sie bewegte sich schnell. Mit etwas Glück würde der Sturm bald abflauen. Dann könnten sie sich wieder an die Arbeit begeben.

Die Jagd hatte gerade erst begonnen.

Jack fuhr mit der Hand über das unbezahlbare Relikt aus einer längst vergangenen Zeit. Es war so glatt wie Glas und wies kaum Werkzeugspuren auf. Die Präzision, die hier zu sehen war, konnte mit jener der großen Pyramide mithalten. Diese war nicht annähernd so alt. Zumindest glaubte Jack nicht, dass es so alt war. Unabhängig davon waren die Fähigkeiten der Erbauer genauso beeindruckend wie die in Ägypten gezeigten.

Die vereinten Lichter der Männer fielen auf eine Lücke in der hinteren Wand. Sie machten einen großen Bogen um die Feuerstelle und blieben kurz vor dem Tunneleingang stehen.

Wie der Durchgang mit der Strickleiter und der schmalen Treppe war auch dieser Gang natürlich entstanden. Und wie bei den anderen Gängen, bemerkte Jack, dass auch dieser Gang von Hand verbreitert worden war. Er war frei von Kanten und Felsvorsprüngen.

Hawk, der die Rolle des Dokumentarfilmers übernommen hatte, hatte begonnen, alles seit der Entdeckung der Schwestern aufzuzeichnen. Er würde die Entdeckung so behandeln, wie er Creeds Situation behandelt hatte. Er hatte vor, sobald er wieder einen geeigneten Handyempfang hatte, die Videos der Welt zu zeigen.

Jeder sollte wissen, was sie entdeckt hatten. »Wie haben sie das gebaut?«, fragte Jack. Er erinnerte sich an sein Gespräch mit Eddy. Er hatte darüber gescherzt, E.T. auf dem Devils Tower zu finden. Hawk antwortete ihm mit einer eigenen Frage. »Und wer sind sie?« Er hatte das Gleiche gedacht. »Soweit ich weiß, waren die Lakota nicht bekannt für solche Dinge.« Beide Männer wandten sich an Bull. Er war ein wahrer Schatz an Wissen, wenn es um die Geschichte seines Volkes ging. Hawk hatte sich ebenfalls als sehr gut informiert erwiesen. Dank der Vertrautheit der beiden Männer würde Jack vielleicht verstehen, was zum Teufel er da sah. Bull nahm einen tiefen Atemzug. Es schien ihm unangenehm zu sein, was er sagen wollte. »Ich bin mir nicht sicher ... *aber* wenn ich raten müsste, würde ich sagen, es hat etwas mit dem Auftauchen zu tun.«

»Dem Auftauchen?«, fragte Jack.

Hawk musterte ihn. »Du weißt nichts über das Auftauchen – die Schöpfungsgeschichte der Lakota?«

»Klärt mich auf«, antwortete Jack.

Beide Männer schwiegen und richteten ihre Aufmerksamkeit wieder auf den älteren Lakota.

»Angeblich«, erklärte Bull, »beginnt die Geschichte unseres Volkes mit einem Ereignis, das man das Auftauchen nennt. Vor Jahren, bevor die Oberflächenwelt bereit war, die Menschheit zu ernähren, lebte der Stamm der Ureinwohner dieser Region unterirdisch im Tunkan Tipi – der Geisterhütte. Um zurück an diesen *himmlischen Ort* zu gelangen, musste ein Mensch ein magisches Portal finden.«

»Noch mehr Portale …«, murmelte Jack und kratzte sich am Kopf.

»Ich werde jetzt ein wenig herumspringen. Sonst dauert das hier noch eine Weile.« Er fuhr fort. »Zwei Wesen wurden in die Außenwelt verbannt, weil sie sich gegen Takuskanskan, dem Schöpfer, widersetzt hatten.«

»Klingt sehr nach Adam und Eva«, kommentierte Jack.

Bull nickte. »Das tut es auch, was niemanden schockieren sollte, obwohl in dieser Version von *Eden* mehr als nur zwei Menschen lebten. Jede Zivilisation auf diesem Planeten hat Ähnlichkeiten in ihren eigenen Schöpfungsgeschichten.«

»Also«, sagte Jack, »sollen wir glauben, dass dieser Ort einst den ersten Stamm der Lakota beherbergte?«

»Es ist möglich, ja«, antwortete Bull, wobei er sich nicht allzu sicher anhörte.

»Möglich?«, fragte Hawk und lachte. »Ich würde sagen, es ist verdammt eindeutig! Schau, wo wir sind? Wir wissen, dass Roosevelt diesen Ort in den frühen 1900er-Jahren gefunden hat. Selbst vor einem Jahrhundert war dieser Ort schon lange verlassen.«

»Das wissen wir nicht mit Sicherheit«, argumentierte Bull. »Nur weil Roosevelt nicht erwähnt hat, dass hier jemand gelebt hat, heißt das nicht, dass es nicht der Fall war.«

»Leute!«, schrie Jack und brachte seine Mitstreiter zum Schweigen. »Hört zu, das ist alles gut und schön, aber was wir herausfinden müssen, ist, wie wir hier rauskommen.«

Hawk warf einen Blick über seine Schulter zurück zum Eingang.

»Nein.« Jack schüttelte den Kopf. »Zietz könnte nur darauf warten, uns abzuknallen.«

Hawk zog die Augenbrauen hoch und deutete auf den Tunnel.

Jack zuckte mit den Schultern. »Wenigstens wird niemand versuchen, uns zu erschießen.«

Bull widersprach nicht. Normalerweise war er mit Jack einverstanden, solange es sich nicht um etwas allzu Verrücktes handelte. Also gingen sie weiter und duckten sich in den engen Korridor. Fast sofort gab es Anzeichen von Bewohnern.

Ihre Taschenlampen zeigten einen gut ausgetretenen Pfad. Es hätte mehrere Generationen von nackten Füßen gebraucht, um den Stein so abzunutzen.

Aber wie lange ist das her?, fragte sich Jack.

Er war kein Anthropologe. Jack hatte keine Ahnung, wann die ersten Menschen den Ort erreichten, der später die Great Plains der Vereinigten Staaten werden sollten. Er wusste, dass sie vor etwa 13.000 Jahren von Sibirien nach Alaska gewandert waren, über eine Landbrücke, die einst die Beringstraße überspannt hatte. Die

Zeitlinie in Bulls Schöpfungsgeschichte müsste allerdings lange vorher gewesen sein.

Es sei denn, das Auftauchen war eine Fehlinterpretation?

Das wäre eine Möglichkeit. Als die Welt bitterkalt wurde, wäre die Menschheit in den Untergrund getrieben worden. Sie könnten so lange unter der Oberfläche geblieben sein, dass ihr Auftauchen eigentlich nur ihr »Wiederauftauchen« in die Oberwelt war. Das war eine Theorie, die Jack für sich behielt. Es war ein faszinierender Gedanke, aber wahrscheinlich etwas, wofür er nie einen Beweis finden würde.

»Was ist das?«, fragte Hawk und richtete den Strahl seiner Taschenlampe in einen angrenzenden Raum.

Der Raum war geräumig, nicht der größte, den er je gesehen hatte, aber dennoch war er beeindruckend. In der Mitte befanden sich zwei dicke, rechteckig geschnittene Steinplatten. Sie näherten sich ihnen und stießen dabei auf die Knochen verschiedener Tiere. Jack hoffte, dass es Tiere waren.

»Bär«, sagte Bull leise und deutete auf eine undefinierbare Masse. Jack musste sich auf sein Wissen über die Tierart verlassen, denn er konnte nicht sehen, was Bull gesehen hatte. Der Spurenleser bestätigte auch die Überreste von einer Handvoll Wölfen und Dutzenden von Rehen. Sie verlangsamten ihre Annäherung, als die Haufen immer dichter wurden und schließlich so dicht wurden, dass sie gezwungen waren, anzuhalten.

»Wow!«, sagte Hawk mit zitternden Händen.

»Ja«, stimmte Jack zu, »sehr wow!«

Die beiden Platten enthielten jeweils eine Leiche, die in hohen Ehren begraben waren. Sie lagen auf dem Rücken, die Arme auf der Brust verschränkt. In den Händen hielten sie die Waffen von Jägern. Die Person auf der rechten Seite, das größere der beiden Skelette, umklammerte einen Speer in beiden Händen. Sein oder ihr Partner hielt einen Dolch, der aus dem übergroßen Eckzahn einer Säbelzahnkatze geschnitzt war. Aber es war nicht, was sie in den Händen hielten, was Jacks Aufmerksamkeit erregt hatte. Seine Augen waren auf das gerichtet, was sie trugen – insbesondere auf ihre Köpfe.

Mr. Speer trug einen Löwenschädel auf dem Kopf. Der kleinere der beiden Toten trug ebenfalls einen Schädel. Ihr Schädel passte zu dem des Dolches – nämlich einem Säbelzahntiger.

»Ähm«, murmelte Hawk, »ist das ein Löwenschädel auf dem Kopf von dem Kerl?«

Jack nickte. »Ich glaube schon, ja.«

Er sah Jack an. »Und wann hatten wir zuletzt Löwen in Nordamerika?«

Beide Männer blickten Bull an. Der ältere Lakota biss sich auf die Lippe, dann antwortete er, »Vor ungefähr zehntausend Jahren. Sie waren viel größer als ihre heutigen afrikanischen Cousins. Es wäre eine große Ehre gewesen, einen zu erlegen.« Er deutete auf seinen eigenen Kopf. »Daher die Krone.«

»Und der *Smilodon*?«, fragte Jack. Er wusste ein wenig über sie, aber nicht genug, um eine ausführliche Diskussion zu führen.

»Dasselbe«, fügte Bull hinzu. »Sie sind beide etwa zur gleichen Zeit in Nordamerika ausgestorben.«

Also, dachte Jack, *ist dieser Ort älter als die Pyramiden in Ägypten!*

Soweit Jack wusste, jagte und tötete nur eine Gruppe von Menschen Raubtiere von der Art des amerikanischen Löwen und der Säbelzahntiger. Es war schwer zu begreifen, dass sie das waren, aber hier standen sie vor einem primitiven »König« und einer »Königin«. Jack vermutete, dass die beiden eine Art von Königen waren. Ihre private Grabkammer deutete darauf hin.

»Also«, sagte Jack und räusperte sich, »sie sind, ähm, Höhlenmenschen?«

»Vielleicht«, antwortete Bull, »aber ...«

»Vielleicht?«, fragte Hawk und sah seinen Onkel an. Er sah aus, als würde er gleich explodieren.

Jack klopfte dem aufgeregten Jungen auf die Schulter. »Ruhig, *Mr. Feuerstein.* Wir sind hier alle Freunde.«

Bull setzte seine Überlegungen fort. »Ich glaube, wir haben es mit einer lange verschollenen Clovis-Zivilisation zu tun.«

»Clovis?«, fragte Jack, dem der Name nicht geläufig war.

»Ja, Clovis«, antwortete Bull. »Man sagt, sie seien die ersten Paläo-Indianer Nordamerikas gewesen – die Vorfahren fast aller Ureinwohnerstämme Amerikas.«

»Das scheint ein wenig fortschrittlich für eine so alte Gesellschaft«, sagte Jack.

»Ja«, stimmte Bull zu. »Man könnte es als eine evolutionäre Anomalie bezeichnen, nehme ich an. Aber das spielt keine Rolle. Was wir wissen, ist, dass die Gesellschaft der Clovis-Völker, die diese Höhlen bewohnten, unglaublich fortschrittlich war.«

»Fortschrittlich?«, fragte Hawk und beruhigte sich.

Jack neigte seinen Kopf in die Richtung, aus der sie gekommen waren. »Ja. Sie haben die Schwestern gebaut, richtig? Ich bezweifle, dass eine normale Sekte von Primitivlingen so etwas geschaffen hat. Diese Typen waren weit mehr als das.«

Bull warf einen Blick auf Jack. »Ich denke, wir haben festgestellt, dass sie keine Höhlenmenschen waren.«

Er deutete an die Decke. »Wo stehen wir hier?«

»In einer Höhle«, antwortete Hawk.

»Genau.«

»Okay, gut«, sagte Bull. »Vielleicht waren sie zu einem bestimmten Zeitpunkt in der Vergangenheit Höhlenmenschen gewesen.«

Hawk dachte darüber nach und zuckte dann mit den Schultern. »Das ist doch irgendwie cool, oder? Wir sind die direkten Nachfahren einer fortschrittlichen Gesellschaft von Urmenschen.«

Auf dem Gesicht des großen Mannes bildete sich ein kleines Lächeln. »Ja, das ist ziemlich cool.«

Das Trio ließ das Königspaar zurück und ging tiefer in ihr Reich. Sie gingen mit frischer Perspektive und neuem Elan voran. Sie würden lügen, wenn sie sagten, sie seien nicht begeistert von dem, was sie gelernt hatten. Die Sieben Schwestern gehörten technisch gesehen nicht zur

Lakota-Kultur. Sie gehörten zu etwas, was viel älter war als das. Auch diese Tatsache störte niemanden.

Viele Kulturen haben ihre Glaubenssysteme von anderen übernommen. Das geschah im Laufe der Geschichte immer wieder, wenn eine Gesellschaft mit einer anderen verschmolz oder eine andere einfach übernahm. Die katholische Kirche war einer der größten Übeltäter der erzwungenen »kulturellen Assimilation«. Jack erinnerte sich an das erste Mal, als er erfahren hatte, dass der 25. Dezember, der Weihnachtstag, ursprünglich ein heidnischer Feiertag war, der Mithras, dem Gott der unbesiegbaren Sonne, gewidmet war, und dass Jesus Christus nicht wirklich an diesem Tag geboren worden war.

Die Passage war nicht einfach zu begehen. Sie schlängelte sich hin und her, und sie fiel und stieg. Aber zum Glück für sie waren die einzigen anderen Räume neben dem Hauptpfad nur Sackgassen. Jede dieser Höhlen enthielt mehr Leichen. Aber dies waren Gemeinschaftsgruften. Anders als die ersten beiden, die sie gefunden hatten, waren diese mit zahlreichen anderen begraben worden. Und keiner von ihnen trug die Schädel der Megafauna. Das bestätigte ihre Verwendung als eine Art prähistorische Krone.

»Hey, Leute«, sagte Hawk und zeigte mit seinem Licht in einen großen Raum am Ende des Tunnels. »Habt ihr das gesehen?«

Jack hatte es nicht gesehen. Er hatte den Raum als Letzter betreten. Aber als er sich umdrehte, bemerkte er, was Hawk gesehen hatte. Jede Oberfläche des Raumes funkelte. Es war, als wären die Strahlen ihrer Taschenlampen Sterne an Wänden und Decken. Jack folgte den Durhams in die Mitte der gewölbten Kammer. Der höchste Punkt befand sich knapp zehn Meter über ihren Köpfen.

»Hier drüben«, sagte Jack und deutete nach oben.

Bull und Hawk verbanden ihre Lichter mit seinem. Als sie das taten, sahen sie, was das merkwürdige Schimmern verursachte.

»Hei-lige Schei-ße«, sagte Jack, der kaum in der Lage war zu begreifen, was er sah.

»Äh«, fügte Hawk hinzu, »sind das …«

Bull beendete den Satz. »Diamanten.« Er sah Jack an, der seinem Blick begegnete. »Diamanten im Wert von Millionen von Dollar.«

BLACK BUFFALO RESORT AND CASINO
CASCADE, WYOMING

Creed war wütend. Sein treuester Verbündeter ignorierte seine SMS und Anrufe.

Zietz war bekannt dafür, dass er abtrünnig wurde, aber nicht in Zeiten wie diesen. In der derzeitigen Situation konnte Creed Zietz' Vertrauen nicht länger für bare Münze nehmen. Er musste den Schaden begrenzen, bevor die Handlungen des Mannes ihm zum Verhängnis wurden. Er nahm sein Telefon in die Hand und wählte eine Nummer, die er gut kannte. Während der

Polizeichef ein Mann mit Integrität war, war sein Stellvertreter es nicht.

Es läutete nur einmal. »Ja?«

»Lieutenant Bender, ich habe eine Information für Sie«, sagte Creed. Er musste vorsichtig mit seinen Worten sein.

»Geht es um die aktuelle … Situation?«

Creed beugte sich vor. »Ja.«

»Sagen Sie mir, was Sie wissen, und ich werde es mit meinen loyalsten Männern regeln.«

Creed erzählte, was Bender wissen musste, einschließlich des wiederholten Versagens von Tom Zietz. Wenn alles nach seinem Plan verlief, würde jeder Beteiligte innerhalb einer Stunde tot sein.

»Wo sind sie jetzt?«, fragte Bender.

Creed lächelte. »Sie sind am Devils Tower.«

19

DEVILS TOWER
CROOK COUNTY, WYOMING

Nachdem er drei Anrufe und zwei Textnachrichten von Creed ignoriert hatte, schaltete Zietz sein Telefon aus. Er hatte nicht die Absicht, noch einmal mit dem Mann zu sprechen, bis seine Mission beendet war. Und wenn Zietz die Sache hier nicht beenden konnte, würde er eine wichtige Entscheidung treffen müssen, wie es weitergehen sollte. Entweder würde er zum Schweigen gebracht oder Creed. Creed zu töten, war für Zietz immer eine Option gewesen. Wenn er dauerhaft die Stimme des Mannes zum Schweigen brachte, der ihn dafür bezahlt hatte, all diese schrecklichen Dinge zu tun, dann bestand die Chance, dass er weggehen und woanders neu anfangen konnte. Wenn er seinen »Fluchtplan« wirklich durchzog, hätte Zietz bereits den perfekten Ort im Kopf.

Selbst jetzt, im kalten Wind und Regen des Nordostens von Wyoming, konnte er die warme Sonne Costa

Ricas auf seinem Gesicht spüren. Die gesamte Familie, einschließlich Tommy, hatte solide Tarnidentitäten in der Tasche, falls sie schnell fliehen musste.

Thomas Mankins verkaufte Krankenversicherungen. Er hatte noch nie einer einzigen Person in seinem Leben etwas angetan. Und obwohl er ein stattlicher Mann war, hatte Mankins weder Sport getrieben noch hatte er sich jemals für das Militär oder die Strafverfolgung interessiert. Wenn ich es mir recht überlege, besaß Thomas Mankins nicht einmal eine Waffe.

Er war ein sanfter Riese.

Zietz lächelte über die Möglichkeit, das alles unbeschadet hinter sich zu lassen. Und mit jedem gescheiterten Versuch, die Dinge wieder in Ordnung zu bringen, kam Zietz die abwegige Idee, nach Costa Rica zu fliehen, immer realer vor.

»Ausrücken!«, rief er und setzte seine Männer in Bewegung. Er holte sein Handy aus seiner Tasche und schaltete es lange genug ein, um seiner Frau eine SMS zu schicken. Sie kannte den Plan so gut wie er. Es war schließlich ihre Idee gewesen, nach Costa Rica zu ziehen.

Zietz sprach ein einziges Wort aus.

»Geht.«

Wenn er noch einmal versagte, würde es Tom Zietz nicht mehr geben … so oder so.

»Hier drüben!«

Zietz drehte sich um und eilte zu einem seiner Männer hinüber. Er stand über der Klippe, die Jack und die anderen auf mysteriöse Weise verschluckt hatte. Zietz war das letzte Mitglied des Teams, das ankam, und er drängte sich durch die anderen, um zu sehen, was sie alle so aufgeregt hatte. Selbst im Lichtkegel von vier Taschenlampen war es schwer zu erkennen. Der aufgewirbelte Regen trug dazu bei, die Entdeckung zu verbergen. Aber dann, im Licht eines starken Blitzes, sah Zietz es. Unter den Sträuchern am Fuß der Felswand befand sich ein dunkler Hohlraum.

Zietz lächelte breit. »Ich hab dich.«

UNTER DEM DEVILS TOWER
CROOK COUNTY, WYOMING

Diamantenminen waren in dieser Gegend nichts Neues. Seit 1975 waren mehr als 130.000 Diamanten entlang der Staatsgrenze zwischen Wyoming und Colorado gefunden worden.

Obwohl Wyoming eher für seine Jadevorkommen bekannt war, entwickelte es sich zu einer Brutstätte für die Suche nach anderen Edelsteinen. Nur ein kleiner Teil des Staates war kartiert worden, was ihn zu einem interessanten Projekt für Unternehmen in der Bergbauindustrie machte.

Wie Diamanten, dachte Jack und schloss die Augen.

»Jetzt wird es noch viel komplizierter.«

Bull und Hawk unterbrachen ihr Gespräch und wandten sich ihm zu.

»Was meinst du?«, fragte Hawk.

Wie immer blieb Bull ruhig und wartete darauf, dass Jack sagte, was immer er auf dem Herzen hatte. Unbewusst rückte er seine Pistole im Holster zurecht, während er sprach. »Creed will diesen Ort allein aufgrund dessen, was Roosevelt beschrieben hat. Stellt euch vor, was er mit allem anderen machen wird, was wir gefunden haben.«

Bull runzelte die Stirn. »Er wird es verstecken und dann plündern.«

»Ganz genau. Creed und seine Investoren werden sich nicht um die historische Bedeutung interessieren. Sie werden sich nur auf das unerschlossene Diamantenvorkommen konzentrieren.«

»Das können wir nicht zulassen«, sagte Hawk und drückte seine Taschenlampe fest an sich.

Jack lächelte. »Weißt du, ich habe mich in dir getäuscht …«

»Wie das?« Hawk erwiderte.

»Bevor ich den Devils Tower bestieg, habe ich mich über die Vorstellung lustig gemacht, dass du ein Ranger sein könntest.« Jack legte dem jüngeren Mann aufmunternd die Hand auf die Schulter.

»Jetzt glaube ich, dass du eine gute Ergänzung für den NPS wärst.«

Hawk strahlte vor Stolz. »Danke, Mann. Ich weiß das zu schätzen.«

»Kein Problem.« Jack zwinkerte. »Mach dir nur nicht zu viele Gedanken darüber, okay?«

Sie teilten sich auf und suchten jeden Quadratzentimeter der Höhle nach einem weiteren Durchgang ab.

Nachdem sie nichts gefunden hatten, versammelten sie sich wieder in der Mitte des Raumes.

»Warum hat Roosevelt nicht zugegeben, etwas davon gesehen zu haben?«, fragte Bull.

»Ich bin mir nicht sicher«, antwortete Jack. »Vielleicht dachte er, es sei eine zu große Entdeckung, um sie zu erwähnen.«

Hawk rieb sich den Schlaf aus dem Gesicht, während er sprach. »Du hast es selbst gesagt, Jack; es ist eine Notiz, kein Brief. Ich wette, er hat eine Liste der Dinge gemacht, die er gesehen hatte und hat dann aufgehört, als er all das hier gefunden hatte.«

»Ich glaube, das hat er«, sagte Bull. »Sein Zitat vom *Reichtum einer Nation* könnte auch alles jenseits der Schwestern eingeschlossen haben.«

»Sie hat auch Brandspuren«, fügte Hawk hinzu. »Ich denke, man kann davon ausgehen, dass dies nicht das einzige Blatt Papier war. Ich meine, überleg doch mal. Warum sollte er nur ein einziges Blatt Papier mit sich führen? Ich wette, er hatte einen ganzen Stapel davon und verbrannte alles, um es zu verbergen.«

»Okay«, sagte Jack. »Das kann ich glauben.«

Sie standen schweigend da und badeten in dem funkelnden, reflektierenden Licht der kostbaren Edelsteine.

»Wir hatten unglaubliches Glück, dass Roosevelt das zuerst gefunden hat«, sagte Jack.

»Jeder andere hätte sich wahrscheinlich hier niedergelassen und den Laden leergeräumt.«

Bull nickte. »Ein Naturschützer, durch und durch.«

»Ich habe eine Frage«, verkündete Hawk. Jack und Bull sahen ihn an. »Was tun wir jetzt? Wir können nicht weg – nicht, wenn Zietz und seine Schlägertruppe noch draußen sind.«

»Und uns den Weg freizuschießen, ist keine Option«, sagte Jack und erntete ein Nicken von beiden Durhams. Sie waren in Bezug auf Feuerkraft und Position stark im Nachteil.

Feuerkraft und Position. Zietz hatte die Oberhand. Er konnte sitzen und warten, bis Jack und die anderen verhungerten, falls nötig.

»Er wird zu uns kommen«, entschied Jack und dachte darüber nach.

»Woher weißt du das?«, fragte Bull.

»Weil«, Jack holte den verschlossenen Brief aus seiner Jackentasche und hielt ihn hoch, »er das braucht. Das ist alles, was ihn interessiert, seit wir hier sind.«

»Sie haben recht.«

Jack, Bull und Hawk drehten sich alle um und zogen ihre Waffen. Dort, im Eingang zur Diamantenhöhle, standen Zietz und das Trio von vorhin. Keiner feuerte einen Schuss ab. Sie standen einfach nur da und musterten die jeweils andere Gruppe.

»Hier unten muss niemand sterben«, sagte Jack und zielte genau. Mündung und Pistolenlicht waren genau auf Zietz gerichtet.

»Du hast wieder einmal recht.« Zietz' Augen huschten durch den Raum. So wie die Augen der anderen Männer, die neben ihm verteilt standen. Da sie wussten, dass sie kaum eine Chance hatten, beschloss Jack, einen Deal mit Bigfoot zu machen. Er streckte seine linke Hand aus, senkte seine Waffe aber nicht. Es war die bedrohlichste Haltung, die er bereit war einzunehmen.

»Lass uns kampflos gehen und dieser Ort – diese Diamanten – gehören dir.«

Zietz' Fokus wankte nicht. Aber das konnte man von seinen Männern nicht behaupten. Sie waren an dem Angebot interessiert. Aber sie waren nicht Zietz. Sie hatten kein Interesse an etwas anderem, außer dem Geld, das ihnen gezahlt wurde. Aber der hier zur Schau gestellte Reichtum würde den Durst eines jeden Auftragskillers leicht stillen. Söldner, ob aus der Großstadt oder Kleinstädter, schätzten Geld mehr als alles andere.

»Nimm den Deal an, Tom«, drängte Hawk mit weicher Stimme. »Ich habe jede Menge ziemlich belastendes Material, das online veröffentlicht werden soll, und ich kann es nicht abbrechen, solange wir unter der Erde sind.«

Jack unterdrückte ein Lächeln. Soweit er wusste, hatte Hawk nichts Konkretes über Zietz, nur Leute, die über ihn und auch Creed reden.

Hawk fuhr fort: »Wenn du uns laufen lässt, ist es weg. Ich werde die Veröffentlichung stoppen und jede Erwähnung von dir herausschneiden. Die Schuld wird direkt auf Creed fallen. Du hast mein Wort.«

Dann tat der junge Mann etwas unglaublich Mutiges. Er steckte seine Waffe zurück in seine Jeans und trat vor Jack und Bull. Die Hände erhoben, sprach er und richtete seine Aufmerksamkeit auf den Mann, der sie mehrmals fast getötet hätte – auch Nina.

»Keiner von uns muss sterben. Wir können *ihn* alle zurücklassen und verschwinden.«

Zietz umklammerte seine Pistole fest. »Du hast recht. Keiner von uns muss sterben.« Er drückte ab – aber nicht, bevor er die Waffe auf seine eigenen Männer gerichtet hatte. Alle drei seiner Leute wurden in Sekundenschnelle erschossen und getötet.

Niemand, nicht einmal ein Kampfveteran wie Jack, hatte das kommen sehen. Am Ende des Massakers stand nur noch Zietz am anderen Ende der Diamantenhöhle.

»Ich nehme das Angebot an. Ich mag ein Monster sein, aber ich habe eine Familie zu beschützen.«

Langsam und ohne ein weiteres Wort, schritten Jack, Bull und Hawk auf den Eingang zu. Sie machten einen großen Bogen um Zietz, nur für den Fall. Bigfoot seinerseits ließ sie ohne weiteren Konflikt passieren. Er wusste, was auf dem Spiel stand. Seine Männer wären mit Jacks Team fertig geworden. Sie hätten die Anzahl und die Feuerkraft gehabt, um das zu schaffen.

Aber nicht ohne eigene Verluste, dachte Jack. So oder so, das Risiko, getötet zu werden, war für Zietz zu hoch, um es zu riskieren. Sein Leben zählte für ihn. Seine Männer, andererseits …

Sie mussten mit Zietz vorsichtig sein. Es würde niemanden schockieren, wenn er den Deal sofort rückgängig machen würde. Einem Metzger wie ihm kann man nicht trauen.

Niemals.

Da Jack normalerweise die Führung übernahm, erlaubte er Bull und Hawk den Tunnel zurück zu den Sieben Schwestern als Erste zu betreten. Er nahm sich einen Moment Zeit, um Zietz zu betrachten, bevor er in der Dunkelheit verschwand. Er nahm einen tiefen Atemzug und rannte hinter seinen Freunden her. Zietz mochte im Moment auf ihrer Seite sein, aber es war nicht abzusehen, wie lange der Waffenstillstand halten würde.

Zietz hoffte, dass er die Entscheidung, die er gerade getroffen hatte, nicht bereuen würde. Sobald Jack und die Durhams weg waren, eilte er zur nächstgelegenen Wand. Er zückte schnell das Messer, das er auf dem Rücken trug, und machte sich an die Arbeit, so viele Diamanten wie möglich rauszukratzen. Sie waren zäh, aber er schaffte es, einige der größten Diamanten, die er je gesehen hatte, zu befreien. Bei einer Handvoll von ihnen musste er seine Pistole als Hammer benutzen.

Er zog seine teure Jacke aus, warf sie auf den Boden und legte jeden der rohen Edelsteine hinein. Zietz schwitzte heftig, als das Kleidungsstück voll war. Es war unglaublich, wenn man bedenkt, dass seine Sammlung nur ein kleiner Prozentsatz von dem war, was hier war. Seine Familie könnte nicht nur neu anfangen, sie würden auch wie Könige leben können, sobald er einen Käufer gefunden hatte.

Zietz hob seine Pistole für einen weiteren Schlag, hielt sie aber in der Luft inne. Er wollte gerade einen weiteren großen Diamanten freischlagen, als ihm eine Idee kam. Wenn es ihm gelänge, jeden zum Schweigen zu bringen, der von diesem Ort wusste, dann konnte er zurückkehren, wann immer er wollte. Um das zu erreichen, musste er Jack Reilly und die Durham-Männer töten. Aufrecht stehend, knackte er seinen Hals und drehte seine Waffe herum. Er überprüfte sie schnell und war froh, dass er sie nicht beschädigt hatte, als er die Diamanten herausgeschlagen hatte. Er stieß das halb verbrauchte Magazin aus und ließ es mit einem Klirren auf den Höhlenboden fallen. Es war das einzige Geräusch außer seinem Atmen. Zietz ersetzte das Magazin durch ein neues.

Er sammelte seine überquellende Jacke ein, verschnürte sie wie einen Müllsack und warf sie sich über seine Schulter. Zufrieden mit seinem Plan ging Zietz zur Tür.

Er blieb neben den Leichen der Männer stehen, die er gerade getötet hatte. Hätte er nicht so überstürzt reagiert, hätte er ein Team zur Verfügung gehabt, anstatt allein loslegen zu müssen.

Aber dann wüssten sie, dass ich sie gehen gelassen habe. Wenn er sein Team nicht jetzt getötet hätte, dann hätte Zietz sie so oder so töten müssen.

Er hatte die richtige Entscheidung getroffen. Zietz brauchte Creed, um zu glauben, dass alles, was er tat, wegen des Briefes geschah und nicht, weil er sich gegen seinen Boss gestellt hatte. Creed hatte Zietz' Familie bedroht. Für Zietz bedeutete das, dass Creed nun die Nummer eins auf seiner Abschussliste war. Zu diesem

Zeitpunkt waren Jack und die Durhams nur noch sekundäre Opfer.

Hawk rannte um sein Leben … wieder einmal. Das schien ein wiederkehrendes Phänomen zu sein, wenn er in der Gesellschaft von Jack Reilly war. Sogar sein Onkel hatte das Gleiche gesagt.

Die beiden hatten einige aufregende Abenteuer zusammen erlebt, seit er dem National Parks Service beigetreten war.

Hawk spürte, wie sein Handy verrutschte, griff danach und zog es zwischen seiner Jeans und seinem Gürtel hervor. Er hatte das Licht der Kamera ausgeschaltet und es versteckt, kurz bevor Zietz und seine Männer auftauchten. Es war ein zufälliges Ereignis – eines, das ihnen sehr zugutegekommen war. Zum Glück gab es in der Höhle noch reichlich anderes künstliches Licht.

»Sag mir, dass du das drauf hast!«, rief Jack, als er das Gerät entdeckte.

Hawk lächelte breit und hielt es hoch. »Da hast du verdammt recht!«

»Und dein Versprechen, Zietz rauszuschneiden?«

»Der kann mich mal!« Hawk lachte. »Ich habe gelogen!«

Er hätte vor Freude in die *Luft springen* können, aber Hawk war zu erschöpft, um das zu tun. Ehe er sich versah, hatten sie das Gemach von König und Königin passiert. Dann war es nur noch eine kurze Strecke bis zur Höhle mit den Sieben Schwestern. Er konnte es nicht lassen. Hawk musste langsamer werden und sie ein letztes Mal bewundern. Jetzt, da sie ihren Ursprung kannten – sozusagen – verstand er ihr Design. Sie hatten keine Ähnlichkeit mit irgendwelchen Lakota, die er je gesehen hatte. Ihre Kleidung und ihr Haar waren völlig falsch.

Das liegt daran, dass sie keine Lakota sind!

Die Enthüllung, dass sein Volk von einer fortgeschrittenen Höhlenbewohnerkultur abstammte, war fantastisch, aber immer noch schwer zu begreifen. Aber hatte es etwas an dem, was sie über den Stamm der Lakota wussten, geändert? Vielleicht, aber er hatte gerade nicht den Luxus von Zeit. Er würde sich das alles zu einem späteren Zeitpunkt zusammenreimen müssen.

Zum Glück hatte er ein Telefon voller Bilder und Videos, die er durchgehen konnte.

Jack hielt sich zurück, aber nicht, weil er die Aussicht bewunderte. Er beobachtete ihre Rücken. Jack traute Zietz nicht – aus gutem Grund.

Bull bewegte sich vor ihnen weg und blieb an der Treppe stehen. Hawk und Jack stöhnten unisono auf. Beide Männer hatten die Treppe bis jetzt vergessen.

»Bist du okay, Jack?«, fragte Hawk, drehte sich um und sah, wie Jack zu ihm hinkte.

Jack schüttelte den Kopf und scheuchte ihn weiter. »Nein. Geh weiter.«

20

Kaltes Regenwasser strömte von oben herein. Es würde den Aufstieg zurück an die Oberfläche noch schwieriger machen, als es ohnehin schon war. Der Sturm muss noch viel schlimmer geworden sein. Jack hatte gehofft, dass er sich in die andere Richtung verzogen hatte. Er bot sich an, als Letzter zu gehen, wurde aber schnell gezwungen, als Erster zu gehen. Bull nahm stattdessen Jacks früheren Platz am Ende der Gruppe ein.

»Wenn du stürzt, werden wir dich auffangen«, argumentierte Bull.

»Nein, das werdet ihr nicht«, sagte Jack und schüttelte den Kopf. »Wenn ich falle, fallen wir alle.«

»Hey, Jack?«, sagte Hawk mit einem sehr ernsten Blick.

»Was?«

Hawk kippte sein Kinn nach oben. »Beweg deinen Arsch.«

Jack rollte mit den Augen und begann seinen Aufstieg. Es ging nur langsam voran. Er war gezwungen, jede einzelne Sprosse zu testen, bevor er sich ihr mit seinem vollen Gewicht anvertraute. Nach gut sechs Metern Erfolg fiel er fast durch eine der Sprossen. Das Holz war uralt, knarrte und ächzte.

»Vermeidet die Mitte«, wies er sie an und wischte sich das Wasser aus dem Gesicht. »Haltet Kontakt zu den Seilen.«

»Verstanden«, antwortete Hawk.

Jack spürte, wie sich die Leiter unter ihm bewegte, als beide Männer schnell seinen Anweisungen folgten. Er tat dasselbe und grunzte, während er die dicken gewebten Seile zu beiden Seiten ergriff. Der Griff ließ die Haut an seiner Schulter in eine unangenehme Richtung ziehen.

Jack war überrascht, wie kurz der Aufstieg war. Der Sturz hatte sich so viel weiter angefühlt. Im Nachhinein betrachtet waren zehn Meter davon reine Flugzeit, bevor sie durch die versteckte Barriere krachten. Jacks Schulter schrie bei jeder Bewegung. Bulls Verband hielt jedoch stand. Die Schmerztabletten schlugen ebenfalls an. Sie waren nicht das Allheilmittel, aber sie linderten die Schmerzen genug, um ihn funktionieren zu lassen.

Er war drei Meter von der Oberfläche entfernt, als die Sprosse unter ihm zersplitterte. Jack stieß einen überraschten Schrei aus. Er kratzte mit den Füßen nach Halt, während er an einer Hand baumelte. Er versuchte verzweifelt, seine linke Hand zu benutzen, um sich zu stabilisieren, aber das ging nicht, ohne die Nähte in seiner Schulter aufzureißen. So gut er konnte, wickelte er seine Füße um das Seil und hielt es fest. Das Manöver nahm genug Gewicht von seinem Oberkörper, um sich wieder zurechtzufinden.

Auch ein Freund half ihm ein wenig.

Eine Hand packte seinen Hintern und drückte ihn. Jack hatte keine Ahnung, wer unter ihm war, aber der zusätzliche Schub war alles, was er brauchte, um auf der nächsten Sprosse Fuß zu fassen. Sie hielt und damit entspannte sich Jack und bedankte sich bei seinem Retter.

»Danke, Bull.«

»Wow, Bruder, das tut weh.«

»Hawk?«, fragte Jack und blickte nach unten. Dort, kaum sichtbar unter seinen Füßen, befand sich der jüngere Durham. Jack hatte instinktiv angenommen, dass es Bull gewesen war, der ihn wieder einmal vor dem Tod bewahrt hatte.

»Der einzig Wahre«, antwortete Hawk. »Weißt du, du bist viel schwerer, als du aussiehst.«

»Wem sagst du das«, murmelte Bull von unten. Die Bemerkung brachte sowohl Jack als auch Hawk zum Lächeln.

Jack starrte auf die Öffnung. »Fang du nicht auch noch an.«

DEVILS TOWER
CROOK COUNTY, WYOMING

Der Scheitel von Jacks Kopf überschritt den Rand der Eintrittsstelle. Als er das tat, wurde er von spitzen, steppdeckenartigen Ästen gestochen. Er schenkte dem Ärgernis keine Aufmerksamkeit und konzentrierte sich auf die Landschaft jenseits der Sträucher. Es war allerdings nicht einfach. Das Laub war dicht und verdeckte mehr, als es offenbarte. Sie mussten langsam aussteigen und die Landschaft Stück für Stück in sich aufnehmen. Wenn sie zu viel Lärm machten, würde das ihre Position verraten. Methodisch tauchte Jack auf. Er bewegte sich mit dem Wetter. Die natürlichen Elemente verbargen ihn gut. Es donnerte und stürmte gewaltig. Der Park wurde immer noch ramponiert.

Jack blieb in Deckung und kroch auf dem Bauch. Hawk war nicht so verstohlen in seinen Bewegungen. Der jüngere Mann war weniger vorsichtig und krachte durch die biegsamen Äste, ohne Rücksicht auf den Krach, den er verursachte. Wenn jemand in der Nähe war, hätte er sie zweifellos gehört.

Verdammt, Mann.

Bull kam als Letzter an die Oberfläche. Als er halb draußen war, blieb er stehen und schaute zwischen seinen Füßen nach unten. Jack bemerkte das und schlitterte zum Loch hinüber und spähte in die Dunkelheit. Der Anblick eines sanften Scheins veranlasste die Männer, sich in Sicherheit zu bringen, so wie Hawk es gerade getan hatte.

»Tja«, sagte Hawk, »das war's dann wohl mit unserem Deal mit Bigfoot.«

»Das weißt du nicht«, drängte Jack.

Hawk warf ihm einen Blick zu, der sagte: »Wirklich?«

Jack nickte. »Richtig. Wir reden hier über Zietz.«

»Was sollen wir tun?«

»Nichts«, sagte Jack. »Wir gehen weiter und verschwinden im Sturm.«

Übereinstimmend krochen sie alle unter dem Gebüsch hervor. Sie hielten inne, als ein Lichtstrahl in ihre Richtung schwenkte. Soweit Jack wusste, hatte Zietz alle seine Männer in das Loch gebracht. Er erinnerte sich, dass es nur drei weitere gegeben hatte.

Wer zum Teufel sind dann diese Typen?

Jack entdeckte einen von ihnen. Dieser stand etwa fünfzig Fuß von der Klippenwand entfernt und trug Straßenkleidung. Aber die Art, wie er sich bewegte, schrie entweder nach Militär oder Polizei. Da er aus erster Hand gesehen hatte, wie tief die Korruption in Cascade vorgedrungen war, neigte Jack dazu, zu vermuten, dass diese Typen Polizisten waren.

»Wie viele können es denn noch sein?«, fragte sich Jack und erntete einen Blick von Bull. Er schüttelte den Kopf. Die Frage war nicht dazu bestimmt, beantwortet zu werden.

Sie blieben stehen, bis der Lichtstrahl ihre Deckung verließ. Als er das tat, kamen sie beide unter dem Laub hervor und setzten sich auf ihre Hintern. Jack ging voran und schob. Das steile Gefälle und die nasse Erde erleichterten ihnen den Abstieg und sie rutschten den Hügel hinunter, bevor sie am Fuß einer dicken Kiefer zum Stehen kamen. In den Schatten gekauert, beobachtete das Trio, wie die Büsche erzitterten und knackten, als Bigfoot auftauchte. Als er es tat, geschah etwas Unglaubliches.

Ein Feuergefecht brach aus.

Kugeln wurden in Zietz' Richtung abgefeuert. Der große Kerl wich zur Seite aus und schickte eine Salve in Richtung seines Angreifers. Die Person, die Jack und die Durhams fast entdeckt hatte, ging zu Boden und schickte drei Kugeln harmlos in die Luft. Die Kakophonie des donnernden Dröhnens über den Köpfen war kein Vergleich zu den viel lauteren, erschütternden Explosionen der Schüsse. Eine Masse von Lichtern wirbelten auf die Felswand zu und mit ihnen brach ein Krieg zwischen, wer auch immer diese Leute waren, und Zietz aus. Die Neuankömmlinge wollten nicht nur Jack, Bull und Hawk tot sehen, sondern es schien, als ob auch Zietz auf der Abschussliste stand. Überall um sie herum leuchtete Mündungsfeuer auf.

Das war alles, was Jack wissen musste, um sich wieder in Bewegung zu setzen. Sie umarmten den dicken Baum, umrundeten ihn und setzten ihre Flucht in die Sicherheit fort.

Leider war ihre Flucht bemerkt worden. Ein Strom von automatischem Gewehrfeuer verfolgte sie. Jack hatte keine Ahnung, wie es passiert war, aber keiner von ihnen war getroffen worden. Er verbuchte es als Glücksfall und stoppte nicht.

Der Ursprung der Geschosse richtete sich auf ein anderes Ziel – Zietz. Einen Moment lang waren Jack und die anderen in Sicherheit. Sie wichen nach links aus und damit diagonal zu einem weiteren Sperrfeuer von Kugeln.

»Scheiße!«, schrie Hawk und griff sich ans Ohr.

»Bist du getroffen?«, fragte Jack und drückte zweimal den Abzug seiner Pistole. Die Schüsse würden nicht viel mehr bewirken, als den nächsten Angriff zu verzögern.

»Mehr oder weniger. Sie haben mein Haar erwischt!«

Eine verirrte Kugel war nahe genug an Hawks Hinterkopf herangekommen, dass sie sich durch seinen schwingenden Pferdeschwanz gefressen hatte. Jack stoppte abrupt und drängte die Durhams in Deckung. Er hatte überstürzt gehandelt und Hawk hätte fast den Preis dafür bezahlt.

»Nimm das und geh«, sagte er und reichte Bull den in einem Ziploc verschlossenen Brief.

»Nein«, antwortete sein lieber Freund.

Kugeln schlugen auf der anderen Seite des Baumes ein. Alle drei Männer duckten sich und bedeckten ihre Köpfe mit den Händen.

»Das ist keine Debatte, Bull. Ihr zwei müsst gehen und die Nachricht verbreiten.« Er schaute dem Mann tief in die Augen. »Du musst deinen Neffen beschützen.«

Bull sah nicht glücklich aus, aber er nickte und packte Hawk am Kragen.

Beeindruckt versuchte der jüngere Mann, sich aus dem Schraubstockgriff seines Onkels zu befreien, aber Bull hielt ihn fest und zerrte ihn schreiend und strampelnd weg.

Jack stand auf, lehnte sich mit dem Rücken an den Baum und holte tief Luft. Er hatte nur noch eineinhalb Magazine übrig. Wenn er es schaffte, die Aufmerksamkeit der Truppe auf Zietz und nicht auf ihn zu lenken, konnte er es schaffen.

Der nächstgelegene Schütze befand sich fünfzig oder sechzig Meter rechts von ihm und dem Hügel. Es hätte leicht sein können, dass noch andere in Reichweite waren, aber Jack bezweifelte das. Zusammenzubleiben war der einfachste Weg, ein ganzes Team in den Tod zu schicken.

Er erspähte einen zweiten Lichtstrahl, der sich dem ersten anschloss.

Jack zuckte mit den Schultern. *Oder auch nicht.*

Er sprintete aus der Deckung, die Waffe im Anschlag. Nicht nur Jack kam an und schoss auf die beiden Männer, sondern auch auf Zietz. Sie zielten mit ihren Waffen auf den anderen. Keiner von ihnen schoss jedoch. Sie tauchten beide weg und widmeten sich jemand anderem.

»Wollen wir das wirklich tun?«, fragte Jack lachend und überprüfte seine Munition.

»Was tun?«, rief Zietz und lehnte sich hinter einem benachbarten Baum hervor.

»Uns zusammentun, um einem größeren Feind entgegenzutreten?«

»Für den Moment, ja«, sagte Zietz.

Ihre beiden Bäume wurden ausradiert. Mit gesenkten Köpfen huschten sie davon und duckten sich unter einen dritten, mächtigen Baum. Jack war so nah an dem Mann, dass er seinen Schweiß riechen konnte. Es war eine ebenso unangenehme Umgebung wie jede andere.

»Von mir aus«, sagte Jack, lehnte sich um den Baum und schoss. »Wir können uns später immer noch gegenseitig umbringen.«

Sie trennten sich und jeder schickte vier Kugeln in ein Schützen-Duo. Sie sprinteten zu den gefallenen Schützen und holten ihre Gewehre – Polizei Colt M4-Karabiner. Das bestätigte die Identität der Neuankömmlinge.

»Ich schätze, Creed braucht Ihre Dienste nicht mehr«, sagte Jack und hielt seinen Kopf in Bewegung, während er das Gewehr nachlud.

Die Nachricht schien Zietz nicht zu schockieren. Der klatschnasse, panierte Riese reagierte nicht, außer dass er die Waffe an die Schulter legte und den Abzug drückte. Die drei Schüsse zischten an Jacks Kopf vorbei und ließen einen weiteren Schützen auf die aufgeweichte Erde stürzen. Seine leblose Gestalt begann sofort, das schwere Gefälle hinunterzurutschen. Jack hatte eine verrückte Idee. Zietz beäugte den toten Mann auch.

»Warst du schon mal in Six Flags?«, fragte Jack.

Sie stürmten vor, sprangen in die Luft und landeten auf ihren Hintern.

Zietz ging voran, Jack dicht hinter ihm. Es kostete ihn alles, was er hatte, um Bigfoot nicht in seinen, wie er vermutete, haarigen Rücken zu schießen. Jack tötete nicht kaltblütig. Zietz hatte ihm bereits mehrfach das Leben gerettet, seit sie beide aus dem Portal zur Unterwelt aufgetaucht waren.

Jack zielte nach links und tötete jeden, den er sah. Zietz konzentrierte sich auf die Ziele zu seiner Rechten.

Sie legten die Länge von zwei Fußballfeldern zurück und kamen zum Stehen, als sich der Boden abrupt abflachte. Als dies der Fall war, wurde Jack vom Lauf eines Gewehrs begrüßt. Auf einem Knie kniend, richtete Zietz die Waffe auf Jacks Brust.

Er drückte nicht sofort ab.

»Tut mir leid, Mr. Reilly.«

Seine Verzögerung rettete Jacks Leben.

Wie aus dem Nichts stürmte Bull vor. Er riss Zietz zu Boden und drückte ihn mit dem Gesicht in einen seichten Strom aus rauschendem Regenwasser. Langsam ertrinkend, löste Zietz den Griff um seine M4 und bockte wild. Bull wurde beinahe abgeworfen, bis auch Jack sein Gewicht in die Waagschale warf. Überraschenderweise war Hawk der Nächste, obwohl er nicht auf den Leviathan sprang. Stattdessen rutschte Hawk auf den Knien über den Boden. Er hatte die Kabelbinder in beiden Händen. Er fesselte Zietz' Handgelenke mit einer blitzschnellen Bewegung. Dann zog er seine Waffe, und ohne eine Sekunde zu zögern, schlug er Bigfoot damit auf den Kopf. Zietz' Augen rollten in seinen Hinterkopf und er sackte zu Boden.

»Das ist für Nina, Arschloch!«

Die nächste Frage war, was man mit ihm machen sollte.

»Komm schon«, sagte Jack und zog Hawk weg. Da draußen waren noch andere. »Wir müssen gehen.«

Hawk atmete schwer und hielt seine Pistole immer noch fest umklammert. Der Ausdruck auf seinem

Gesicht war einer, den Jack schon zu oft gesehen hatte. Er dachte innerlich darüber nach, ob er Zietz töten sollte oder nicht. Jack erinnerte sich, dass er mehrmals in der gleichen Situation gewesen war, als er mit Delta in Übersee gewesen war. Für einen Durchschnittsmenschen war es nie eine leichte Entscheidung, einen anderen Menschen zu töten, selbst wenn der Scheißkerl am anderen Ende der Mündung den Tod verdient hatte.

»Bist du okay, Chatan?«, fragte Bull.

Aber sein Neffe antwortete nicht. Er war immer noch in seinem moralischen Dilemma versunken.

»Hawk?« Diesmal benutzte Bull Chatans bevorzugten Namen. Jack hatte bis jetzt noch nie gehört, dass Bull ihn so nannte.

Die einfache Geste rührte etwas in dem jüngeren Durham. Er blickte mit feuchten Augen zu seinem Onkel auf. Das kam auch nicht vom Regen. Hawk war seelisch am Ende und weinte offen. Jack verübelte ihm den Gefühlsausbruch kein bisschen. Nichts von alledem war leicht zu bewältigen, vor allem für jemanden, der keine formale Ausbildung hatte – oder in Hawks Fall überhaupt keine Ausbildung.

Bulls überirdische innere Stärke hatte ihn während des gesamten Konflikts wachsam gehalten und Jacks jahrelange Kampferfahrung war das Einzige, was ihn zusammenhielt.

»Komm schon, Hawk«, sagte Jack und legte ihm eine beruhigende Hand auf die Schulter. »Überlass ihn den Wölfen.«

»Ja«, stimmte Bull zu, »sein Schicksal liegt nicht in unserer Hand.«

Und Jack meinte auch nicht die Wölfe im wörtlichen Sinne. Er bezog sich auf Creed. Was auch immer mit Zietz passieren würde, der Kreislauf seines Lebens war zu Ende. Jack glaubte nicht an Karma, aber wenn jemand seine Strafe verdient hatte, war es Zietz, ein Mann, der eine enorme Menge Blut an seinen Händen hatte.

Leutnant Bradley Bender war Creeds wichtigster Spion bei der Cascade PD. Er war kokainsüchtig, und das schon seit Langem. Wie vielen der Männer auf Creeds Gehaltsliste, versprach ihnen der Casinobesitzer entweder mehr von ihren Lastern oder Geld als Gegenleistung für ihre Loyalität. In Benders Fall erhielt er eine große Menge von beidem. Abgesehen davon, dass er ein Cop war, war seine wichtigste Aufgabe, den Polizeichef von Creeds Spur fernzuhalten.

Fünf seiner Männer waren heute Nacht hier erschossen worden. Zietz selbst hat ein paar von ihnen erschossen. Bender wusste, einen Mann wie Zietz zu verfolgen, würde eine harte Nuss sein. Aber er hatte keine Ahnung, dass es so gefährlich werden würde.

Einer der Toten war Nate Franklin, ein Mann, der mit der Person zusammengestoßen war, die Zietz gejagt hatte, einem Mann namens Jack Reilly.

Bender wusste nicht genau, wer Jack war. Alles, was er wusste, war, dass Creed und Zietz ihn tot sehen wollten. Außerdem hatte er anscheinend etwas in seinem Besitz, das beide Männer wollten. Aber Bender scherte sich einen Dreck um all das. Seine Aufgabe heute Abend war es, sich um Zietz zu kümmern, und wenn er Reilly und seinen Verbündeten über den Weg lief, würde er danach handeln.

»Sir!«, rief einer seiner Männer. »Hier drüben!«

Nachdem er sich während des ersten Konflikts zurückgehalten hatte, durchsuchte Bender jetzt mit den Überresten seines Teams die Gegend. Er hatte nur ein paar Officers mitgebracht. Der Rest seiner Leute waren Einheimische – Leute, denen er Gefallen zugesichert hatte, sobald der Job erledigt war. Creed sollte das Geld liefern oder zumindest einen beträchtlichen Kredit in seinem Casino. Einer der Männer, der an der Operation teilnahm, war ein Schwarzbrenner. Er war Bender sehr verpflichtet, dass er ihn nicht aus dem Verkehr zog.

Bender eilte das abschüssige Gelände hinunter und fand zwei seiner Männer, die über einem dunklen Klumpen in der Erde standen. Als er näher herantrat, bemerkte er ein Paar massige Füße, die aus der schwarzen Masse ragten.

»Zietz.« Er atmete noch, war aber bewusstlos.

Bender kramte in Zietz' Tasche und fand nichts Ungewöhnliches. Er holte sein Telefon heraus und rief Creeds Durchwahl an.

Creed ging schnell ran. »Ja?«

»Ich habe Zietz – lebend.« Er winkte die anderen fort. Das Gespräch zwischen ihm und Creed sollte eine private Angelegenheit sein.

»Und der Brief?«

»Negativ«, antwortete Bender.

Creed grummelte leise vor sich hin.

Bender war kalt und nass. Er wollte eigentlich gar nicht hier sein, aber er wusste, dass er Creed nicht verärgern durfte. Trotzdem musste er diese Sache abschließen, bevor seine Leute anfingen, zu viele Fragen zu stellen.

»Was soll ich mit ihm machen?« Bender war bereit, Zietz zu erschießen, wenn Creed, der Cäsar von Cascade, es befohlen hätte. Stattdessen wurde ihm befohlen, das genaue Gegenteil zu tun.

»Bringt ihn zu mir.«

21

Als sie zu Bulls Truck zurückgekehrt waren, rutschte Jack fröhlich auf den Rücksitz und legte sich hin. Hawk saß vorn bei seinem Onkel und machte sich sofort an die Arbeit an seinen neuesten Videos. Die waren auch ganz schön heftig. Das Letzte würde das i-Tüpfelchen sein. Es zeigte, wie Zietz seine Waffe gegen seine eigenen Leute richtete und sie abschlachtete, ohne Reue für seine Taten zu zeigen.

Es war noch früh genug am Tag. Seine Beiträge würden sich schnell verbreiten und die Aufmerksamkeit der großen Nachrichtenagenturen erregen. Alle Augen waren auf Cascade gerichtet, so wie es aussah. Jetzt würde sich die Presse auf Creed stürzen und ihn erdrücken. Aber Hawk hatte nicht die Absicht, hierzubleiben und es aus nächster Nähe zu beobachten. Das teilte er Jack und Bull mit.

»Nun«, sagte er und tippte auf seinen Bildschirm, »meine Zeit in Cascade ist wohl vorbei.«

»Gut, dass wir den los sind«, murmelte Bull. »Dieser Ort bedeutet nichts als Ärger.«

Jack setzte sich auf. »Hoffentlich nicht für lange. Wir haben hier eine gute Tat vollbracht. Wir haben eine sadistische Operation auf den Kopf gestellt und eine Menge schlechter Leute als das entlarvt, was sie wirklich sind.«

Hawk prustete ein Lachen heraus. »Ja, Müll.«

Jack wollte eigentlich etwas Schärferes sagen, aber gut, Müll passte. Und seine frühe Einschätzung, dass Zietz sie versehentlich deckte, war richtig gewesen. Es gab keine Aufzeichnungen darüber, dass Chaskas Fahrzeug in einen Autounfall verstrickt worden war. Jemand innerhalb des CPD hatte es aus den Aufzeichnungen gelöscht. Sie beschlossen, zurück zum Haus des alten Mannes zu fahren und sicherzustellen, dass er gut zurückgekommen war. Man hatte ihn allein gelassen, nachdem Hawk im Krankenhaus entführt worden war.

Als sie aus Bulls Truck stiegen, trafen sie ihren neuen Freund auf seiner Veranda.

Seine Augen waren geschlossen und er blickte zum Himmel hinauf. Er atmete tief ein und sprach, wobei er die Augenlider geschlossen hielt.

»Meine Freunde, ihr seid zurückgekehrt.« Er öffnete seine Augen und starrte Jack an. »Der Wind, er spricht zu mir. Er sagte mir, dass es euch gut gehen würde. Obwohl«, er sah sich den Zustand des Trios an, »ihr seht aus, als könntet ihr eine warme Mahlzeit vertragen.«

Jack sah Bull und Hawk an und nickte. »Kaffee und Aspirin für mich.«

Er stieg die Vordertreppe hinauf und reichte Chaska die Hand.

»Hast du noch mehr Tiefkühlpizza?«, fragte Hawk und gesellte sich zu den beiden Männern.

Bull seufzte. »Ich nehme noch ein bisschen Scotch.« Alle erstarrten und starrten von der höher gelegenen Veranda auf ihn herab. Er zuckte mit den Schultern. »Es war ein harter Tag.«

Nachdem sie alle gegessen und sich gewaschen hatten, erzählten sie, was sie unter dem Devils Tower gefunden hatten. Chaska hatte es verdient, es von ihnen zu hören, und nicht aus dem Fernsehen, nicht, dass er es oft geschaut hätte. Jack wollte den Ausdruck auf Chaskas Gesicht sehen, als er erfuhr, dass die »unterhaltsame Geschichte« seines Großvaters wahr war.

Der alte Mann lächelte. »Wirklich? Stellt euch das vor, mein Großvater, befreundet mit dem Präsidenten.«

»Äh«, sagte Hawk, »was ist mit all den anderen Dingen, die wir dir gerade erzählt haben?«

Chaska sah verwirrt aus. »Ach das? Das wusste ich alles schon.«

Der Raum wurde still. Jack, Bull und Hawk unterbrachen, was sie taten und richteten ihre Aufmerksamkeit auf den Einheimischen. Aber er ging nicht weiter darauf ein.

»Jo«, sagte Hawk und schnippte mit den Fingern, »Erde an Chaska.«

»Ja?«, fragte er.

Jack ergriff als Nächster das Wort. »Hast du gerade gesagt, dass du von den Sieben Schwestern weißt und der alten Zivilisation?«

Er nickte. »Das habe ich. Warum? Habe ich es euch nicht erzählt?«

»Hast du nicht«, sagte Bull und verschränkte die Arme.

Chaska strich ihm sanft über das Kinn, tief in Gedanken versunken. »Oh, ich entschuldige mich. Es muss mir einen Moment lang entfallen gewesen sein. Aber ja, meine Familie hat seit Generationen über das Monument der Sieben Schwestern gewacht. Daher wusste mein Großvater von seinem Standort.« Er schmunzelte. »Aber ich habe nie geglaubt, dass er mit dem Präsidenten befreundet war.« Chaska seufzte. »So eine unterhaltsame Geschichte.«

Hawk warf Jack einen Blick zu und fragte: »Meint er das ernst?«

Jack hatte keine Antwort für ihn parat. Chaska hatte bewiesen, dass er ein wenig flatterhaft war, wenn es um sein Gedächtnis ging. Aber Jack war zuversichtlich, dass die Familie des Mannes etwas mit Roosevelt zu tun hatte, ebenso wie das Monument der Sieben Schwestern, wie Chaska es genannt hatte. Der Eingang des Fundes war lange Zeit verbarrikadiert gewesen. Das verriet Jack, dass es seit einiger Zeit nicht mehr betreten worden war. Der baufällige Zustand der Leiter war ein weiterer Beweis dafür.

Jack fragte Chaska danach. »Wann ist das letzte Mal jemand runtergegangen?«

Chaska dachte einen Moment nach, konnte sich aber nicht erinnern. Als wäre Chaskas Gedächtnis und seine intime Kenntnis der Sieben Schwestern verblasst.

Er konnte sich nur noch an bestimmte Dinge aus seiner Vergangenheit und an Ereignisse, die erst kürzlich geschehen waren, wie eine Geschichte seines Großvaters vor Äonen, und aktuell die Namen von Jack und den Durham-Männern, erinnern. Dazwischen klaffte eine Lücke, die sich über etwa achtzig Jahre erstreckte. Das störte Chaska jedoch nicht im Geringsten. Der alte Mann ging seinem Leben nach, Tag für Tag. Es hätte auch nichts ausgemacht, wenn seine Familie aufgehört hätte, sich um die Schwestern zu kümmern. Wenn das Wissen darüber mit Chaska starb, würde es sicher versteckt sein, bis jemand wie Jack darüber stolperte.

Oder durch sie hindurch stürzte …

»Wir trenden!«, verkündete Hawk und stand auf.

»Wirklich?«, fragte Jack, gesellte sich zu ihm und schaute auf seinen Bildschirm.

Twitter hatte einen großen Tag mit der Nachricht. Die Sieben Schwestern waren auch auf Facebook und Instagram.

Genauso wie Creed und Zietz.

BLACK BUFFALO RESORT AND CASINO
CASCADE, WYOMING

Das verräterische Geräusch einer zuschlagenden Autotür weckte Zietz auf. Er versuchte, die Augen zu öffnen, konnte es aber nicht. Das Licht tat zu sehr weh, um es zu tun. Sogar mehr Licht überfiel seinen Geist, als eine Tür zu seiner Rechten geöffnet wurde. Er blinzelte ein halbes Dutzend Mal und sah einen verschwommenen Klecks neben sich stehen. Er konnte die Identität des Kleckses nicht erkennen – erst als sein Augenlicht zurückkehrte. Er wusste, dass er eine Gehirnerschütterung hatte. Die Kopfschmerzen, die verschwommene Sicht – zusammen mit einer immensen Übelkeit, machten ihn darauf aufmerksam. Das oberflächliche Pulsieren in seinem Hinterkopf sagte ihm, dass er von hinten getroffen worden war. Er hatte keine Ahnung, wer das getan hatte. Er blinzelte gegen das Unbehagen und dachte an den Moment zurück, in dem er das Bewusstsein verloren hatte.

Er war in einem Gedränge mit Jack und Bull gewesen. Der Einzige, der bei dem Kampf gefehlt hatte, war …

Hawk.

Die Identität des Flecks offenbarte sich langsam. Er griff nach vorn und nach Zietz' Händen. Sie waren mit einem dicken Nylon-Kabelbinder gefesselt. Er – Leutnant Bender – zückte ein Messer und durchtrennte die Fesseln mit einem Schnitt aus dem Handgelenk. Dann wurde Zietz aus dem abgedunkelten Geländewagen gezerrt und in Richtung der Eingangstür des Casinos geschoben.

Er blieb stehen und wandte sich Bender zu. Der andere Mann stand selbstbewusst da. Er hatte zwei weitere Männer bei sich. Zietz erkannte die beiden. Wie Bender waren sie beide Polizisten. Zietz' Schulterholster und Pistole waren verschwunden, ebenso wie seine Jacke.

Meine Jacke!

»Unglaubliche Geschichte, hm?«, fragte Bender und schaute auf sein Handy. »Ich kann nicht fassen, dass es die ganze Zeit da war.«

Zietz reagierte weder auf die Nachricht noch darauf, dass er sein Vermögen verloren hatte.

Zietz wusste, dass er jederzeit zurückgehen konnte, um weitere Diamanten zu holen. Selbst wenn die Entdeckung der Sieben Schwestern an die Öffentlichkeit gelangte, kontrollierten Creed und Zietz immer noch Cascade sowie die Menschen, die innerhalb der Stadtgrenzen lebten und arbeiteten.

Sie hatten sogar einen örtlichen NPS-Ranger auf ihrer Gehaltsliste. Alles, was sie brauchen würden, war ein einziger Telefonanruf.

»Creed will dich sehen«, sagte Bender und befreite Zietz. Er grinste.

»Und er ist stinksauer.«

Die drei Polizisten in Zivil schlossen zu ihm auf und zwangen ihn zu den Eingangstüren. Unbewaffnet und ohne Ausweg, gab Zietz nach, er drehte sich um und betrat den großen, massiven, schwarzen Kubus.

Vor dem massiven Onyx-Büffel blieb er stehen und schaute zu den verspiegelten Bürofenstern. Sein Plan war immer noch in Kraft. Auch wenn er unbewaffnet war, war Zietz dennoch mehr als fähig, Bartholomew Creed mit seinen bloßen Händen zu töten.

Bartholomew Creed saß hinter seinem großen Schreibtisch. Ein anderer Mann saß auf einem der beiden Stühle ihm gegenüber. Creed hatte den Neuankömmling noch nie gesehen. Seine Anwesenheit bereitete dem Casinobesitzer Unbehagen.

Creed zuckte zusammen, als seine Sprechanlage surrte. »Sir, Mr. Zietz ist angekommen.«

Creed griff nach vorn und drückte eine Taste auf seinem Tischtelefon. »Gut. Schicken Sie ihn herein.«

Die Tür am anderen Ende seines Büros öffnete sich. Sein Kontaktmann, Tom »Bigfoot« Zietz, sah schrecklich aus. Sein linker Arm war in die Seite gepresst und er humpelte schwer auf seinem rechten Bein. Sogar das Gesicht des Mannes war geprellt und angeschwollen und sein Hemdkragen war blutverschmiert. Creed hatte den imposanten Mann noch nie in so schlechtem Zustand gesehen. Es gab nur einen möglichen Grund.

Jack Reilly.

Der »Parkranger« hatte die Pläne von Creed und seinen Investoren zerstört. Die Welt wusste nun, was unter dem Devils Tower lag. Es war überall in den sozialen Medien und verbreitete sich wie ein Lauffeuer. Ja, sein Casino würde einen gigantischen Aufschwung mit der ankommenden Horde von Besuchern erleben, aber nichts würde für seine Investoren, die Leute, die der Neuankömmling repräsentierte, dabei herausspringen.

Leider würde das Geld, das sie Creed im Voraus für die Renovierung gezahlt hatten, in voller Höhe zurückgezahlt werden müssen. Die Entdeckung von Roosevelts Brief hätte diese Frist auf unbestimmte Zeit hinausschieben sollen.

Ein weiteres gebrochenes Versprechen, dachte Creed. Wenn er es gewesen wäre, wäre er auch wütend gewesen. Und er war wütend! Er war noch nie so oft enttäuscht worden. Zietz war zu oft bei seinen Versuchen gescheitert, den Brief zu bekommen. Creed stand auf. »Thomas Zietz, ich möchte Ihnen Eugene Taft vorstellen. Er ist hier im Auftrag unserer Investoren.«

Taft war ein kleiner, schlanker, schmächtig aussehender Mann in den frühen Fünfzigern. Wenn Creed raten müsste, war Taft griechischer Abstammung, obwohl er keinen nennenswerten griechischen Akzent hatte. Seine Nase ragte weiter heraus, als sein Gesicht vermuten ließ, was seine nagerähnliche Aura noch verstärkte.

Anstatt die ausgestreckte Hand des Mannes zu schütteln, nickte Zietz ihm stumm zu. Zietz setzte sich nicht. Er stand stramm und wartete ungeduldig auf den Beginn der Sitzung.

»Meine Herren«, begann Taft, »wie Sie sicher wissen, sind meine Vorgesetzten mit den Ereignissen der letzten Tage nicht zufrieden.«

Creed setzte sich. »Ich kann Ihnen versichern, Mr. Taft, dass …«

Taft brachte den Casinobesitzer mit einer einzigen knochigen Hand zum Schweigen. Auch wenn dies Creeds Arbeitsplatz war, hatte der andere Mann eindeutig das Sagen.

Die Leute, die er vertrat, gehörten zu den einflussreichsten Personen an der Westküste. Die meisten von ihnen waren Politiker. Aber eine Handvoll von ihnen waren hochkarätige CEOs und sogar ein oder zwei Schauspieler. Ja, Eugene Taft war nichts weiter als ein elitärer, blutsaugender Anwalt.

»Und ich versichere Ihnen, Mr. Creed, dass dies das letzte Mal sein wird, dass man Ihnen trauen wird.«

Der Raum wurde still.

Creed räusperte sich. »Ich bin sicher, wir können uns auf eine Art von Vereinbarung einigen.« Jeder hatte seinen Preis, selbst so geradlinige Menschen wie Eugene Taft. »Ich glaube, wir können die Situation noch retten. Die Entdeckung des Monuments der Sieben Schwestern wird dem Casino Millionen an zusätzlichen Einnahmen bringen.«

Taft beugte sich vor, hob seine Aktentasche auf und legte sie auf seinen Schoß.

Langsam schnippte er an den Schlössern des Koffers und freute sich, als sowohl Creed als auch Zietz zusammenzuckten. Er wühlte in ein paar Papieren und holte einen braunen Umschlag hervor. Er schloss seine Aktentasche ab, stellte sie wieder auf den Boden zurück, beugte sich vor und reichte den Umschlag an Creed. Der Casinobesitzer nahm ihn nervös entgegen und öffnete ihn.

»Meine Vorgesetzten stimmen mit Ihnen überein.«

Creeds Augen blickten zu Taft auf. Er hatte keine Ahnung, was der andere Mann geplant hatte, aber was auch immer in dem Umschlag war, es würde etwas Licht in die Situation bringen. Darin befand sich ein gehefteter Stapel Papier. Als erfahrener Geschäftsmann erkannte Creed, dass er einen Vertrag vor sich hatte.

Die ersten paar Absätze waren alles, was er zu lesen hatte, und als er das tat, sprang er auf, bereit, den Griechen zu erwürgen.

»Sie machen wohl Witze?« Er riss den Vertrag in zwei Teile und warf die Hälften jeweils links und rechts neben sich. »Sie erwarten von mir, dass ich die Mehrheitsbeteiligung meines Unternehmens an eine Gruppe von Schwachköpfen übertrage?«

Tafts Gesicht verfinsterte sich. »Sie sollten es vielleicht unterlassen, sie so zu nennen.«

Creed lachte. »Und warum sollte ich?«

Der kleinere Mann lächelte. »Weil sie mich autorisiert haben, alles zu tun, was nötig ist, um sicherzustellen, dass dieser Verkauf reibungslos über die Bühne geht.«

»Wie?«, fragte Creed. »Werden Sie die Polizei rufen?« Er verlachte die Idee und stemmte einen Daumen in seine Brust. »Mir gehört die Polizei!«

Creeds Sprechanlage surrte. »Ähm, entschuldigen Sie die Störung, Sir, aber ich denke, Sie sollten den Fernseher einschalten.«

»Nicht jetzt!«, rief Creed und schlug mit der Faust auf sein Telefon.

»Mr. Creed, bitte. Sie müssen die Nachrichten einschalten.«

Knurrend tat Creed, was Lindsey vorschlug, und schaltete den Siebzig-Zoll-Flachbildfernseher an der Wand zu seiner Linken an. Sobald das Gerät aufflackerte, waren alle drei Männer von dem, was sie sahen, gefesselt. Zietz stand in einem dunklen Raum. Die Wände und die

Decke glitzerten. Creed hielt den Atem an, als er sah, wie sein Sicherheitschef drei seiner eigenen Männer niederschoss. Die Schlagzeile blinkte oben auf dem Bildschirm: Mitarbeiter von Creed ermordet Männer kaltblütig.

»Zietz!«, rief er und drehte sich auf den Mann.

Bigfoot bewegte sich nicht. Er stand einfach schweigend da und wartete auf die verbalen Prügel.

Taft räusperte sich. »Wo waren wir?«

Creed fuhr sich mit beiden Händen über den Kopf und holte tief Luft. »Ich glaube, Sie haben mich bedroht.«

»Richtig, richtig, richtig …«, sagte Taft und rückte seine Krawatte zurecht. »Mr. Creed, meine Arbeitgeber sind einflussreiche Personen innerhalb der Regierung selbst, nicht nur in einer unbedeutenden Stadt wie dieser. Außerdem …« Taft holte noch einmal seine Aktentasche hervor, und klappte sie ohne Unterbrechung auf. Er wühlte sich durch weitere Papiere und lächelte, als er fand, wonach er suchte.

»Außerdem was?«, fragte Creed mit zusammengepresstem Kiefer. Langsam langte er nach dem Griff seiner Schublade – die, in der sich seine Pistole befand. Tafts Augen huschten zu Creed hinauf und ließen ihn erstarren. Vorbei war das schüchterne Auftreten des Mannes. In einem Wimpernschlag hatte er sich in etwas verwandelt, das einem in die Enge getriebenen Vielfraß ähnelte.

»*Außerdem*«, erwiderte Taft, »bin ich ein hervorragender Verhandlungsführer.«

Mit einer Schnelligkeit und Beweglichkeit, die das Alter und den Körperbau des Griechen in den Schatten stellte, richtete er sich auf und zog seine Hand aus der Aktentasche. Creed hatte erwartet, eine weitere Kopie des Vertrags zu sehen – nicht eine Waffe! Taft riss die schallgedämpfte Waffe hoch und schoss Zietz aus nächster Nähe in die Stirn.

Bevor der Casinobesitzer die oberste Schublade seines Schreibtischs öffnen konnte, richtete der sanftmütige Grieche seine Aufmerksamkeit auf ihn – aber nicht auf seine Pistole. Großzügigerweise blieb sie unten an seiner Seite.

»Oh mein Gott!«, rief Creed, und seine Stimme überschlug sich. »Warum?«

Taft lächelte. »Ich bringe nur ein paar lose Enden zusammen.«

Creed öffnete und schloss seine zitternden Hände, setzte sich nach vorn und versuchte, ruhig zu bleiben. Er musste gefasst bleiben. Er musste Taft einen Grund geben, ihn nicht zu töten. »Also, wo waren wir?«

»Genau hier.« Taft hob seine Waffe.

»Bitte«, flehte Creed und hob seine Hände, »tun Sie das nicht. Ich werde alles tun, was Sie wollen.«

Taft überlegte einen Moment lang. Sein Blick wurde weicher, und statt Creed zu erschießen, holte er einen zweiten Umschlag aus seiner Aktentasche. Während er sich bewegte, ließ er Creed nicht einmal aus den Augen.

Er reichte ihn über den Tisch. »Unterschreiben Sie ihn.«

Creed nickte und riss den Umschlag schnell auf, um an die Papiere darinnen zu gelangen. Mit zitternden

Händen blätterte er das Päckchen durch und unterschrieb an den entsprechenden Stellen. Er atmete tief durch, gab den Umschlag an Taft zurück und ließ sich niedergeschlagen in seinen Plüschsessel zurückfallen. Der Grieche blickte schnell, überprüfte ihn und nickte, als er fertig war.

Taft packte seine Sachen zusammen, aber nicht seine Waffe. Er drehte sich um und schritt auf die Tür zu, blieb aber schon nach einem einzigen Schritt stehen. Creed griff nicht nach seiner Waffe. Sein Blick war stattdessen zu einer Maske der Niedergeschlagenheit gewechselt.

»Eine Sache noch«, sagte Taft und blickte über seine Schulter.

Creed richtete seine Aufmerksamkeit wieder auf den Griechen. »Ja?«

»Meine Auftraggeber haben mich nicht nur hergeschickt, damit Sie Ihr Geschäft abschließen und ein paar Dinge zu regeln.«

»Haben sie nicht?«

»Nein«, sagte Taft und schüttelte leicht den Kopf, »sie haben mich gebeten, Sie dazu zu bringen, das Casino zu überschreiben und *alle* Dinge zu regeln.« Er hob seine Pistole, zielte auf Creeds Kopf und drückte ab.

EPILOG

CODY, WYOMING

Nachdem sie eine zweite Nacht mit Chaska verbracht hatten, fuhren Jack und Bull zurück nach Hause. Jack war verblüfft, wie wenig Aufmerksamkeit seine Gruppe von der örtlichen Polizei gewidmet bekommen hatte. Zietz und Creed hatten sie gedeckt, indem sie sich selbst deckten. *Trotzdem* … etwas beunruhigte Jack. Irgendetwas passte nicht zusammen.

Hawk beschloss, in Cascade zu bleiben und auf Nina aufzupassen, bis sie aus dem Krankenhaus entlassen wurde. Hawk kehrte auch nach Hause zurück und erklärte seine Abwesenheit bei den Behörden – oder was von ihnen übrig war. Er sagte, er habe Freundschaft mit einem älteren Lakota-Mann geschlossen und es auf sich genommen, ein paar Tage lang auf ihn aufzupassen. Chaska bestätigte, dass Hawk bei ihm übernachtet hatte, konnte sich aber nicht erinnern, wie lange er bei ihm gewesen war. Auf die Frage nach dem Zustand seines Hauses befragt, sagte Hawk, er sei schockiert gewesen, als er davon hörte.

Hawk überzeugte auch Nina, nach Westen zu ziehen, weg von der giftigen Atmosphäre des Black Buffalos und bei ihm und seinem Onkel in Cody zu leben. Sie sollten in ein paar Tagen ankommen. Es war die beste Entscheidung, die das Paar hätte treffen können, fand Jack. Er hoffte, dass der jüngere Durham eine Ausbildung zum Yellowstone-Ranger machen würde. Hawk hatte sich mehrfach bewährt. Er war nicht nur klug, sondern auch zäh und konnte eine Tracht Prügel einstecken.

Wo wir gerade dabei sind …

»Autsch.«

Jack kämpfte sich die Treppe zu seiner Veranda hinauf. Er warf einen Blick zurück und winkte Bull zum Abschied, aber nicht bevor er ihm zurief: »Ich komme morgen nicht!«

Sein Freund rollte mit den Augen, nickte und fuhr ohne einen weiteren Blick davon.

Es kostete ihn mehr Mühe, die Schlüssel in seiner Gesäßtasche zu finden, als es eigentlich hätte tun sollen. Sein Körper hatte sich während der fünfstündigen Fahrt zurück nach Cody verkrampft. Die ganze Erfahrung war es jedoch wert gewesen. Sie hatten eine der bedeutendsten Entdeckungen in der Geschichte der amerikanischen Ureinwohner gemacht, und die Welt hatte davon erfahren. Der Devils Tower, die Schönheit in seinem Inneren würden einen erheblichen Zuwachs an Interesse erfahren, ganz zu schweigen von der Masse an Diamanten. Jack hatte keine Ahnung, wie sich das ausgleichen würde. Die Sicherheit würde auch erhöht werden, das war klar.

Das ganze Ereignis war bereits überall in den Nachrichten zu sehen. Es war auch in den sozialen Medien. Die Aufmerksamkeit garantierte, dass Urlauber aus aller Welt nach Wyoming kommen würden. Die kleinen Städte an den Grenzen der Nationalparks waren im Begriff, sehr wohlhabend zu werden. Im Gegensatz zu dem, was Jack in Polen gefunden hatte, war dies etwas, womit die Menschen umgehen konnten.

Abgesehen von der Diamantenhöhle war im Devils Tower nichts von finanziellem Wert. Das meiste, was sie entdeckt hatten, war kulturell von unschätzbarem Wert und es war unmöglich, die Entstehung zu begreifen.

Genau wie bei den Pyramiden. Jack bezweifelte, dass die architektonische Methodik der Sieben Schwestern jemals entschlüsselt werden würde. Er hoffte, dass es auch nicht dazu kam. Es war einfach zu verdammt cool. Manchmal war es besser, nichts zu wissen.

Jack öffnete seine Haustür und trat langsam ein. Irgendetwas stimmte nicht. Er schnupperte an der Luft. Es war kein Rauch oder gar ein versprühtes Gift. Kaffee?

Derjenige, der illegal in sein Haus eingedrungen war, befand sich in der Küche. Und hatte Kaffee gekocht. Was zur Hölle?

Vorsichtig hob er die Vorderseite seines Hemdes an und zog seine Pistole, um die Schusswunde in seiner linken Schulter nicht zu verschlimmern. Er trat leichtfüßig auf und wich den knarrenden Dielen mit Leichtigkeit aus. Bis jetzt war außer dem Geruch von frisch gebrühter dunkler Röstung nichts Beunruhigendes zu berichten.

Nichts war fehl am Platz. Sogar die Tür war neu verriegelt worden. Dennoch, jemand hatte sich ohne Jacks Erlaubnis Zutritt zu seinem Haus verschafft.

Normalerweise waren Einbrecher keine freundlichen Menschen.

Sie hielten auch nicht an, um sich eine Tasse Kaffee zu machen.

Schweigend lehnte er sich gegen die Wand vor der Küche. Er schloss die Augen und konzentrierte sich. Mit erhobener Waffe drehte er sich in den Raum und richtete seine FNS-9C auf den Kopf eines sitzenden Mannes – eines Mannes, der nicht am Leben sein sollte.

»General Raegor?«

Der glatzköpfige Afroamerikaner stand da, eine Kaffeetasse in der Hand. Er trug legere Zivilkleidung und schien unbewaffnet zu sein. Seine gebügelte Uniform war verschwunden und seine Medaillen auch, ebenso wie zwanzig Pfund Körpergewicht. Er war nicht mehr ganz so dünn, wie er es während seiner Krankheit gewesen war, aber er war viel schlanker als sonst.

»Sie …« Jack war ungläubig. Langsam ließ er die Waffe sinken. »Sie sollten eigentlich tot sein.«

Raegors Grinsen spiegelte eines wider, was Jack schon oft benutzt hatte. »Technisch gesehen bin ich es auch.«

Es war deutlich zu sehen, dass Raegor nicht an Krebs gestorben war. Er war allerdings krank gewesen. Nicht einmal die Regierung konnte Raegors körperlichen Zustand während seiner Behandlung vertuschen. Der Mann war zeitweise nur noch ein Schatten seiner selbst gewesen. Jack öffnete den Mund, um etwas zu sagen, wurde aber unterbrochen, bevor er auch nur ein Wort aussprechen konnte.

»Hör zu, Jack«, sagte Raegor schnell, »ich weiß, dass ich dir eine Erklärung schulde – und du wirst eine bekommen.« Seine Augen waren entschuldigend. Es war deutlich zu sehen, dass es ihn schmerzte, Jack angelogen zu haben. Er warf einen Blick auf die Waffe. »Bitte …«

Jack tat sein Bestes, um Bull zu imitieren, und brummte zusammenhanglos vor sich hin. Er steckte seine Pistole in das Holster und verschränkte die Arme, unglücklich darüber, dass er von einem Mann, den er so sehr respektierte, in die Irre geführt worden war.

»Was soll das alles?«

Raegor stand auf und stellte seine halbleere Kaffeetasse vorsichtig auf den Küchentisch. Sie dampfte noch, was bedeutete, dass sie frisch war. *Wahrscheinlich seine erste Tasse*, schlussfolgerte Jack. Das bedeutete, dass er gerade erst angekommen war.

»Seit fast einem Jahrzehnt«, erklärte Raegor, »bin ich verantwortlich für eine tiefschwarze Truppe namens TAC.«

»Noch nie davon gehört.«

Raegor lächelte mit einem gewissen Stolz. »Natürlich hast du das nicht.« Er schritt um den Tisch herum. »*Tactical Archaeological Command*, das »Taktische Archäologische Kommando« ist dafür verantwortlich, die seltensten und wertvollsten historischen Entdeckungen der Welt zu finden und, wenn nötig, zu schützen.«

»Sie sind also Schatzsucher?«

Raegor zuckte mit den Schultern. »In gewisser Weise, ja.«

Jack kratzte sich am Kopf. »Nun, das ist neu.«

»Wir haben unser Hauptquartier hier in den Staaten und haben Vereinbarungen mit mehreren anderen Behörden rund um den Globus. Nicht jeder will sehen, wie seine Geschichte Stück für Stück an Warlords und Diktatoren verkauft wird.«

»Und wenn sie es tun?«, fragte Jack. »Was passiert, wenn Sie nicht in der Lage sind, sich auf legale Weise mit jemandem einzulassen, der mehr als glücklich ist, Pirat zu spielen?«

Raegor lächelte verschmitzt. Das war die Antwort, die Jack brauchte.

Immerhin hatte er TAC als tiefschwarze Truppe bezeichnet.

Der General fuhr fort. »Die meisten der Männer und Frauen unter meinem Kommando verfügen über umfangreiche Kampferfahrung und haben die Gabe, an Orte zu gelangen, an denen sie nicht sein sollten. Aber es gibt auch solche, die sich nicht aus einer Hängematte herauskämpfen könnten, wenn ihr Leben davon abhinge.«

Das ließ Jacks Mundwinkel nach oben klappen. »Ich glaube, man nennt sie Nerds, Sir.«

Jetzt war es an Raegor zu grinsen. Aber der heitere Moment währte nicht lange.

»Vor einer Woche ist einer meiner Top-Agenten untergetaucht, während er auf einer Mission war. Er war undercover unterwegs, um Informationen für uns zu sammeln. Wir befürchten, dass er enttarnt wurde.« Raegors Miene verfinsterte sich. »Keiner wusste, wo er war und warum, außer mir und einer Handvoll Leute im TAC. Verständlicherweise machen wir uns einige Sorgen.«

»Ein Insiderjob?«, fragte Jack und las die Teeblätter.

»Ehrlich gesagt, ich habe keine Ahnung – möglicherweise.« Raegor klang erschöpft. »Es gibt da draußen eine Menge Geld zu finden, Jack«, er räusperte sich, »wie das, was du in Polen gefunden hast – und auch hier in Wyoming.«

Bevor er Raegor fragen konnte, woher er von beiden Entdeckungen wusste, meldete sich das Mysterium erneut zu Wort. Seine nächsten Worte waren ganz und gar nicht das, was Jack zu hören erwartet hatte. »Ich glaube, du hast Agent Marker bereits kennengelernt.«

Jack war fassungslos, als Edith, die fitte Schönheit aus Georgia vom Devils Tower, in der dunklen Tür zu seinem Gästezimmer auftauchte. »Eddy« lehnte sich gegen den Türrahmen und nickte ihm freundlich zu. »Hallo, Jack. Es ist schön, dich wiederzusehen.«

Er rieb sich heftig das Gesicht. »Ich wünschte, ich könnte sagen, dass das Gefühl auf Gegenseitigkeit beruht.«

Jack war irritiert, und er tat sein Bestes, die Fassung zu bewahren. Es war offensichtlich, dass alles, was sie ihm auf dem Gipfel erzählt hatte, eine Lüge gewesen war. Sie kletterte nicht zum Spaß auf den Devils Tower. Sie war aus denselben Gründen dort gewesen wie er. Sie hatten beide nach einem Eingang zum Monument gesucht.

Raegor trat vor und kam auf den Punkt. »Ich habe Agent Marker hingeschickt, als wir Wind davon bekamen, dass Roosevelts Brief endlich gefunden worden war.« Er beäugte Jack. »Wir haben schon eine ganze Weile danach gesucht.« Er neigte sein Kinn zu der Frau. »Oh, und du kannst dich bei ihr bedanken, dass sie dir die Behörden vom Hals hält.«

»Wie?«, fragte Jack. Jetzt wusste er es. Es war nicht nur Zietz gewesen, der Jack und die anderen versehentlich beschützt hatte. Sie hatten auch einen Schutzengel, der dasselbe tat, allerdings im Auftrag der Regierung.

Eddy lächelte. »Ich habe meine Mittel und Wege, genau wie du.«

»Jack«, sagte Raegor in ernstem Ton, »der Brief?«

Da er wusste, dass es das Richtige war, holte Jack vorsichtig den in einem Ziploc verschlossenen Brief aus seiner Jackeninnentasche und reichte ihn weiter. »Es steht nicht viel drin«, erklärte er, »aber er ist trotzdem historisch wertvoll. Er beweist, dass Präsident Roosevelt die Sieben Schwestern tatsächlich vor der Welt versteckt hatte. Er tat es auch aus den richtigen Gründen.«

Jack beschloss, Chaskas Familiengeschichte außen vor zu lassen. Der alte Mann hatte schon genug getan. Er hatte es verdient, den Rest seines Lebens in Frieden zu verbringen.

Raegor öffnete den Plastikbeutel und klappte langsam das gefaltete Stück Papier darin auf. Er nickte. »Roosevelt liebte die Natur, und er hatte einen tiefen Respekt vor der Kultur der amerikanischen Ureinwohner. Es ergibt Sinn, dass er versucht hatte, beides zu schützen.«

Als er Jack das nächste Mal ansah, sagte er etwas, das ihn verblüffte.

»Wir brauchen Ihre Hilfe. Ich brauche jemanden außerhalb des TAC, dem ich vertrauen kann. Ich brauche jemanden, der bereit ist, sich die Hände schmutzig zu machen, und jemanden, der wertschätzen kann, was wir versuchen zu tun und warum.« Er räusperte sich. »Außerdem, falls es hilft, als Agent Marker das Schlachtfeld am Devils Tower untersuchte, hat sie am Fuße einer kleinen Klippe etwas gefunden, das Sie interessieren könnte.«

»Ach ja?« Jacks linke Augenbraue hob sich.

Eddy trat einen Schritt vor. »Ich habe eine sehr große Jacke entdeckt, mit sehr großen Diamanten.«

Zietz!

»Moment mal ...« Jack konnte sich ein Lachen nicht verkneifen. »Wollen sie mich bestechen?«

»Nein«, antwortete Raegor, »aber vielleicht – nur vielleicht – sieht der Yellowstone NPS eine beträchtliche Aufstockung seiner Mittel, wenn Sie mitspielen.«

Also bestechen sie mich doch.

Jack schaute aus seinem Küchenfenster und stellte sich die Welt dahinter vor. Wenn er ja sagte, würde sich sein Leben für immer verändern – und die Yellowstone-Ranger würden die beste Finanzierung erhalten, die man sich vorstellen kann. Aber er wäre nicht länger ein Park

Ranger. Jack wäre wieder einmal ein Soldat. Nun, ein Regierungsagent. Und dieses Mal würde es ganz anders sein. Er würde nicht in den Krieg ziehen. Zumindest glaubte er nicht, dass er das tun müsste.

Er schaute zwischen den beiden Geistern hin und her und richtete seinen Blick auf Raegor. Jack seufzte und zuckte mit den Schultern. »Es ist schön, gebraucht zu werden.«

Raegors Augen leuchteten auf. »Also, bist du dabei?«

»Ich …«

Er hielt mit seiner Antwort inne und richtete seine Aufmerksamkeit wieder auf das Fenster. Er überlegte, ob er Bull fragen sollte, ob er mitkommen durfte. Aber er wusste, dass sein Freund seinen geliebten Park oder seinen Neffen nicht verlassen würde. Die Durham-Männer kamen endlich gut miteinander aus. Jack wollte das nicht kaputtmachen. Bulls Leben war hier, nicht im Ausland. Sein Leben war Yellowstone. Der Gedanke, dass seine Zeit mit Bull vorbei sein könnte, machte Jack traurig, – aber das würde nicht für immer sein. Er würde seinen Freund und Mentor so oft wie möglich besuchen.

Auch er würde in Sicherheit sein.

Raegor trat vor. »Ich will dich nicht anlügen, Jack. Das wird kein Zuckerschlecken.«

Jack sah Raegor an. Ein breites Grinsen bildete sich auf seinem Gesicht. »Ich habe Zucker noch nie gemocht.«

Raegors Augen verhärteten sich, und er stand aufrecht. Er war ganz bei der Sache. »Bist du dabei oder verschwende ich meine Zeit?«

Jack warf einen Blick zu Eddy hinüber. Sie zwinkerte ihm spielerisch zu.

Er atmete tief ein und langsam wieder aus. »Ich bin dabei.«

–ENDE–

LUZIFER

VERLAG